**虎贲之师，国之利刃，
犯我中华，虽远必诛！**

一支虎贲之师，一群虎贲之士。在烽火硝烟中，
用血与火的代价演绎了一个又一个悲壮的传奇故事……

图书在版编目(CIP)数据

虎贲Ⅱ/王春著. — 重庆：重庆出版社，2010.9
ISBN 978-7-229-03003-2

Ⅰ.①虎… Ⅱ.①王… Ⅲ.①长篇小说—中国—当代
Ⅳ.①I247.5

中国版本图书馆CIP数据核字(2010)第179452号

虎贲Ⅱ
HUBEN Ⅱ
王　春　著

出 版 人：罗小卫
责任编辑：刘　嘉　马春起
责任校对：杨　婧
版式设计：蒋忠智

 重庆出版集团　出版
　　　　　重庆出版社

重庆长江二路205号　邮政编码：400016　http://www.cqph.com
重庆出版集团艺术设计有限公司制版
重庆市伟业印刷有限公司印刷
重庆出版集团图书发行有限公司发行
E-MAIL:fxchu@cqph.com　邮购电话：023-68809452
全国新华书店经销

开本：720mm×1 000mm　1/16　印张：30　字数：389千
2010年10月第1版　2010年10月第1次印刷
ISBN 978-7-229-03003-2
定价：39.80元(上、下册)

如有印装质量问题，请向本集团图书发行有限公司调换：023-68706683

版权所有　侵权必究

虎贲 II/上

目 录

第一篇　父子相认
第一章　意外的寻人启事 / 001
第二章　父亲的陈述 / 014
第三章　亲情的回归 / 025

第二篇　冬季攻势
第四章　利剑行动 / 038
第五章　打掉一个个的障碍 / 052
第六章　突袭日军司令部 / 066
第七章　强攻泰福镇 / 077
第八章　艰难的胜利 / 088

第三篇　兴利除弊
第九章　美色的诱惑 / 105
第十章　千里相思 / 122

第四篇　战时重庆
第十一章　遭遇空袭 / 136
第十二章　炸弹下的民众 / 149
第十三章　奸商的纠缠 / 155
第十四章　疲劳轰炸 / 168

第五篇　勇赴前线
第十五章　空中惊魂 / 182
第十六章　挽救不幸的少女 / 194
第十七章　艰难的旅程 / 209
第十八章　相聚 / 223

第一篇
父子相认

第一章 意外的寻人启事

梅园的书房小巧精致，散发着一股淡淡的纸墨香味儿，房间的左右两侧靠墙竖立着高高的书橱，橱门嵌着玻璃，透过玻璃可以看到架上琳琅满目的图书。117军军长张一鸣正站在一个书橱前，眼睛搜寻着里面摆放整齐的书籍，玻璃上映着他的身影，像一张曝光不足的照片，模糊而黯淡，可是看得出他的表情，一种沉闷的、无所事事的表情。看了一会儿，他拉开橱门，抽出一本《资治通鉴》，走到靠窗的书桌旁，拉开椅子坐下。桌上井然有序地摆着文房四宝，一个造型古朴的陶瓷花瓶，瓶里插满吐着幽香的金黄色菊花，他把书放在桌上，聚精会神地看了两个小时，觉得眼睛有点发涩，这才抬起头，伸手从衣袋里摸出一包骆驼牌香烟，抽出一支点上，吸了一口，望着窗外喷出一股烟雾。窗上挂的竹帘已经拉上去了，可以清楚地看到空中密布的乌云，这是一个将雨未雨的阴天，铅灰色的厚云低低地压在远处的山顶上，好像全靠了山峰的支撑，不至于坍塌下来。他闷闷地抽着烟，习惯了紧张、繁忙的军旅生活,一旦清闲下来,他反倒觉得不适应,那种无所事事的感觉就像窗外阴郁的天气一样让他心烦,何况由于他的表弟、新25师512团团长白少琛在1939年秋的长沙会战中阵亡,梅园现在正笼罩在一片痛苦氛围之中,整个园子如同这天气一样,都是那么阴郁而沉闷。

他抽着烟,想起上次休假和未婚妻白曼琳携手游山玩水,听戏看电影,两情缱绻的情景,脸上露出了一丝微笑。两人订婚已经两年多,但他一直戎马倥偬,征战连连,聚在一起的日子屈指可数。久别重逢,他很希望看到她那张盈盈的笑脸,但她正为一向疼爱她、和她最合得来的三哥阵亡而伤心欲绝,哪里会有心情笑。他弹了弹烟灰,突然叹了口气,再过几天他就要离开重庆返回湖南了,大战过后,部队需要处理的事情很多,他不能离开太久。

这是1939年10月21日,是长沙会战后他返回重庆的第五天。他专程从湖南赶回来,一来是应白少琛临终所托,将其已有身孕的妻子苏婉约带到重庆,交给白家人照顾;二来他想亲自把表弟的阵亡噩耗告诉舅舅白敬文,虽说白敬文并不是他外公的亲子,是抱养的远房侄子,但甥舅之间感情很好,他一向敬重这个学识渊博、儒雅大度的大学校长舅舅,而白敬文也以他这个战功卓著、文武双全的外甥兼未来女婿为荣。

得知小儿子阵亡,白敬文水米不进,在床上整整躺了两天,白家三兄妹一直在旁边陪着他,张一鸣和他的姨侄叶寒枫替他接待前来慰问的亲朋好友。白家兄弟最初试着安慰父亲,但即使是资深外交官、能言善辩的长子白少飞也无法办到,他们不再说话了,就那么默默地坐在父亲身旁,因为他们自己心里也是悲伤的。跟大哥二哥不同,白曼琳无法掩盖她的痛苦,一想起三哥,她就眼泪不断。张一鸣很想做点什么改变一下这种气氛,但失去亲人的痛苦很难忘却,而他又不善言辞。

得到消息的亲友、同事还有白敬文的许多学生陆续来了,真诚地安慰他们,不过并没有多大的作用,痛苦是来自内心的,就像一个伤兵,子弹穿过皮肉打进了身体,光在皮肤上抹药有什么用呢,安慰话医治不了白家人内心的伤痛,这是只有时间才能办得到的。

这天早上,梅园非常寂静,白敬文打起精神,像平时一样到学校去了。白曼琳不放心,想让父亲再休息两天,张一鸣劝阻了她:"让舅舅去吧,呆在家里只能处处让他想起少琛,换换环境会好些。也许工作能够让他暂时忘

掉这些揪心的事情,减轻痛苦。"

白氏兄弟也同意他的看法,和父亲一样上班去了。白曼琳和大嫂姚紫芸陪着苏婉约去了歌乐山中央医院,苏婉约到重庆后,一直呕吐吃不下东西,脸色发青,人也瘦得形销骨立,一家人都为她担心,白曼琳的姨妈叶老太太认为该买点补药给她好好补一补,白曼琳是医科学生,坚持要她去产科看看。白少飞三岁的女儿白丽雯也吵着要去,姚紫芸不同意,她就又哭又闹,赌气连早饭都不吃,最后是叶老太太答应带她去江边捡漂亮的鹅卵石,才算把她哄住了。

院子里传来一阵笑声,张一鸣站起身,把烟头捻进充当烟灰缸的贝壳里,走到另一扇窗旁,推开窗子往外看,只见他的副官赵义伟正拿着一根木棍在那里逗狗,那是一条高大的黑狗,毛色油亮光滑,肌肉结实,眼神机警,似乎对赵义伟把它当成宠物狗来逗弄感到侮辱,突然发起脾气来,跳起来就朝他扑过去。他敏捷地闪开了,黑狗的脖子上套着粗大的铁链,一端拴在一个铁桩上,它把铁链拉直了也够不着他,只得愤怒地望着他挣扎、咆哮着。他冲着它直招手,笑道:"来呀,过来呀!"

看着他孩子气的举动,张一鸣忍不住笑了。听到军长的笑声,赵义伟回过头来,笑道:"军座,这狗真不赖,不比我们的军犬差。"

"当然不差,这是纯种的德国牧羊犬,是我当年从德国带回来的。它要没拴链子,可够你对付的。"

"我也是没事做,逗它玩玩。"

张一鸣摇摇头,突然想起上次和白曼琳出去散步,在石坝上遇到壮丁们训练的场景,心想反正没事,不如到那里打发一点时间,说道:"无聊是吧,跟我出去走走。"

"好嘞!"闲着无事,赵义伟早就想到外面走走,或者找人说说话。他曾和看房子的老庄聊过天,但他的山东腔和老庄的镇江土话南腔北调的实在难以沟通,只得作罢。

两人穿过后花园,从小门出去,顺着山路往前走。转过山角,张一鸣远远望去,石坝上空无一人,连那座祠堂也没有了,只剩几堵坍塌的土墙。他想找人问个究竟,四顾观望,只见附近的山坡上有一间稻草盖顶的土房,房子很矮,人字形的房顶后部几乎要抵在了坡上,人从坡上只需跨一大步就可直接跨到房顶上。两人顺着一条小路往山上走，山坡平缓，坡上是一块块蔬菜地，种着绿油油的青菜、白菜秧和萝卜秧。一只黑山羊孤零零地拴在屋子旁边的一棵李子树下，正低着头吃草，听见脚步声，它抬起头，温驯地望着他们，咩咩地叫着。经过房子的时候，一条土黄色的大狗突然从屋旁的柴禾堆里蹿了出来，凶狠地咆哮着向他们冲过来，赵义伟顺手从旁边的树上折下一根树枝，朝着它挥舞了几下，它不敢靠近了，只悻悻地望着他们号叫。随着一声吆喝，狗不叫了，从屋子里出来了一个四十来岁的农夫，嘴里含着一根长长的旱烟杆，身后跟着一个农妇，一手拿着一把菜刀，一手拿着一个还没削完皮的红薯。

张一鸣站住脚，对农夫说道："老乡，我跟你打听一件事。"

农夫走了过来，他的个子瘦小，皮肤晒成了古铜色，脸上已经有了不少皱纹，头上包着一块白布，穿着灰布褂子和蓝布裤子，腰间围着发黄的白布条子，上面挂着一个发黑的烟荷包，褂子的下摆破了好几处，像穗子似的随风飘着，裤脚挽到了腿肚子上，露着枯瘦的小腿，赤着脚，脚上穿着草鞋，上面沾着不少黄泥。他走到张一鸣面前，把烟杆从嘴里拔出来，点了两下头，说道："长官，你想问啥子？说嘛。"

"这里以前不是有壮丁吗，现在怎么没有了？"

"你问那些壮丁啊，早就没得了。"

"去哪儿了？"

"你问到哪里去了啊？我不晓得。"

"是不是送到部队去了？"

"不是。那个石坝前几天被炸了，炸死了不少人，都是些年轻娃儿，造孽哦。"

"被什么炸了？"

农妇也过来了，她是中年以上的人，应该是那农夫的妻子，黄黄的面孔，蓬着头发，一只眼睛在发炎，红红的，汪着一泡眼泪，和她丈夫一样，她也穿着一身破烂衣服。她抢着回答说："日本飞机噻，好好儿的，又没哪个惹到它，冲过去就丢炸弹……"

"我在说噻，不要打岔。"农夫瞪了妻子一眼，抢过话头："那天我正好从石坝旁边过，听到炸弹响就往沟里头跳，幸好跳得快，要是跳慢了，怕不成为路倒。日本飞机走了,我爬起来一看,哎哟,那个场面,血啊,肉啊,到处都是,简直太惨了,比屠宰场还要吓人,吓得我两条腿发抖,站都站不稳。长官,说出来不怕你们笑,第二天我去吃我侄儿子的喜酒,看到肉我硬是没敢吃。"

农妇说道:"日本飞机太凶了,不收拾一下啷个得了。长官,丁家坪有个何神仙,能够招神,灵得很,你们该去把他请出来,鬼子的飞机一来,作起法,把雷公电母招起来,一阵雷把龟儿子的飞机统统打下来,看他们以后还敢不敢来。"

张一鸣听了这话,当真是啼笑皆非,赵义伟也忍俊不禁:"他要有这个本事,打什么飞机,干脆叫雷公直接把日本天皇劈死算了。"

农夫并不认为赵义伟的话是在嘲笑,点了点头,很认真地说道:"对头,把日本的皇帝老儿打死,这仗就不得再打了。"

赵义伟再也忍不住,仰起头哈哈大笑起来。张一鸣没有笑,心里反而感到忧虑:"乡人大多缺乏教育,愚昧如此,敌人用坚船利炮打进了我们的国土,甚至飞机已经在他们的头上扔下了炸弹,而他们面对这些科技发展的产物,却仍然像婴儿一样无知无识地活着,实在令人堪忧!国家如要强盛,必须普及国民教育。"

离开了那对夫妇,两人继续往山上走,到了山顶,上面是一大片广柑林,此时广柑已经成熟了,墨绿色的枝叶间挂着鹅蛋大小的橙红色果实,一眼望去,美丽极了。穿过广柑林就是山的另一侧,这一侧坡度较陡,坡上灌木丛生,坡下满是乱石和杂草,往前是灰白色的沙滩,一直延伸到长江边。

张一鸣站住脚,纵目远望,只见天空灰蒙蒙的,阴云密布,滚滚长江向东流入空濛的天际,水天一色,难分彼此。不远处,小镇的渡头正停靠着一艘客船,乘客从客船上鱼贯而下,有的朝镇上走去,有的沿着沙滩而行。镇的左面有一条小河沟,两岸高直的樟树如两排挺立的卫兵,护送着它缓缓流入长江。他看到了梅园,从山上俯瞰,青瓦、白粉墙的房子格局并不理想,白敬文也知道这一点,所以极力掩盖它的缺陷,两亩多地的花园里,除了梅树,还有雪松、柳树、桂树、芭蕉和翠竹,树木葱郁,藤萝虬盘,植着兰草的假山玲珑雅致,别具匠心,此外还有各种种类的花卉,务必使园子一年四季花香不断。

由于日本飞机对重庆市区轰炸频繁,不仅富人,许多公教人员也纷纷把家属往乡下疏散,梅园的附近现在也划出了一块地作为疏建区,新修了不少房子,既有简陋的茅草屋,也有半西式的小洋楼。随着住户的增多,镇上已经建起了一家小发电厂,一所小戏园子,增加了一些店铺。战争使重庆市区毁坏严重,反倒让周边的小乡镇得到了前所未有的发展。

坡下有一条羊肠小路,正走着一个老人,山坡不高,张一鸣可以清楚地看见他。他的面容清瘦,留着花白的山羊胡子,头上也缠着白帕子,身穿半旧的灰色川绸长衫,脚上是一双千层底黑布鞋,右手拄着一根朱红色的藤手杖,左手提着一大块猪肉,手杖点着地,正在慢吞吞地走着。

他身后不远,一个少年叫着爸爸,飞跑了上来。那少年有十六岁左右,瘦瘦的枣核脸,长眼睛,眼神游移不定,显出几分浮滑,几分狡黠,他显然不善于打扮,黄黑的皮肤,却穿着一套紫色条纹西装,紫色衬得他的脸更黑了,衬衫是绿色夏威夷花衬衫,玫瑰色的大花领带鲜艳夺目,皮鞋是黄色的,整个装束既俗不可耐,而且人看久了只怕会得色盲症。他伸手把肉接过去,又提起来看了看,笑道:"是二刀肉,煮白肉吃要得,吃不完还可以炒回锅肉。"

老人停住脚,瞪了他一眼,问道:"你不上课,又跑回来做啥子?"

他嘻嘻笑道:"妈今天不是过生啊,我回来拜寿。"

"拜寿?你妈又不是满十,要你拜啥子寿?我看你是钱不够用了,打着拜寿的幌子回来跟你妈要钱,你不要以为我不晓得。你书不好好读,就晓得在外头游手好闲,乱花钱。你舅舅跟你舅妈昨天来了,说你成天跟一些不良子弟鬼混,看电影、看戏,还偷着去舞厅跳舞!你才好大,就晓得去舞厅了,以后哪个得了!"

老人越说越气,用手指着儿子的衣服,一张脸涨得通红。"还有,哪个让你买洋装的?读书娃儿,不穿学生装,穿啥子洋装?考个试,洋文才考了16分,还好意思穿洋装!那洋文都算了,反正看你这个样子也出不了洋,可是国文你都考不及格,一个中国人,连国文都没学好,你将来干啥子?不是你舅舅找你们校长赔笑脸、说好话,你早就被开除了,你还读啥子书?中国人要是都像你这个样子,怕不亡国?"

少年不耐烦父亲这番说教,撇着嘴,嘟哝道:"有啥子话好好说嘛,人家坐了二十公里的长途汽车回来,一见面就滔(川语:骂)。"

"滔你?"老人拿着手杖在地上重重地戳了一下:"我跟你说,这学期你还

考不及格,不要等学校开除,你自己就不要去读了,你不嫌丢脸,我还嫌丢脸!你也不要回家,我送你去当兵,你当了兵,县政府还要在我门口挂一块'为国尽忠'的牌子,你要是打死了,我还是烈属,总比你在屋头打烂账,丢我施家的脸强!"

张一鸣听了老人这一番话,已经多少了解了他的为人,不禁微微点了点头。老人身后过来了一个挑着担子的农夫,听到这话,笑道:"施六叔,送老幺去当兵,你舍得啊?"

"啥子舍不得哦。我五个儿子,大的几个都争气,不要我操心。只有这个幺儿,从小被他妈惯实(川语:娇惯)了,硬是不听话。我就不信他不改,今年过了他要还是这个样子,你看我送不送他去当兵?反正我有五个儿子,这种不争气的东西,少一个也没得关系!"

那少年见父亲当着外人的面骂,脸上挂不住,提了肉一溜烟跑了。老人还在恨骂不绝:"我施仲才在乡里也是有头有脸的人物,啷个会养了这样一个不肖子?脸都给我丢尽了。"

农夫劝道:"施六叔,算了,不要气了,老幺还小,大点就好了。别个躲壮丁,躲都躲不赢,你还要送他去。再等两年,他懂事了,自己就晓得读书了。照我说,你屋头有田有土,还怕养不活人?老幺读不读书,没得关系。"

"不读书,我送他去学校干啥子?"

"躲壮丁嚯,你看周朝民,他的二娃子,扁担大的字都认不到几个,硬是花钱去读了个职业学校,学生装穿起,胸口还插支自来水笔,做起有学问的样子,不就是为了躲壮丁?"

"躲啥子壮丁哦!你不要拿我跟周朝民比!"老人生气了,一双眼睛瞪得溜圆:"你又不是不晓得,我五个儿子就有两个在前线打仗,还有女婿也在。现在日本人都要打到宜昌了,再往前打,就要打到四川来了。日本人都要打过来了,还要让儿子躲壮丁,躲壮丁等着以后好当亡国奴啊?他做得出来,我做不出来!"

"中国有那么多壮丁,少一两个没得关系。"

"没得关系,个个都那样想,都去躲壮丁那还得了?你晓不晓得,躲壮丁就是逃兵役,大家都不当兵,中国还不完了?"

两人越走越远,后面的话张一鸣听不清了,他看着老人的背影,对赵义伟说道："中国毕竟还是有明大义之人。"

"要是人人都像他就好了。"

"中国没受过教育的人太多了，你不可能要求每个人都有这么高的觉悟，对于普通百姓，只要他不当汉奸，在国家需要的时候能够尽自己的义务，不逃兵役，这就不错了。"

说完，他转过身，顺着来路往梅园走，下了山经过一块布满积水的农田时，一只白鹤单腿立在水田一侧，昂着脖子，一眨不眨地紧盯着他，姿态高贵优雅。附近有一条小溪蜿蜒而过，溪水两旁是茂密的竹林，里面传出画眉婉转的鸣声，声音悦耳，动人心弦。

"漠漠水田立白鹭，阴阴竹木啭画眉。"张一鸣感叹道："一入四川，放眼皆是风景。在这里买几亩地，修几间房子，倒也不错。"

赵义伟说道："等抗战结束以后，军座你买地，我来帮你种。"

"抗战结束吗？"张一鸣望着田里的白鹤，若有所思地说道："谁知道我能不能活到那一天，说不定我已经战死了。"

走到山谷的时候刮起了大风，两边山坡上的深阜随着风势舞动，像掀起了一层层绿色的波浪，发着瑟瑟的声音，一些杂树的叶子被吹落了，像鸟雀一样四下乱飞。他知道要下雨了，加快了脚步。拐了个弯，他看到白曼琳迎面来了。她穿着黑色旗袍，漂亮的鬓发拂过她的脸颊，轻轻地飘垂到肩上。因为替哥哥服丧，她没有化妆，但黑色的旗袍衬得她的皮肤非常白，脸颊红润娇嫩，嘴唇呈现出玫瑰色的光彩，越发显得她丽质天成。她也看见了他，脸上立刻浮现出让他赏心悦目的笑容，快步走了过来。

"你果然在这里，"她说道，"我回家没看到你，就知道你一定去看那些壮丁了。"

"你们这么快就回来了？医生怎么说？"

"医生说三嫂没什么大碍，就是妊娠反应重，要好好休息，精神上要放松，心情要好，又给她打了营养针，开了一些营养药。"

"没事就好，你们多劝劝她，让她想开些。"

"大嫂一直在劝她，我不敢去，我一想起三哥，自己就要哭，眼泪想控制也控制不住，我去安慰她，只怕会让她更难受。"她的眼眶又红了，"三哥一向喜欢小孩子，要是他不死，将来孩子生下来，他们一家人该有多幸福。"

"你认为孩子是男孩还是女孩?"他见她又有些伤感,故意扯开了话题。

"我希望是个男孩,长得像三哥。"

"也许会的,头胎的孩子大多像父亲。"

"你呢?你长得像你父亲吗?"白曼琳问这个问题是无心的,当年张一鸣的父亲张俊新偷了妻子白玉兰的珠宝首饰,然后抛妻弃子,带着姨太太离家出走,白玉兰因偿还不起他欠下的巨额债务被抓入狱,经白敬文搭救出狱后,羞愤自杀,那时白曼琳还没有出生。张一鸣的外祖父白耀祖是清朝的将军,曾随晚清三杰之一的左宗棠出生入死,大败法国侵略军,后任两江总督。因为痛恨张俊新害死自己唯一的亲生女儿,老将军禁止白家人谈起这个人,张一鸣也因为父亲无情地抛弃自己,绝口不提他的名字。白曼琳小时候向父亲问起过姑父,白敬文只回答了三个字:"早死了。"

她的问话像招魂一样,张一鸣的眼前立刻出现了他父亲的形象,正踉跄地朝他走来,满身刺鼻的酒气,漂亮的面孔通红的,连脖子都是红的,眼皮浮肿,眼睛里布满了血丝。他皱了皱眉,说道:"不,我不像他。"

"可你长得也不像姑妈,我见过姑妈的照片。"

"是的,我不像她。"他想了一下,"事实上,我倒很像外公。"他还是第一次想到这个问题,他确实很像外公,从相貌到性格,无一不像,也许这也是外公喜欢他的原因之一吧。

到了梅园,他们从后院回到客厅,白少飞正坐在那里一边喝茶,一边看报,白曼琳咦了一声,问道:"大哥今天这么早就回来了?"

"王部长要我明天跟他出访美国,我回来准备一下。"

"明天就要走,怎么今天才通知你?"

"本来是让方处长去,可是方处长得了急性阑尾炎,刚动了手术,不能去了。依我说早点走也好,迟了来找我带东西的人就多了。不拒绝吧,哪里带得了那么多东西,拒绝吧,来找你的不是亲戚就是朋友,至少也是熟人,拒绝了也就把人得罪了。"

"这也难怪,如今国内货物昂贵,舶来品更是天价,谁都想买到便宜的进口货。"

"那也要办得到啊。我今天早上到医院去看方处长,他还开玩笑说得了病,不出国了也好,省得得罪人。他说人家托他带的东西,小到女人的丝袜唇膏,大到家用电器,多得足以开商场,要都满足的话,恐怕得包一架飞机。"

白曼琳笑道:"别人看你们这些外交官,整天衣冠楚楚,今天飞美国,后天跑英国,羡慕得不得了,哪里知道你们也有烦恼。"

白少飞直叹气:"羡慕我们,他们当真以为我们是去观光旅游啊?中国的外交官可不好当,说得辛酸点,在中国当外交官,就是当受气包,首先得学会受外国人的气。"

张一鸣说道:"弱国无外交,恃强凌弱是这个世界的通性。"

"对,弱国无外交。按理说,中国是国联的一员,而日本入侵中国是违背国际公约的,可那些缔约国出面制约日本、帮助中国了吗?事实上,他们不仅没帮助我们,有些国家甚至取消了我们订购的军火,反而偷偷出售军火、石油和钢铁给日本。而当我们忍气吞声,寻求帮助的时候,他们态度之傲慢,达到何种程度了呢,这么说吧,他们的外长和我们的外长说话,口气简直就像长辈对待晚辈,老师教训学生,非常令人难堪。而我们为了争取一点贷款或者一点军火,不但得忍受这种屈辱,还得赔着笑脸说好话,尽力劝服对方。说真的,要不是为了国家,我还真不想干了,我白少飞好歹也是哈佛的博士,还不是非吃这口受气饭不可。"

"我们走着瞧吧,日本虽然小,称霸世界的野心却大得很,他们的扩张范围不会仅限于中国,这些国家助纣为虐,他们卖出的炸弹早晚会落到他们自己头上。"

"对了,你看看这个。"白少飞递给他一张报纸,"上面有一则消息你一定感兴趣。"

"什么消息?"

"德国海军袭击英国海军。"

张一鸣赶紧接过报纸,白少飞指给他看那则消息,消息登在头版,大字标题非常醒目:"德国潜艇击沉英国军舰",他往下看正文,战争期间,纸张缺乏,报纸是用又黄又薄的土纸印刷的,上面的文字一点也不清晰,他看得有点费力:"10月14日,德国海军U-47号潜艇潜入位于斯卡帕湾的英国皇家海军基地,用鱼雷击沉'皇家橡树'号战列舰。德军对斯卡帕湾的突袭,造成800多名英军官兵丧生,仅存396人,英国朝野震动,国民均为之震惊。德国海军的成功,不仅具有重要的战略意义,也打破了英国海军无可匹敌的神话,揭开了英国皇家海军与德国海军斗争的序幕。"

他抬起头来说道:"英国佬终于尝到了绥靖政策的苦头,这一下他们不想打都不行了,法国和德国相邻,兵燹威胁更大,唇亡齿寒的道理会让他们紧密合作,联手对付德国。这几个国家实力都不弱,一旦交战,规模肯定不小,恐怕比一战还大,但它们的规模越大,拖得越久,对中国来说倒是件好事。"

白少飞思索了一下,说道:"你的意思是说,日本会趁机向英法开战?"

"完全可能。"张一鸣点了点头:"日本是个小国,他缺乏石油、橡胶、钢铁等支持长期战争的必需品,持久战对他极为不利。日本自己也清楚这一点,所以他们最初制定的战略方针是速战速决,三个月内就占领中国,却没料到不但没有达成目的,反而被我们拖进了长期战争的泥淖,物资的大量需求以及法西斯的本性,他不会不觊觎资源丰富的南亚,可是南亚是英法美荷等国的殖民地,这些国家都是强国,他不敢贸然动手,假如英法在欧洲和德国厮杀激烈的话,必然无暇顾及他们在亚洲的利益,从而给日本造成可乘之机。一旦日本进攻南亚,以他的兵力而论,他必须得从中国抽调军队,这样或许能减轻一点我们的压力。"

白曼琳说道:"真希望这一天早点到来。表哥,你说英国和法国联手,能够打败德国吗?"

"我不是预言家,无法预言。战争中,除了武器的优劣,统帅的能力,军人的素质,兵力的多少这些因素外,还有国家的战略、政略等诸多因素。"

白少飞说道:"说起战略,我倒记起一件事情来了。武汉会战之后,德国大使馆的一位武官曾经评价过中日战争,说日本缺乏优秀的战略家,不然的话,三个月的时间拿下中国是没有问题的。表哥,你怎么看待他这句话?"

"我认为他这句话说得有道理。你想,日本是机械化部队,速度很快,假如它占领平津之后,不把主力部队放在上海作战,而是沿平汉线快速南下夺取武汉,再沿粤汉铁路打到广州,将中国一分为二,然后再由西向东攻击,对我们来说是非常不利的。我们的精锐部队基本上部署在东部,东部地势平坦,我们很难挡住日军机械化部队的进攻,一旦失败,退也无处可退,要退只能退到大海里去,何况日本还可以通过海军从海上登陆夹击我们,那样的话,中国也许真的三个月就亡了。所以军委会及时决定在上海开辟第二战场,把日军的注意力由华北吸引到了华东,从而使我们的部队在战败之后得以由东往西后撤,保持力量进行长期战争。中国的地理特征是东部为平原,西部为山区,越往西走,山势越高,越有利于我们防守,而日军的机械化优势越来越弱,离他们速战速决的思想当然也就越来越远了。"

"可是,"白曼琳忧心忡忡地说道,"光是防守,不反攻,没办法收复失地呀,我们什么时候能回南京?"

"前线的军人,谁不愿意打回去?可这不是凭意愿所能办得到的。这场战争是农业的中国同工业的日本之间的战争,日本的军工业发达,飞机、坦克、枪炮、弹药全系自己生产,可以及时补给、维修。中国没有多少国防工业,仅有的一点也很落后,既不能生产飞机、坦克,也不能生产高射炮、榴弹炮,甚至连一些基本的武器还有零部件都得依赖进口,供应既不济,损坏了也不好维修,损失了更难以补充。作战不仅需要先进武器,还要有充足的后勤保障,所谓'兵马未动,粮草先行'。战争中,每天的正常运作,都需要庞大的后勤保障供给,仗打得越大,军需品更是成倍的增长,而中国不仅武器装备落后,弹药也缺乏,炮弹、汽油、医疗用品等基本上依赖进口,抗战之后,随着沿海地区逐渐沦陷,运输基本上依靠滇缅公路。滇缅公路是由民工赶出来的,蜿蜒曲折,路况极差,加上运输车辆短缺,每月的运输量最大时也超不过五千吨。这样的后勤保障,支撑这样大的战争简直是杯水车薪,很多部队因为缺乏枪炮弹药,甚至出现几个人共用一支枪的状况,以至于官兵不得不采取'近战'的方法,所谓'近战',就是用大刀与敌人拼搏。'大刀向鬼子们的头上砍去'听起来确实让人热血澎湃,但是事实上,这样做纯属无奈之举。如果我们有先进的飞机、大炮、坦克,有足够的武器弹药,谁还愿意举着大刀向敌阵冲锋?现在是热兵器时代,不是冷兵器时代,血肉之躯是抵挡不住炮弹子弹的。"

"这倒是事实,"白少飞说道,"我们这次去美国,就是要争取贷款买到飞机。"

"很好,有了空中掩护,我们的仗就好打得多了。"

"希望我们能说服美国人。"白少飞拿起皮包,"我得去准备资料,你们要我带什么东西,想好了待会儿告诉我。"

"我就不说了,省得你为难。"白曼琳说道,"反正你也不会空手回来。"

说完,她回到自己房里,脱掉脚上的高跟鞋,换上一双拖鞋。她换好鞋回来,张一鸣还继续坐着看报纸,她在他身边坐下,见他埋头盯着报纸,半晌也没翻动一下,问道:"看什么呢?什么消息让你这么专心?"

他抬起头,说道:"我父亲有音讯了。"

他的声音很平静,脸色也没变,但白曼琳了解他,光看他的眼睛就知道他的感情已经到了何等的程度。确实,此刻张一鸣心海里正掀着惊天的巨浪。在父亲离家的最初几年,他还盼着他回来,看他如何面对母亲的自杀,如何面对自己,可他始终杳无音讯,随着时间的流逝,张一鸣渐渐平息了心中的愤怒,几乎忘记了这个无情的父亲,现在突如其来地有了他的下落,张一鸣心里说不出是什么感觉,只是一味的翻腾。

"你父亲?"她很惊讶。

"是的。"他苦笑道,"我总不见得是从石头里蹦出来的吧?"

白曼琳本想开玩笑说:"你就是从石头缝里蹦出来的一只猴子。"但一看他的脸色,她改了口:"可是,我听爸爸说,他已经死了呀!"

"没有,他只是失踪了,你爸爸恨他,所以才宣称他死了,也许你爸爸心里也希望他死了。"

"这到底是怎么回事?"

"他害死了我母亲。他是个浪荡子,败光了家产,娶了一个妓女当姨太太,然后偷走我母亲陪嫁的珠宝首饰,带着姨太太远走高飞,从此以后就再也没有他的消息了。我母亲无力偿还他所欠的债务,被债主告到警察局,招来牢狱之灾,直到你爸爸赶来交了钱才被放出来。我母亲承受不了这种奇耻大辱,自杀了。"

他脸上的平静消失了,代之而起的是对父亲的憎恨和对母亲的怜悯,她看出来了,伸手握住他的手,安慰道:"表哥,事情已经过去这么多年了,你就——忘了它吧。"

他摇摇头:"我忘不了。母亲自杀是我发现的,也是我割断绳子把她从房梁上放下来的,那时候她已经……已经没有气了。那年我才十三岁,你能理解我的感受吗?"

"我能理解,你忘了,我十三岁的时候也没有母亲了。"

他醒悟过来,拍了拍她的手,说道:"对不起,我把这一点给忘了。"

"他现在在哪儿？我是说你父亲。"

"报纸上说他在重庆，就住在新民饭店。他现在是菲律宾华侨，难怪这么多年没他的音讯，他竟然到菲律宾去了。"这个实在出乎张一鸣的预料，他一直以为像父亲那种吃喝嫖赌、无情无义的人，这些年肯定活得落魄，说不定已经穷困潦倒地死在什么地方了，万万没有料到他会远在海外。"菲律宾华侨捐了一批西药和医疗器材给中国，他作为侨民代表把物资送到重庆来。他在报上说希望媒体能帮他找到我，可是他不知道我改了名字，找的还是张荣宝。"

"张荣宝？"她笑了，"还是张一鸣好听些。"

他没有说话，把报纸折叠起来放进衣袋里。她问道："你要去见他吗？"

"是的，我等这一天已经等了二十年了。我就想知道，他如何面对我，如何解释他当初所做的一切。"

第二章 父亲的陈述

新民饭店位于市郊一处林木葱茏的山坡上，房子是三层的楼房，外部漆成暗绿色，加上四周大树掩映，对于预防空袭十分有效。饭店大门敞着，张一鸣乘坐的雪佛兰顺着车道开了进去。新民饭店是个欧式饭店，园内花木扶疏，车道两侧摆放着各种造型古雅的盆景。车子到大厅门口停下，一个身穿暗红色制服的服务生飞快地迎上来打开车门，让张一鸣出来，毕恭毕敬地问道："将军，您来住店吗？"

"不，我来找人。"

"请问您要找哪一位？"

"张俊新"。

"是那个从菲律宾来的华侨吗？"

"是的。"

"请跟我来。"

服务生把他领到二楼的207室，替他叩响房门，然后走开了。一会儿，门开了，出来了一个中年妇人，虽说已经年过四十，但风韵犹存，依然看得出年轻时的美丽。她穿着一条黑色天鹅绒旗袍，梳着光滑的发髻，脸上薄施脂

粉,耳朵上戴着珍珠坠子,脖子上也戴着一条价值不菲的珍珠项链。

她看着他,惊讶地问:"先生,你找谁?"

张一鸣认出她就是云香,他当年见过她,对这个让他父亲抛妻弃子的女人印象之深,可以说就是把她化成灰都不会认错。她要是穿着艳丽,打扮妖娆,脸上浓妆艳抹,一副粗俗、堕落的风尘女子形象倒也罢了,可她却以淡雅朴素的太太样子出现,这让他感到不快。"我找张俊新。他在吗?"

"在。"云香看着他,已经认不出当年那个指着她鼻子骂她不要脸、骂她婊子的男孩了。"你找他什么事?"

他冷冷地说道:"我是张荣宝,他不是要见我吗?我来了。"

听了他的话,她立刻给了他一个满面春风的笑容:"是大少爷呀!你总算来了,你父亲天天都在念叨,就盼着能见到你。"

她领他进去,穿过客厅走进卧室,一面说道:"你父亲昨天吃川菜,把胃病惹发了,今天一早起来就觉得痛,吃了点药,现在还在床上躺着。他要见到你,不知道该有多高兴。"

卧室的床上斜靠着一个两鬓斑白、相貌堂堂的男人,正闭着眼睛在那里养神。一看到那张虽然显出老态,但依然熟悉的脸,张一鸣极力克制自己,试图不动声色,但脸上的肌肉还是忍不住微微抖动了一下,脸色也有些发白。

"文泽,"云香走到床边,轻轻推了那个男人一下,说道,"你醒醒,你快看谁来了。"

他睁开了眼睛,目光落到了张一鸣的脸上。张一鸣已经三十三岁,和十三岁时相比容貌有了很大的变化,加上脸上不仅有着威严的神气,还有着戎马生涯烙下的粗砺和沧桑感,昔日稚气少年的影子一丝都不剩了。张俊新目不转睛地看了一会儿,突然条件反射似的坐了起来,脸上的神色变得激动了,颤声说道:"你,你是荣宝?"

张一鸣的声音冷得像冰:"难得你还记得我。"

"荣宝!"张俊新跳下床,一把抱住他,惊喜交集,眼睛都红了:"我总算找到你了,这些年我一直在打听你的下落,可都是杳无音讯。"

张一鸣丝毫不为所动,挣脱了他的拥抱,淡然说道:"没有什么荣宝了,我是张一鸣,你也可以叫我远卓。"

张俊新喃喃地说:"难怪,我到处打听你,人家都跟我说没有这个人。"

云香端了一把椅子给张一鸣,说道:"大少爷,你请坐,你们坐下说话。"

他没理她,也没有坐。云香人很聪明,又在风月场中呆过,惯会察言观色,知道他不喜欢自己,她留在这里反倒不利于父子沟通感情,而且张一鸣看她时那种冷漠、厌恶的目光也让她吃不消,笑道:"你们父子好好聊聊,我去拿点吃的。"

张俊新看着一身戎装的儿子,看着他衣领上闪闪发光的金色将星,一时间百感交集:"荣宝,你出息了。这么多年,我一直都在想你,想你长大成人的样子,想你在做什么。就没想到你会是一个将军。"

"没有什么好奇怪的。我是由外公养大的,他老人家经常念一首诗给我听。'男儿何不带吴钩,收取关山五十州?请君暂上凌烟阁,若个书生万户侯。'我很高兴,没有辜负他的期望。"

"你外公呢?他和你在一起吗?"

"外公已经过世八年了。"

提到外公,张一鸣的声音变了,不再像先前那般生硬,而是带着一种对外公强烈的敬爱之情。张俊新感受到了这种对比,想起儿子由他的外公养大,自己没尽到做父亲的责任,心里羞愧,说道:"荣宝,你很恨我,是吗?"不等他开口,又说道:"我知道,我对不起你,更对不起你母亲,你恨我,我不怪你。"

提起母亲,一股怒火升上了张一鸣的胸口,他按捺不住了:"你现在说这些有什么用?你知不知道我母亲已经死了,是你害死的。你就是说一千声一万声对不起,她也活不过来了。"

张俊新看着他,痛苦地说道:"荣宝,有些事情我想和你好好谈谈。我不求你原谅我,但是希望你能够理解。你坐下来听我慢慢说,好吗?"

张一鸣一言不发坐在了椅子上。张俊新也坐回到床上,看着儿子的脸,问道:"你的太太也在重庆吗?你现在有几个孩子了?"

"我还没结婚,哪来的孩子。"张一鸣的声音很生硬。

"那,你告诉我,在你的心里有没有一个让你放不下的女人?"

张一鸣惊讶地看了他一眼,他恳切地问道:"有吗?"

张一鸣没有回答,但头脑里闪现出了一张美丽绝伦的笑脸,刹那间,他的目光柔和了,嘴角也微微泛起了笑意,虽然只是一闪而过,但张俊新注意到了。

"荣宝,"他说道,"我不是个无情无义的人。在和你母亲成亲之前,我已经爱上了一个女人,她姓柳,名叫如烟。她的父亲是江南名士柳文轩,也是我的恩师。如烟不仅长得美,还精通书画,是个有名的才女,也是我这辈子唯一爱过的女人。我们彼此爱慕,心意相通。就在我准备求你爷爷向她父亲提亲的时候,你的外公派人来做媒了,要把你的母亲嫁给我。我竭力反对,告诉你爷爷我爱的是如烟,可是,那时你外公是两江总督,你爷爷是属他管辖的知府,不敢得罪他,所以不顾我的反对答应了这门亲事。这是一场不该有的婚姻,从一开始就注定了我和你母亲之间的悲剧。"

张一鸣愕然,他从没听说过父母的婚姻竟是如此开场,好一会儿才说:"可这并不是我母亲的过错,你不该对她这么冷酷。"

"我知道这不是你母亲的错,我也没有故意这么做。只是我的心里有了如烟,已经装不下别的女人了,不管是你母亲还是其他人。如果日子就这样下去倒也罢了,即使我眼睁睁看着如烟嫁给别人,我还可以对你母亲尽到做丈夫的责任。可是老天没眼,如烟因我另娶她人,非常伤心,离开镇江回老家去了。三个月以后,她在乡下染上伤寒病,死了。"

尽管时隔三十多年,张俊新谈起此事,还是一脸的悲戚,声音都变了。张一鸣心下一动,脸上刚硬的线条软化了许多。张俊新稳定了一下情绪,继续说道:"我是从一个同窗那里得到她的死讯的,这个消息犹如晴天霹雳,当时就把我震昏了。醒来之后,我一个人跑到酒馆里,一边喝酒一边痛哭,直到醉得人事不省。那些日子,我伤心欲绝,觉得活着已没有什么意义了。我拼命喝酒,因为只有醉了我才可以忘掉痛苦,忘掉如烟离开我时那双凄婉的眼睛。我自己都知道我活得不像个人了,就是一具行尸走肉,我不在乎,就等着哪天醉死了一了百了。可你爷爷不理解,整天在我耳边不是怒吼,就是痛骂,逼得我在家里再也呆不住。我没有别的地方可以去,开始往青楼走动。因为在那里,我至少还可以得到一点哪怕是虚假的安慰。"

他的身体本来就虚弱,说得太多,又太激动,竟然喘起气来,脸色惨白。张一鸣见了,觉得他既可恨又可怜,淡淡地说道:"你还是躺会儿再说吧,用不着这么激动。"

听到儿子的声音虽然冷漠,但多少有一点儿关心的意思,张俊新感到有些宽慰。这时,云香进来了,后面还跟着一个女招待,手里端着一个茶盘,上面放着一杯茶,一碟削好的水果,一碟点心。她们一进来,也带来了一股臭鸡蛋似的味道,云香笑着说道:"大少爷,吃点水果点心,这榴莲是我们从菲律宾带来的,你尝尝味道如何。"

张一鸣说道:"不用了,我吃不惯榴莲。"

"那就吃点点心吧。"她含着笑,再三相让。

张俊新拿起一块榴莲递给他,说道:"你就尝一点吧,榴莲这东西,就好像我们江南的臭豆腐,闻起来臭,吃起来香。我刚到菲律宾的时候也闻不惯,多吃几次,觉得越吃越香,越吃越喜欢。"

张一鸣大不耐烦,但不愿当着女招待的面发作。他接过榴莲,放在嘴里咬了一口,只见父亲望着自己,脸上露出一种满足与高兴的神色,唇边还带着一抹微笑。这种快乐的表情,他的记忆中何曾有过,他心肠虽然刚硬,到这时也不能不发软了。他皱着眉头,勉强把那块榴莲吞了下去,说道:"不吃了,我闻不惯榴莲的味道。"

云香拿了一根凳子放在床边,让女招待把盘子放下,带着她出去了,张俊新看着她们的背影消失在门外,说道:"你知道我为什么娶淑贤吗?"

"淑贤?她不是叫云香吗?"

"淑贤是她原来的名字,是她父亲取的。淑贤的身世很苦,她是苏州人,姓卫,七岁时死了母亲,父亲娶了后娘,后娘一直不喜欢她。十六岁那年,她父亲死了,后娘把她卖给一个盐商做妾,盐商惧内,所以她很受大太太的虐待,不到一年盐商死了,大太太立刻叫人把她转卖到了南京。我当初给她赎身,一来是同情她,二来是因为她长得太像如烟了。"

这句话倒是出乎张一鸣的意料,他一直认为是云香下贱、无耻地勾引父亲,破坏了自己的家庭,害得自己家破人亡、无父无母。

张俊新继续说道:"淑贤不仅长得像如烟,对我也是一片真心。我为她赎了身,决心重新做人,对家庭负起责任来。可是,你母亲非常生气,说什么也不肯接受她,我怎样求她她都不肯答应。我要把淑贤赶走,她无亲无故的怎么生活,难道让她重新沦落风尘?我一时情急,也没多想就带她离开了嘉兴。可我万万没有料到,我会因此害了你母亲。"

他的脸上现出了愧疚的神色："我对不起你母亲，我真的没想到她会死。如果知道会是这个结果，我就是另外的做法了。我，我真的很后悔，这么多年了，我的良心一直都在谴责我。"

张一鸣过了好一会才说道："是吗？过了二十年才想起跟我说这些话，你不觉得太晚了吗？"

张俊新长叹一声，说道："是呀，是太晚了。我要是早点知道就好了。我当年离开嘉兴以后，先去了青岛，后来又到广州，可一直找不到事做。眼看着快要坐吃山空，听人说去南洋做生意赚钱容易，我就跟人合伙去了菲律宾。可是我们没有经验，又不了解行情，不仅没赚钱，反而血本无归，流落异国。那段日子过得非常艰难，为了谋生，我什么都干过，连苦力都干过。淑贤是个善良的女人，跟着我吃苦受累，给人家当过用人，在街头卖过香烟、水果，即使在我到了山穷水尽的时候也没有离开我，甚至连半句怨言都没有，如果没有她的支持，我怕是已经跳了大海了。后来，我在一个中国人开的古玩店里找了份工作。那个店是针对西方人开的，卖的多数是中国的古玩。你爷爷鉴别古玩是个行家，受他影响，我也学会了一些。老板看我懂行，很器重我，慢慢地开始让我参与店里的事务。经理辞职以后，他就让我当了经理，那时候，我离开家乡已经十年了。十年来，我一直很想知道你母子的生活状况，可我活得如此落魄，实在没脸告诉你们。当了经理以后，我的生活有了好转，这才决定给你母亲写信，寄一点钱回家，尽管不多，总算是一点心意。可信被退了回来，上面写着'查无此人'。我又给你大伯写信，这才知道家里发生了什么，我当时后悔莫及。我给你外公写了信，向他忏悔，希望他能告知你的近况。他回信把我骂了个狗血喷头，狠毒不堪，并威胁说只要我敢到他那里去找你，他就把我剁成肉酱，扔到黄浦江里喂鱼。"

他看了看儿子脸上诧异的表情，问道："我想，他这么恨我，一定没有告诉你我写过信吧？"

"没有。"张一鸣据实相告。白耀祖对张俊新恨之入骨，直到去世都没有跟外孙谈及此事。

张俊新继续说道："我那时候真的很想回来，可手里没钱，回来能做什么？我只能留在菲律宾，一边工作一边拼命攒钱。后来有一个橡胶园园主死了，他是美国人，儿子是学法律的，对种植不感兴趣，接手之后一直亏损，决定把园子卖了回美国当律师。我听说以后,拿出所有的钱,又到银行贷了款,把园子买了过来。上海开战的时候,我本想随菲律宾华侨抗敌救国会送捐献物资回上海,可那时胃病犯了,没法回来,只好托别人打听你的下落,人家告诉我你外公在上海的房子已经被炸了,加上战争期间,上海一片混乱,打听不到你的一点消息,我当时的失望,真是难以形容。这几年战争频繁爆发,橡胶需求量大增,我的生意越来越好,不仅还清了贷款,还大有盈余,只是胃病越来越严重,年轻的时候酗酒伤了身体,落下了胃病,今年五月一次大出血,差点就死了。我就怕自己死之前找不着你,那就死也不能瞑目。这次来重庆,在报上登了寻人启事一直没有回音,我本来已经不抱希望了,可没想到你真的来了,这太好了,太好了!"

张俊新说到这里,那种骨肉重逢的喜悦之情,溢于言表。张一鸣到了此时,虽然觉得有愧于母亲,可对他再也恨不起来了。

"你还有其他孩子吧?"

"是的,你有两个弟弟,一个妹妹。你的二弟叫荣瑞,现在在美国学习飞行,等考取飞行员执照以后就来参加中国空军。"

"空军?"

"是的,中日战争爆发后,一些美国华侨听说中国缺乏飞行员,就自发集资筹办了飞行学校,免费招收华侨青年,把他们训练合格后送到中国空军当飞行员。荣瑞今年八月到的美国,本来在耶鲁大学学法律,就在上个月,他听说了这事以后也去报了名,人家看他文化程度不错,身体又好,高中的时候他就是校足球队队长,当场就把他录取了,大概明年年底或者后年年初就会到中国来。你的三妹叫忆如,她和荣瑞是双胞胎,一起去的美国,现在在加州大学学习物理。四弟叫荣琰,在上中学。他们从小就知道有你这个大哥,和我一样盼着能找到你。荣宝,你四弟也到中国来了,你一会儿就能见到他,我相信你能感受得到这份亲情。"

又谈了一会儿,卫淑贤和一个少年进来了,少年大概十三四岁,身体结实,穿着白色衬衫,浅绿色细绒线背心,棕黄色西裤,黄色皮鞋,颇像一株生机勃勃的小树。卫淑贤指着张一鸣对他说:"这就是你的大哥。"

"荣宝,"张俊新说道,"这是你的四弟荣琰。荣琰,快过来,快,叫大哥。"

张荣琰长得很像父亲,只是在热带地方长大,皮肤有些黄黑。像所有对

军营生活一脑子幻想的少年一样,他的眼睛一眨不眨地盯着张一鸣的领章,羡慕得直吸气:"大哥,真没想到你是将军。我可以摸一摸这些金星吗?"

他的神色是那么的天真,又带着好奇和佩服的口吻,张一鸣没法拒绝他。"可以,你摸吧。"

他小心翼翼地摸了摸,又说道:"大哥,你能把手枪给我看看吗?"

张一鸣打开枪套,掏出手枪递给他。他欣喜地接过去,翻来覆去地看着,枪养护得很好,用机油精心擦拭过的枪身闪着亮铮铮的金属光泽,他惊叹道:"好漂亮!枪管真粗,这是什么枪?"

"这是柯尔特自动手枪,是美国大使馆的一个武官到我部队参观时送给我的,这种枪的口径有11.43mm,因为口径大,所以威力也非常大。"

"你用它杀过日本人吗?"

"当然。"

"你是在前线带兵打仗的将军吗?"

"是的。"

"你的职务是什么?"

"军长。"

接下来的气氛没那么僵硬了,张荣琰询问了大哥许多军事上的问题,还带着强烈的崇拜之情,凭着他的天真,他把他大哥冰封已久的心解冻了,张一鸣耐心地回答了他的提问。张俊新看着他兄弟俩一问一答,长子的脸色越来越和缓,心里高兴,也不插嘴,只在一旁含笑听着。

"大哥,你真行,懂得真多。"张荣琰钦佩地说道,"我待会儿要去找何进,告诉他,他姐夫是团长算什么,我大哥是军长,比他姐夫厉害十倍。"

张俊新笑道:"这孩子,小小年纪就知道炫耀了。"又对张一鸣说:"何进是饭店何经理的儿子,跟荣琰差不多大,两人这几天一直在一起玩。"

张荣琰说道:"爸爸,你不知道,是何进先跟我炫耀,我说我二哥在航空学校,将来是飞行员,他说二哥当飞行员只是个少尉,他姐夫是上校,比少尉大多了。"

卫淑贤一直只听他们说,不肯插话,这时忍不住开了口,她为自己的儿子担心。"希望荣瑞毕业的时候,战争已经结束了。"

"那不行,"张荣琰叫了起来,"我还等着长大了去参军打鬼子呢,仗打完了,我就打不成了。"

"你不是说长大了要去当帆船运动员吗?"

"那是打仗以前的事了,我现在改主意了。我决定等我满了十六岁,我就来中国参军。大哥,我就到你的部队去行不行,到时候我来找你。"

张一鸣还没回答,卫淑贤紧张地说道:"十六岁太小了,等你满了十八岁再说吧。"

"等我满了十八岁仗都打完了,我还参军干什么?"张荣琰不满意母亲的话,扭头对父亲说:"爸爸,大哥在打仗,二哥将来也要打,你们不让我去,不公平。"

张俊新说道:"我说过不要你去吗?等你满了十六岁,你要是还愿意去,你就去吧。"

卫淑贤痛苦地问道:"你真的舍得他去?我们已经放走了荣瑞,就不能留一个在家里吗?"

"要说我也舍不得。可我们已经面临亡国的危险了,与其让儿子等着当亡国奴,不如让他去和敌人拼命。"他见卫淑贤张嘴要说话,立刻摆了摆手,阻止了她的话头,"你不用说了,我知道你想说什么,你认为我们在国外,战争和我们没有什么关系。可你想想看,我们虽说人在菲律宾,可根在中国。中国灭亡了,民族也就亡了,民族亡了,我们的根也就没有了。没有了根,我们不就和犹太人一样了。犹太人在世界上处处受人非难,让人瞧不起,不就是因为他们没有根吗?再说,我也不想一直呆在海外,我原来打算等荣瑞或者荣琰接手管理橡胶园以后,我就回嘉兴老家去养老。现在嘉兴沦陷了,还不知道我能不能活着回去,我只恨我老了,身体又差,不能扛枪去打日本鬼子。"

张一鸣惊讶地看着父亲,他从小对父亲的印象就只是一个酒鬼,一个放浪形骸的浪荡子,听到他的这番话,心里突然产生了一种异样的感觉,也许以前那个父亲已经死了,变了个人回来。

张荣琰兴奋得直跳:"爸爸,好爸爸,你说得真好!我就知道你不会反对。大哥,满了十六岁我就来找你,你让我当炮兵好不好,打大炮,一炮弹可以炸死好多敌人,太过瘾了。"

"炮兵?"张一鸣脸上终于露出了一丝笑容,他越来越喜欢这个小兄弟

了,"那是技术兵种,没有专业知识可不行。你要真想当炮兵,那就先去读军校吧。"

"读军校,那不又得耽误时间?我可等不了。我就不当炮兵了,当机枪手怎么样?"张荣琰作出端着机枪扫射的样子,"嗒嗒嗒嗒,一样可以打死很多敌人。"

墙上的一只挂钟发出了当当的响声,张俊新看了一下,对卫淑贤说道:"五点了,你看,我们光顾着说话,该办的事情都给忘了。你赶快给总台打个电话,定一桌菜。我们一家人重逢,是件值得庆贺的喜事,你多点几样好菜,记着一定要有鱼,能弄到螃蟹就更好,荣宝从小就喜欢吃鱼和螃蟹。你再让他们做一道咖喱鸡,他们的咖喱鸡不地道,你告诉他们怎么做,我想让荣宝尝尝南洋风味。"

张一鸣惊讶地看着父亲,他万料不到时隔多年父亲还记得自己喜欢吃的东西,心里的那块坚冰开始碎裂、融化,久违的父子亲情终于涌上了他的心头。

接下来张俊新问起他二十年来的生活,张一鸣回答得很简洁,没有什么精彩的叙述,完全是军人风格,但张俊新还是感受到了他那九死一生的残酷经历,心里说不出是骄傲还是难过。

听他说完,张俊新关心地问道:"你的年纪也不小了,为什么不成家,是因为事业忙还是没碰到合适的姑娘?"

"都不是,我已经订婚了,我的未婚妻比我小得多,正在大学读书,所以还得等两年,等她毕业了才结婚。"

"是什么人家的小姐?"

"是我的表妹,我舅舅的女儿。"

"你舅舅有女儿了,我记得他有三个儿子,一直很想有个女儿,他现在有几个孩子了?"

"四个。"

"这样说来,你们也算得上是青梅竹马了,"张俊新想起自己曾经有过的不幸,关切地问道,"是自由恋爱,不是从小定亲吧?"

"是自由恋爱。"

"自由恋爱就好。你舅舅和你舅妈相貌都很漂亮，我想她一定也长得很美。"

"她确实很美，不过我喜欢她倒不仅仅是她的容貌，主要是她的性格，她很纯真，善解人意……"提到他的未婚妻，张俊新发现寡言少语的儿子像变了个人似的，突然活跃了起来，滔滔不绝地谈起了她，而且毫不吝啬地用了许多溢美的言辞来形容，最后，他从衣袋里摸出一张照片，结束了自己的描述，"你看，这就是她。"

张俊新接过照片，戴上老花眼镜，仔细地看了看，说道："她确实很美，有点像她的母亲，但比她的母亲还要美。"

"对，"张一鸣对他的评价很满意，热烈地说，"她集中了父母的优点。"

张俊新微笑了，儿子身上迸发出来的激情说明他很爱他的未婚妻，至少他的婚姻不会重蹈自己的覆辙了，张俊新真心为他高兴。"她在重庆读书吗？"

"是的。"

"你舅舅和舅妈也在重庆吗？"

"舅舅在，舅妈七年前就去世了。"

"真是红颜薄命。"张俊新感慨道，"她是个很有才华的女人，画得一手好仕女画，我记得你外公六十大寿的时候，她献了一幅'麻姑献寿'图，画得十分传神，人物栩栩如生，连当时有名的国画大师李叶山都大为赞叹。想不到这么年轻就死了，你舅舅续弦了吗？"

"没有。他和舅妈感情很好，舅妈死的时候，他伤心得吐血，以后很长一段时间他没事就看着舅妈的照片发呆。我想他这一辈子也许都不会续弦了。"

突如其来地，张一鸣的头脑里闪现出了一个念头："假如我的琳儿死了，我会怎么样？"

他无法想象自己如果再也见不到那张如花的笑靥，听不到那甜美的笑声和脆生生的呼唤，他的余生将是何等的暗淡。他一下子理解父亲了，甚至还有些同情他，因为他突然明白父亲不但不是一个天性凉薄的人，相反，他非常重感情。他不过和母亲一样，都是那个年代里，由父母之命来主宰的婚姻制度的牺牲品。

他没有想到他父亲的这种特性也是他自己拥有的，他只觉得他能够理解父亲的行为，因而也就原谅他了。多年来郁结于心的阴霾突然消散了，一种如释重负的感觉，一种谅解、宽宏所带来的愉悦逐渐涌进了他的心。

第三章　亲情的回归

张一鸣尽管原谅了父亲，可是长期分离所造成的隔阂，不是短时间内能够消除的，但他和张荣琰的感情却升温得很快，不仅因为血缘的关系，这位异母小兄弟如同那些被战争激动得热血沸腾的少年一样，对他崇拜得五体投地，一直紧紧挨着他，睁着一双乌黑的眼睛崇敬地望着他，唯恐漏掉了他说的每一个字。即使一家人前往餐厅吃饭的时候，他也寸步不离地跟在他身边。

进了餐厅，一个站在柜台前和女招待说话的男人看见了张一鸣，一边喊着"远卓"，一边快步走了过来。他穿着深灰色西服，手上拿着一根黑漆手杖，正是张一鸣的同学黄可祥，和以前相比，他胖了许多，连肚子都凸出来了。自从在南京白公馆的宴会上见过面后，两人就失去联系了，这次意外重逢，双方都是惊喜交集，紧紧地握着手不放，张一鸣说道："老同学，两年不见，你可发福了。"

"我根本就不愿意胖，这年月发胖，人家准以为你发了什么国难财了。可不愿意也没办法，这是遗传，我们家的人，一过了三十岁就要发胖，喝水都要胖。"黄可祥打量着张一鸣，说道："你倒是瘦了，也黑了。"

"当兵的人，胖不起来。"

"我知道你在前线打得很艰苦，这两年我一直都在关注你的消息，你老兄战功卓著，让人钦佩。这次长沙大捷，你立功连我都跟着沾了光，很多人知道我们是老同学，特地来找我打听你的事，这些日子我是门庭若市啊。可惜我文笔不好，否则，真该写篇文章投到报社，说不定我也会跟着一举成名。呵呵。"

"你一点没变，还是这么爱开玩笑。"

"这可不是开玩笑，我是肺腑之言，确实为你这个老同学自豪啊。"

古往今来，很多能征善战的将军都非常注重名誉，张一鸣也不例外，黄可祥的称赞让他很是高兴,笑道:"你老兄现在如何,还在交通部吗?"

"还在。"

"升职了吗?"

"升什么职啊? 如今的重庆,什么都缺,就不缺人,机关里都是人满为患,竞争激烈,像我这种没有背景的人,能保住职位就不错了,升职那简直是非分之想。"黄可祥苦笑了一下,转了话题,"你到重庆,是来参加少琛的婚礼吗?"

"不是,"张一鸣脸上的笑容消失了,"已经没有婚礼了。"

"怎么?"

"他牺牲了,我就是为这个特地从湖南赶回来的。"

"少琛牺牲了? 我的天! 我一点都不知道,就是在长沙会战时牺牲的?"

张一鸣没有开口,只点了点头。

"该死的日本人!"黄可祥扼腕痛惜,他一直很欣赏白少琛,"这太让人痛心了,他是个很不错的小伙子。半个月前我还碰到白校长,他高高兴兴地告诉我少琛订婚了,等仗打完了就回家结婚。我还跟他道喜,说到时候一定要邀请我参加婚礼。唉,想不到……少琛很优秀,死得太可惜了。"

"是的,他确实很优秀。"

"白校长还好吧? 这个打击太大了。"

"开始两天他连饭都吃不下,现在好些了。"

"我要是早点知道就好了,真该去安慰一下他。可是我明天一早就要离开重庆,来不及了。"

"你要出差吗?"

"对,去广西。今天晚上就是我的家人给我饯行。"

"去桂林吗?"

"去来宾,视察中越铁路的进展情况。"

"中越铁路? 你是说现在开始修往越南的铁路了?"

"不是现在,其实早在武汉会战时就开始建了。"黄可祥告诉张一鸣,由于沿海城市纷纷陷落,加上日本海军的封锁,中国的海运中断,只能依靠陆路运输。为了在滇缅公路之外再给自己增加一条运输大动脉,政府决定从桂林往南赶筑一条铁路,与越南通往中国国境的铁路相连,使许多进口物资

可以经河内港快速转运到中国。

听到这个消息,张一鸣很高兴,抗战以来,军备及医药的缺乏一直是困扰中国军队作战的因素,这些东西大多依赖进口,滇缅公路的运输量远远不够,铁路的运输能力大于公路运输,中越铁路通车以后,也许能够将目前的困境缓解一些。

"要修通了吗?中越铁路通车了,我们就可以多一条对外运输线,不必单依靠滇缅公路。"

"马上修到来宾了,离边境只有一百多公里了。"

"大概什么时候能通车?"

"不好说,我就是被派去察看的。据铁路工程方面汇报,现在日本飞机轰炸得相当厉害,我们的工程人员和民工被炸死了不少,所以进度缓慢。日本人大概也知道这条路修通了,中国就可以通过越南的港口加大对外贸易,减轻他们对中国经济封锁所造成的困难,这是他们不愿看到的,所以拼命轰炸。"

张荣琰恨恨地说道:"日本人太坏了,等我参了军,我要杀尽他们!"

黄可祥说道:"有志气,将来跟着你张叔叔干。"

"他不是我叔叔,是我大哥。"

张一鸣也说:"这是我四弟,"又指着张俊新说:"这是家父。"

听到张一鸣介绍说"这是家父",张俊新知道儿子终于认了自己,激动得连眼睛都湿润了。黄可祥在清华和张一鸣同窗两年,一直同桌吃饭,同寝室睡觉,无话不谈,却从来没有听张一鸣提到过他父亲,也知道他是由他的外公养大的,所以一直以为他父亲已经死了,心里感到有些惊讶,脸上却没有表现出来,立刻给张俊新鞠了一躬,说道:"伯父,你好。"

张一鸣对父亲说:"这是我在清华时候的同学,黄可祥,在交通部当处长。"

张俊新含笑点了点头:"你好。"

一个小男孩从一间雅间里伸出头,望着黄可祥大声喊道:"二伯,你快来呀,都等着你呢。"

"家里人催我,我得过去了。"黄可祥又和张一鸣握了握手,"此次一别,又不知道什么时候才能见面了?"

"我的司令部迁到祁阳了,从南宁坐火车过去很方便,你有空的话,随时可以去找我,我请你打猎。"

"打猎?好主意,我争取抽时间去。"

"一言为定。"

两人握手相别。穿着黑色西服,打着红色领结的经理殷勤地迎上来,亲自把张一鸣一行人领到另一间房,对张俊新说道:"张先生,请你原谅。你要的螃蟹没有,四川这地方不产肉蟹,我们卖的都是从香港空运过来的海蟹,昨天的那班客机飞到广东的时候被日本飞机击落了,现在整个重庆通没有货。"

"鱼有吗?"

"有,是江鲤,今天下午才从长江打到的,有两斤多重,还是条红鲤鱼,有这么长。"经理一边得意地说,一边用手比画了一下。也难怪他得意,因为重庆这地方,虽然有长江和嘉陵江两条江,但水流湍急,藏不住鱼,乡下池塘不多,主要用于蓄水灌溉,并不养鱼,能弄到这么大的红鲤鱼确实不容易。"我让厨师给你们做一道'富贵有余'怎么样,这是他的拿手菜。"

"富贵有余是什么鱼?不会很辣吧?川菜好吃是好吃,就是太辣,让胃受不了。"

"不,这个菜一点都不辣,跟您说实话,它其实就是糖醋鲤鱼。"

张荣琰说道:"糖醋鲤鱼就是糖醋鲤鱼,叫什么富贵有余,让人摸不着头脑。"

"小少爷从南洋来,不了解重庆。"经理含笑说道,"现在的人,不但做生意的,就连很多政府官员都讲究吉利。我们做饮食的,不但要迎合客人的口味,还要迎合客人的心理,讨个口彩。'富贵有余'比'糖醋鲤鱼'听起来更顺耳,更能吸引人。"

张俊新问道:"荣宝,你看糖醋鱼怎么样?"

"还可以。"

"是在这里吗?"门外响起了一个年轻女性的声音,说的一口标准国语,略微带有一点柔软的江南尾音,听起来婉转娇媚,十分动听。

张一鸣听出是白曼琳的声音,马上起身走到门口,掀开门帘,说道:"是这里,进来吧。"

白曼琳迈着轻盈的步子,翩然走了进来。张一鸣原谅了父亲,也就答应父亲把这位未来的儿媳妇带来见见面。他希望白家人能够与他父亲和解,但也明白要他们接受父亲不是一件容易的事,尤其是舅舅对父亲的成见根深蒂固,这需要自己努力做他们的思想工作,以求得他们对父亲的谅解。然而对一个寡言少语的人来说,做思想工作是一件想想都头疼的事,他需要帮手,他得先从白曼琳身上入手,让她帮助他劝说舅舅,她善于言辞,将是一个很好的同盟军。

他让老马开车回梅园去接她,但她会不会来,他心里没底。此刻见她应邀前来,他不仅高兴,简直是感激。他牵着她的手,引到父亲面前,说道:"她就是琳儿。"

白曼琳对着张俊新深深地鞠了一躬,"姑爷好。"

张俊新见她不仅和照片上一样美,而且生气勃勃,充满了活力,具有一种摄人的魅力,难怪儿子为她倾倒,赞不绝口。等她入座之后,他笑呵呵地说道:"我们虽然第一次见面,可我已经很熟悉你了,荣宝一直在谈你。"

"是吗?"白曼琳望着张一鸣笑道,"都说了些什么?"

张一鸣笑而不答,卫淑贤说道:"大少爷不停地夸你,夸你美丽,还夸你心地善良,善解人意,还有,他说你的国画很好,尤其善于仕女画,连一位国画大师都叫好。"

白曼琳心里一暖,自己一点小小的技艺,他竟引以为豪,足以见自己在他心目中的地位,她含情脉脉地看了他一眼,然后对卫淑贤说:"哪有那么好,那位大师是我父亲的朋友,不过随口奉承一下,他就当真了。"

张俊新见两人情真意笃,也为儿子感到高兴。他来中国,满心希望能找到儿子,按儿子的年龄,应该娶妻生子了,所以精心准备了给儿媳和孙子的见面礼,孙子的算是白费心了,儿媳的倒还用得上,他拿出一个精致的小木盒递给白曼琳,说道:"这是我从菲律宾带来的,送给你。"

白曼琳道了谢,欠身接过,木盒是檀香木的,带着菲律宾特有的装饰风格,上面绘着热带风光,贴上从珍珠贝壳内剥离出来的银白色珍珠母,半透明的珍珠母用白金丝镶边,看起来漂亮极了。她惊叹道:"好漂亮!"

张俊新微笑道:"打开看看吧。"

她打开一看,里面是一串白色珍珠项链,珍珠大而浑圆,晶莹润泽,难得的是颗颗一般大,是珍珠中的极品。她出身豪门,祖母和母亲留下的名贵首饰很多,各种颜色质地的珍珠也不少,这串珍珠虽然名贵,还不如盒子更让她喜欢,不过她知道张俊新肯送她这种贵重礼物,一定是喜欢她的,所以还是非常高兴,笑道:"真美,我很喜欢。谢谢你,姑父。"

"喜欢就好。"

正谈得高兴,门推开了,进来了一个小老头,年龄和张俊新不相上下,黑黑的皮肤,长着一张典型的南方人的脸,小眼睛,塌鼻梁,厚嘴唇。他的个子矮胖,又腆着一个大肚子,所以衣服做得很宽松,显得没有精神,但他本人却绝对没有半点委靡不振的样子,他的眼神敏锐、顽强,脸上却带着热情和感人的笑容,尤其是厚厚的嘴唇给人一种憨厚朴实的感觉,使他很像一个吃过苦,历尽艰辛才获得成功的商业界人士。

他走进门,操着一口广东口音的国语说道:"对不住,我来晚了,教育部的黄处长来找我,多谈了一会儿,所以耽误了。"

张荣琰叫了声"潘伯伯",站起身拉开一把椅子,说道:"您请坐。"

他拍了拍张荣琰的肩膀,笑道:"好,好,荣琰长大了,越来越像个绅士了。"

"潘伯伯,我大哥找到了。"张荣琰很自豪,迫不及待地告诉了他,"你知道吗?他还是个将军呢。"

"我知道了,你父亲已经告诉我了。"潘先生看了张一鸣一眼,扭头问张俊新:"他就是荣宝吗?"

"是的,不过他已经不叫荣宝,改名叫一鸣了。"

"张一鸣?好熟的名字。"潘先生想了一下,眉毛突然扬了起来,"是117军军长张一鸣将军吗?"

"正是。"

潘先生哦哟一声:"文泽,我可真要祝贺你,祝贺你找到了儿子,还是这么优秀的儿子。"

"谢谢你,这几年为了找他,也让你费了不少心。"

"应该的,应该的。我们这么多年的朋友了,客气话就不用说了,你们父子团圆了就好。待会儿我一定要多喝几杯,好好庆祝一下。"

"好,我已经很久没喝酒了,今晚就喝个痛快。"

卫淑贤笑道："文泽，你光顾着高兴，也不把潘先生给大少爷介绍一下。"

"你看，我高兴得糊涂了。"张俊新对张一鸣说："荣宝，这是我们菲律宾华侨救国委员会的会长潘粤生先生，潘先生是个实业家，在菲律宾有一家大型轮船公司，还从事木材、橡胶等贸易，是我多年的好朋友。他很爱国，为了支持抗战，不仅捐赠了一辆坦克，还有卡车、轮胎和汽油。"

张一鸣一向敬重爱国华侨，听了父亲的话，立即对潘粤生有了好感，点头称赞道："老伯义举，让人钦佩。"

潘粤生笑道："你父亲捐得也不少，西药、医疗器材、救护车，都是前线急需的。你父亲没告诉你吧？"

"没有。"张一鸣看着张俊新，对父亲的感情更增了一层，"爸爸，你应该告诉我。"

听到这久违的"爸爸"两字，张俊新激动得话都说不出来了。潘粤生看在眼里，心里明白了几分，说道："将军，你父亲一直很牵挂你，为了找你，这些年他可是费了不少心。淞沪抗战时，他本来打算到上海找你，遗憾的是他的身体不好，没能如愿。"

"确实遗憾。"张一鸣说道，"我当时就在上海作战，爸爸如果去了，我们也许能够见面。"

"那时我也在上海，你父亲托我寻找你的下落，我去了你外公家，但房子被炸了，我四处打听也没有线索，在《中央日报》《大公报》和《沪报》上面登了寻人启事，可是一直到我返程都没有收到回音。"

"那时候战事紧张，我很少看报，偶尔看一张，也不过看看军事方面的，其他的就不看了。"

"可惜我不知道我要找的是张一鸣将军，如果知道，就不会有这些周折了。将军当时在哪里作战？"

"一开始在罗店，后来在蕰藻浜、大场一带。"

"罗店号称'血肉磨坊'，我从菲律宾前往上海，途经香港的时候就在报纸上看到了，我本来打算到罗店慰问前线官兵，可是我赶到上海的时候，罗店已经失守了，我到医院去看望了伤员，听到他们说起前线的战况，实在是惨烈，难怪称为'血肉磨坊'。"

"我们在罗店确实伤亡太重了，"张一鸣的语音很沉重，"我师人员损失了三分之二，有的团幸存下来的人连一个连都没有，还阵亡了一个旅长。"

"有人说，国军要三个师以上才能抵挡住日本一个师团的进攻，这是真的吗？"

"是真的。"

"我知道我们的军队和日军有差距，可是你能不能告诉我，这差距究竟有多大？"

"我主要谈谈两个方面的差距。"张一鸣考虑了一会儿才说，"就军队实力而言，日军的师团下辖2个旅团，每个旅团辖2个步兵联队，加上工兵、骑兵、炮兵等联队，一共有8个联队，炮兵联队拥有36门75mm野炮和12门120mm榴弹炮，除了这些炮，每个步兵联队又单独拥有一个联队炮中队和一个速射炮中队，速射炮中队拥有4门37mm速射炮，至于机枪、迫击炮和掷弹筒更是武装到了小队，这8个联队再加上师团部和旅团部的人员一共有两万八千多人。而我们虽然一个师的编制为一万两千人左右，可实际上不少师根本达不到这个数字，只有五千到八千不等，各个师的武器装备也参差不齐，但是有一点绝对相同，那就是没有榴弹炮，野炮、山炮也少得可怜，有些炮甚至还是清朝遗留下来的，另外，机枪、迫击炮的数量也很少。而且打起仗来，日军通常有战车、飞机协同作战，我们有什么？什么都没有。况且中国的军队组成复杂，中央军和地方部队之间，各战斗单位不仅素质参差不齐，而且各有各的作战方式和作战理念，协同起来很难，因此说中国三个师以上才能抵挡日军一个师团，五个师以上才能向日军一个师团进攻，这是一点都不夸张的。"

他沉吟了一下，继续说道："再谈谈两国官兵的素质，中国是个落后的农业国家，人口以农民为主，所以兵源主要来自农村，虽然这些农村兵能够吃苦耐劳，有着极强的韧性，但绝大部分没有受过教育，接受新思想、新事物比较困难，而且长期的自耕自足生活方式也使他们没有权利义务的观念，缺乏团体精神，协同性差。而团体精神以及良好的协同性，需要从基础教育开始，在学校里通过集体生活和体育比赛等，才能形成自我约束与遵守纪律的习惯和风气，这些习惯和风气，通常要经过八到十年的集体生活才能形成，绝不可能通过短短几个月的训练就贯注到这些从没进过学校大门，连字都不认识的新兵的脑子里。不识字的不仅是士兵，还有不少中下级军官，按我以前的要求,军官必须是军校学生或者经过军校培训的人员,可是抗战以来,军官损失严重,不得不从老兵中提拔,又没有时间对他们进行培训,以至于很多营级以下单位无法按规范行事,这种弊端在作战的时候尤为显著,连我都不得不接受这种现实,有时到一线督战,遇到这种军官,给他下命令时我不能用军语,比如要他'注意侧翼威胁',我得说成'注意不让敌人从旁边打你','佯动',我得说成'给我装假,骗过敌人',其他如'阻绝'、'逆袭'、'火力网'等等,更不在话下。相比之下,日本是个工业发达的现代化国家,国民教育普及,民众容易接受新事物,也习惯纪律的约束,所以日本官兵能够完全按照典范令行动,各兵种之间协调得当,各战斗单位能够有效地执行命令,发挥出自己的战术特点,与我们的不按规范行事、不易协同有了天壤之别。"

张俊新叹道:"想不到教育的缺乏,对军队作战都有如此大的影响。"

白曼琳说道:"我记得南开大学的创办人张伯苓先生曾经说过,国家不振,民族多难,其原因就是'愚'、'弱'、'贫'、'散'、'私'这五大弊病。"

"张伯苓先生说得不错,'愚'、'弱'、'贫'、'散'、'私',"张一鸣说道,"我说了那么一大套,不就是这五个原因吗?"

"而导致这五大弊病的根本原因,说穿了仍然是教育的问题。"白曼琳毕竟是教育家的女儿,常听父亲谈起教育对国家发展所起的作用,认识比较深刻,"远的朝代不谈,就从清朝说起,统治者不注重教育,国民受过教育的极少,即使能受教育,学的也不过是八股文,至于数学、物理、化学、天文、地理、自然科学等等,不管公私学校都不曾开设。而僵死的八股文除了让人读死书应付科举考试之外,根本没有任何实用价值,致使国人思维短浅,科学知识匮乏,思想愚昧落后,从而导致了中国百年积弱,受尽列强欺凌。到了清朝末叶,光绪皇帝虽然停止了科举考试,废除了八股文,但教育的改善程度并不大。从民国初年到北伐这一段时间,军阀割据,战乱不断,普及教育更是无从谈起。北伐以后虽然有所改观,儿童的入学率有了很大提高,但直到七七以前仍然只有43%,还达不到一半,拿受过教育的人与全中国4万万人口相比,大概60个人中,有一个上过小学,4400个人当中,有一个受过中等教育,16000个人当中,才有一个大学生。这样的数字,与日本整个青少年入学率达到99.5%相比,差距实在太大了。"

白曼琳继续侃侃而谈:"再看看日本,其实日本原来也和中国一样,是个封建落后的国家,与中国所受过的遭遇差不多,也遭到帝国主义的欺凌和侵略,像我们的鸦片战争,日本同样也遭受了,只不过日本人没称之为战争,称之为'黑船事件'。可是日本经过明治维新以后,迅速地发展起来,不仅废除了不平等条约,而且在日俄战争中打败俄国之后,还成为世界几个强国之一。日本的强大和发展,原因是多方面的,但他们特别重视教育确实是一个非常重要的原因。从明治维新开始,新政府走的就是教育优先的路子,不但建立了一套完整的义务教育制度,而且在国家各项经费中教育经费占得最多,不仅如此,还在全国上下形成了教育优先发展的共识,所以整个日本由上至下,对教育制度执行得极为彻底,所有国民都受到了认真严格的教育。经过举国上下的共同努力,短短十年间,日本国民的识字率就猛升到了90%以上,国民素质也因此迅速得到提高。他们热爱国家,有着强烈的民族意识,工作一丝不苟,责任心极强,遵守公共道德,严守纪律,团结互助,民族凝聚力很强。这在以后的日俄战争中得到了充分证实,当时俄国比日本强大,日军的装备与俄军相比处于劣势,但日本军人奋勇争先,民不畏死,最终打败了俄军,取得了举世瞩目的胜利,由此踏入了世界强国的行列。从日本由弱到强的发展过程来看,只有加大教育力度,才能提高国民的素质,才能唤起一个民族的觉醒,从根本上改变民族的命运和国家的未来,一个不重视教育的民族是没有希望的民族。"

"一个不重视教育的民族是没有希望的民族,真乃千古不磨之论也!"潘粤生竖起大指,由衷地称赞说:"白小姐年纪轻轻,想不到竟有如此高深的见解,佩服!佩服!"

"老伯过奖了。其实这话并不是我说的,而是家父。"

张俊新说道:"她的父亲是大学校长,也是个有名的教育家。"

"原来如此,难怪白小姐语出不凡。"潘粤生又赞叹了一句,然后对张俊新说:"谈到教育,文泽,教育部的黄处长今天不是约我谈话吗,他谈的就是这个问题。他说抗战期间,为了让青少年能够读得起书,也让流亡学生不致流离失所,国立大学和国立中学一律免费,可是现在国家财政困难,教育经费紧张,各个学校都举步维艰,他希望我们能在华侨中做些宣传,号召大家捐些资金用于教育。为了说明教育的重要性,他给了我几份材料,其中一份是长沙人杨德邻的家书,你们听说过杨德邻吗?"

张一鸣说道:"我知道一个杨德邻,是著名的南社成员,在湖南都督谭延闿手下当财政司司长,因为坚决反对袁世凯称帝,被汤芗铭杀害,不知道老伯说的可是他?"

"对,就是他。"

张荣琰问道:"南社是什么?"

张一鸣回答:"南社是著名的文学团体,由同盟会会员陈去病、高旭和柳亚子发起,于1909年成立于苏州虎丘的张国维祠,张国维是明末崇祯年间的苏松巡抚,清兵入侵后,他起兵抗击清军,以身殉国,南社以张国维祠作为会场,寓意不言而喻,当然就是反清,袁世凯称帝后又反袁。"

潘粤生从皮包里拿了一张纸出来,说道:"这就是杨德邻的家书,是1905年他在日本留学的时候写给他母亲的。杨先生在信里将日本和中国国民素质作了详尽的比较,虽然已经过去了32年,你们看看中日之间的差距可有所变化?"

大家将家书传看了一遍,上面写着:

现在日俄战事虽已结束,然日本想打中国主意,其心甚深。各界上都有清国语学堂,少年子弟,多是讲求英国语、法国语、朝鲜语、俄国语、清国语的。所以讲求英语、法语者,国事上,学问上办交涉也。所以讲俄国语、朝鲜语、清国语者,打三国之主意也。现在俄国已被他打败了,朝鲜已被他压制了。我们中国到日本者,人虽多,懂日本话者很少,与他国的事情,打听很难。他的学生,来游中国者,都能通中国语,是以中国的事情,一点都被他探听了。我们乡间人听见有人学东方文学、学英文必然骂他是洋教,说鬼子话,殊不知世界各地,凡稍有学问之人,必懂得二三国的语言,不独日本然也。日本高等学生必懂得英国、法国两国之语。

今比较日本与中国之情形:

1. 日本女子人人读书,女子学堂之多,遍地皆是;中国女子人人不知读书,女学堂全然无之。

2. 日本女子十四五岁时就可以经营商业,独挡门面;中国女子十七八岁时只当得小姐,藏在房内。

3. 日本女子堂堂正正,不知畏人;中国女子见人就躲,缩头缩尾。

4. 日本男子人人看报,以不晓得世界事为可耻;中国男子人人不看报,以讲到世界上的事为荒唐。

5. 日本男女,人人勤快,人人俭省(日本吃食多半是生冷,且极少。每餐生白菜一碟,酱油或豆腐二片,或小鱼一只,中国人多半吃不下口);中国男子多懒惰如蛇,好吃如猫。

6. 日本自贵人至下等人,无不做事之人;中国人大半睡晚觉、恋床铺、吃洋烟(日本人不吃烟,所作纸烟多半卖与中国人)、抹纸牌。

7. 日本人做事之时也要读书,无一时闲(日本人拖东洋车的与门面做生意的皆手中拿一本书);中国人读书者不做事,做事者不读书。

8. 中国人好骂人、好打架,日本街上从未见过。

9. 中国向来读呆书,不求个所以然;日本教子弟读活书,第一要晓得眼面前的事,引他知世界上之事。

10. 日本人人尚武。凡学堂内之高等学生,人人皆能击剑、打枪、跑马,所以一有战事,人人能出头。中国早数十年尚有此风,今则不独读书人不能尚武,即做粗工的人,亦复不能武。

大家看完,都觉句句属实,身为中国人,心底未免沉重。张一鸣十几年来一直辗转作战于各省,从沿海大城市到内陆乡镇,涉足的地方很多,更是感同身受,叹道:"这封信写于1905年,可是三十多年过去,中国大部分地区,特别是乡村,并没有多大的变化,时间在那里,简直就像停滞了一样,无论外界发生了什么惊天动地的大事,依然波澜不惊,宛如死水。"

潘粤生说道:"看来国之大计,确实得以教育为本啊。"

张荣琰一直听他们说话,这时终于开了口:"国家大事我不懂,反正当务之急,就是要把日本人赶出去。不然的话,谈什么都没用。"

"荣琰说得对,是得先把日本人赶出去。"潘粤生举起酒杯,说道:"来,来,来,我们干一杯,祝小日本早日完蛋!"

"得等我参了军,打了仗之后才完蛋。"张荣琰说道。

张俊新厉声喝道:"你这是说的什么话?糊涂!"

"孩子说的话,别这么认真。"潘粤生劝了张俊新一句。

张一鸣对他弟弟说道:"你放心好了,这场战争一两年之内结束不了,到时候有你打的。"

卫淑贤轻轻地说道:"我倒希望能在一两年之内结束。"

"那不可能,"张一鸣说道,"除非我们向日本投降,但我们不会投降,不管打十年还是二十年,或者更久,我们都要打!总之四个字:决不投降!"

"对,"张荣琰挥舞着拳头,附和道,"决不投降!"

吃过饭,张一鸣送父亲回到房间,又说了一会儿话,才带着白曼琳返回梅园。

第二天,他接到孙翱麟的电报,说9战区长官部找他有急事,要他尽快返回湖南。他趁着这个机会,在临行前的头天晚上,在一家江苏馆子定了一桌酒席,将张家人、白家人和叶家人全部请来,表面上是辞行,实质上是想借此机会让父亲和舅舅见面,希望他们(主要是白敬文)看在自己面上,能够冰释前嫌。白敬文并不愿意见张俊新,但他知道张一鸣返回部队,随时会重上战场,生离死别之际,不忍心给他留下任何遗憾,再说张一鸣已经认了父亲,张俊新将是女儿未来的公公,为了爱女,他隐忍下了心里的嫌恶,勉强前去赴宴。

那一顿饭虽然不算宾主尽欢,但总算还是圆满。白敬文最初人虽然来了,但见到张俊新心里毕竟不舒服,所以不大说话,张俊新心里有愧,见他面上淡淡的,也不好开口,其他人被这种僵冷的空气感染,谈话也不热烈,气氛显得不太融洽。张一鸣竭力寻找话题,引大家交谈,白曼琳有说有笑地谈起教育部的一个次长到学校检查工作时闹出的笑话,故意问父亲知不知道,又问张俊新菲律宾的教育部是否会出这种事,试图引两人交谈,张一鸣感激得暗地里直握她的手,叶寒枫虽是局外人,见此情景也明白了,也帮着打开僵局,桌上的气氛逐渐活跃起来。张俊新借此机会与白敬文攀谈,并坦率地表达了藏在内心已久的愧疚,白敬文是忠厚人,见他出于至诚,也就一笑泯恩仇了。

第二天中午,张俊新又邀请白、叶两家人去吃西餐,他怕白敬文不肯来,亲自去接他,兵不打笑脸人,何况白敬文不是兵,只能接受邀请。晚上,他给张一鸣饯行,也回请了张俊新,算是重新认了姐夫,两家重归于好。

张一鸣目的达到,心无所碍,吃过晚饭便和大家告别,乘飞机回转湖南去了。

第二篇
冬季攻势

第四章 利剑行动

　　1939年12月8日清晨,太阳还没有露脸,东边的天际已经开始发亮,预示着将有一个晴朗的天气,刮了一夜的西北风此时也温柔些了,不再那么肆无忌惮地呼啸。一脉绵延起伏的丘陵上,柏树、松树还保留着墨绿色的针叶,其他的则树叶尽落,光秃秃的枝丫在风中颤抖,给萧瑟的原野更增了几分寒意。林子里冷得彻骨,地上还结有一层白霜,白得让人赞叹,空气清新冷冽,周围宁静安谧,似乎一切都还在睡梦之中。

　　"呜呜呜",一阵号角声响起来了,一只花团锦簇的雄野鸡刚从灌木丛中的窝里出来,扑腾了几下翅膀,正扭过脖子,张开嘴准备梳理一下自己引以为豪的羽毛,听见号声吓得赶紧钻了回去。随着号声,东面响起了各种各样的声音,锣声、梆子声、哨子声、狗叫声、人的吆喝声,混合着响成了一片,树林的宁静被打破了。听见喧闹声越来越大,越逼越近,野猪、麂子、野兔、狗獾、狸猫吓得从巢穴里跑出来,惊慌失措地向着西面乱窜,大大小小的野鸟冲上天空,向着四面八方飞散,野鸡慌不择路,在灌木丛里跳跃、扑腾。

树林的另一端,孙富贵领着512团一营官兵们早已布下埋伏,等待着即将到来的猎物。时至今日,长沙会战结束已经两个月了,孙富贵伤愈归队之后,任一营代营长。长沙会战时,一营在龟背山与日军浴血奋战,全营从营长到士兵死战不退,除了早期因伤被救离战场的人,其余的全部壮烈牺牲。孙富贵痛苦地发现此时的一营物是人非,原班人马加上他一共只有二十一个人,这些人现在也都升了职,其余的大部分是新兵,一个猛虎一般的加强营,如今成了全军最弱的一个营,让他感到挖心般的难受。想起牺牲的长官和袍泽,他对天赌咒发誓,一定要把新的一营带出来,重新打出昔日的荣誉。考虑到该营的情况,陈子宽从其他团挑了些优秀军官来担任连排长,还调了不少经验丰富的老兵过来当班长,这给孙富贵增添了不少信心。为了尽快把队伍带出来,在这一个多月里,他每天都亲自到训练场指导训练,一身汗一身泥的和士兵们滚在一起。训练辛苦,官兵们都需要加强营养,但国难期间,军费紧张,部队的伙食并不好,当他听到二十公里外的九龙山有野猪出没时,决定带着全营的人去那里打猎,一来打些野味改善伙食;二来通过围猎让新兵感受到射击活物和操场上打靶的差别,提高他们的反应能力。他是从士兵一步步提拔起来的军官,作战经验丰富,懂得平时的训练不过是让士兵掌握基本的技能,一个新兵,不管他的胆子多么大,在操场上的成绩多么好,初上战场也难免惊慌失措,就好像一个人刚进入一个黑暗的地方,只会感觉眼前一片漆黑,什么都看不见,只有等眼睛慢慢适应了黑暗,才会逐渐辨别出里面的东西,最终看得一清二楚。

枪声零零落落地响了起来,狩猎开始了。孙富贵躲在一个树桩后面,身子伏在一丛枯草上,一面拿眼睛仔细搜索着前方,一面再三叮嘱旁边入伍才一个月的新兵佟祥元:"打的时候给我睁大眼睛看清楚点,不要慌,瞄准了再打,千万不要打到人。"

佟祥元揉了揉眼睛,说道:"放心好了,营长。我是山里人,在我老家,野猪多得很,我们那里管它们叫山猪,这东西老爱到地里来偷东西吃,顶可恨了,我就拿锄头打死过一头,……"

孙富贵哼了一声:"你小子甭跟我吹牛。拿把锄头就把野猪打死了,你当老子是白痴?"

"我没吹牛,是真的,我爹先拿枪把它打伤了,它跑不快,我追上去就这么给它一下,……"

"嘘!"孙富贵把食指放在嘴上嘘了一声,示意不要说话。佟祥元赶紧闭上嘴,侧着头仔细倾听林中的动静,前面的灌木丛里传来了一阵窸窸窣窣的骚动,由远而近。他端起枪,紧盯着发出声音的方向,不一会儿,一个灰黑色、粗糙丑陋的家伙钻出来了,它健壮结实,胸膛宽阔,粗硬的鬃毛竖着,像是小山丘上杂乱的荆棘。它大概被吓坏了,粗短的四肢使劲蹬着,飞快地夺路逃跑。佟祥元对着它开了一枪,子弹打在了它的脊背上,没有打中要害,剧痛使它野性大发,它吼叫着掉过头,龇着长嘴,挺着尖利的獠牙,发狂地猛冲过来。佟祥元知道暴怒的野猪有多厉害,见它朝着自己冲来,赶紧又开了一枪,慌乱中这一枪没有打中,紧跟着旁边一声枪响,孙富贵开枪了,子弹从野猪的眼睛进去,打穿了脑袋,它歪歪斜斜地跑了几步之后倒下了。

"打死了。"佟祥元跳起身来,飞快地跑过去。他踢了野猪一脚,见它毫不动弹,回头对孙富贵笑道:"这头山猪好大,我还从来没有见过这么大的,够我们好好吃一顿了。"

孙富贵瞪着眼骂道:"就他妈知道吃,打头猪用了两颗子弹还没打死,要不是猪,是个鬼子的话,你小子的小命早就完了。"

"这东西皮厚呀,经得起子弹,鬼子有那么厚的皮吗?"跟了营长一个多月,佟祥元已经摸透了他的脾气,知道他虽然喜欢吆五喝六地训斥人,但也应了那句俗话"好叫的狗不咬人",骂过就算了,也没见他真的动手打过谁,所以大着胆子辩解了一句。

"哼,日本鬼子,他们的皮更厚。"

这场围猎收获不少,除了野猪,还有一大堆野兔、野鸡和野鸟。官兵们回到驻地,兴高采烈地帮着伙夫收拾猎物,预备好好享受一顿大餐,整个营地充满了过节似的快乐气氛。孙富贵也很兴奋,决定买点好酒,今天晚上喝个痛快,他把佟祥元叫过来,说道:"去给我把那个小坛子拿来,我要去买几斤酒。"

"营长,我去吧。"

"不用,我自己去。"

佟祥元嘻嘻地笑着,不说话,他知道为什么营长不要他去,孙富贵见他

那副表情,伸手在他头上拍了一下,喝道:"笑什么笑?有什么好笑的,快去给老子找酒坛子。"

佟祥元伸了伸舌头,笑嘻嘻地去了,很快就给他拿了一个小酒坛来。他提着酒坛,走出营部,一径来到营部斜对面的杂货铺,杂货铺方老板最小的女儿方小翠正坐在柜台后面绣花,这是个白嫩水灵的湘妹子,有着鸭蛋形的脸,秀气的五官,小巧的身材。她已经十八岁,按当地的习俗,即使没出嫁也定了人家了,但她却没有,倒不是没人来提亲,她还没到十六岁就有媒人上门了,但方老板没有儿子,只有六个女儿,大的五个已经出嫁,所以一心想给小女儿招个上门女婿承继方家香火,自己和老伴晚年也有个依靠,可是条件好的人家不肯让儿子倒插门,差一点的他又不愿意,怕委屈了女儿,一来二去的就给耽误了下来。

孙富贵把酒坛咚的一声放到柜台上,见方小翠不抬头,故意咳嗽了一声,搭讪道:"六姑娘,绣花呐。"

方小翠抬起头,白了他一眼,说道:"废话,看见了你还问?"

"嘿嘿,好凶。姑娘家可不要这么凶,小心将来嫁不出去。"

方小翠伸手把垂在胸前的乌梢蛇似的大辫子捏住,狠狠甩到背后去,说道:"我嫁不嫁得出去,关你什么事?用不着你狗拿耗子,多管闲事。"

孙富贵虽然遭她一阵抢白,但并不着恼,依然嘿嘿地笑着说道:"你不要张口就骂呀,六姑娘,我是一片好心,给你提个醒。"

她绷着脸道:"谁要你提醒了。你是来买东西呢,还是来废话的?要买东西快点说,要废话就出去,本姑娘现在没空跟你啰唆。"

"当然来买东西,你六姑娘这么厉害,我敢跟你废话吗?到太岁头上动土,不怕让你给打出去?"

"你知道就好。"方小翠终于忍不住笑了一笑,站起身,把手里的东西放到柜台上,问道:"你要买什么?"

孙富贵看到她的笑脸,心里一阵奇痒,连话也说不出来,只望着她嘻嘻地傻笑。她立刻沉下脸,问道:"你到底要买什么?快说,不说就出去。"

他还没开口,身后有人接口道:"我要一条黄河,再称半斤烟丝。"

"人家又没问你,你他妈插什么嘴?"孙富贵骂骂咧咧地回过头,一看是三营长路云鹏的勤务兵李长生,问道:"你们营长发财了?一下子买这么多烟。"

"俺营长烟瘾大呀,这点还不晓得够不够呢?"

"不够什么?老路要请客呀?"

"营长现在忙还忙不过来呢,哪有时间请客。"

"他忙啥?要娶媳妇儿了?"

"俺营长就算娶媳妇儿也不可能在这几天。"

孙富贵啐了一口,不耐烦道:"你小子真他妈啰唆,到底什么事?"

"孙营长,你不要逗俺了,你是营长,部队的行动你比俺清楚,就不要拿俺开心了。"

"部队的行动?"孙富贵似乎明白了什么,想了想,突然抬腿就往外走,方小翠追出柜台,大喊道:"哎,你要去哪里?你的东西不要了?"

他回过身说了句"我待会儿来拿",脚不停步地走了。

她嘟哝道:"莫名其妙。"

出了杂货铺,孙富贵大步流星地赶往团部,路过3营驻地的时候,只见官兵们擦枪的擦枪,磨刀的磨刀,谁也没有闲着。营部门口,团部输送连方连长一面指挥手下把马车上的东西往下搬,一面大声对路云鹏说道:"一共二十箱子弹,二十箱手榴弹,五十发迫击炮弹,你点清楚了。"

孙富贵走过去,问道:"老方,发弹药呢,我们一营的什么时候送啊?"

"不知道,上头没叫我往一营送。"

"没有?你骗我呐。"

"真的没有,这么大的事,我敢骗你吗?"

"为啥没有我们一营的?"

"这我可就不知道了,反正上头说往哪送我就往哪送,其他的我也不能问。"

孙富贵人瘦,长得尖嘴猴腮,加上又姓孙,所以得了个外号叫"孙猴儿",底下的人不敢当着他面叫,路云鹏和他同级,当然无所顾忌,笑道:"孙猴儿,你今天不是带着人马上山打猎去了吗?打到什么好东西了?怎么不拿点来孝敬孝敬我?"

"孝敬你小子?你他妈少做梦吧!"孙富贵骂了他一句,随即笑道:"不过还别说,今天的收获真不少,晚上到我那里喝酒。老方,你也来。咱弟兄好

久没在一起喝酒了,今晚上不醉不归。"

"唉,真可惜,我今晚上来不了。"

孙富贵把路云鹏拉到一边,低声说道:"老路,咱可是多年的弟兄了,你老实说,部队是不是要出去打仗了?"

"都当营长的人了,你自己还看不出来吗?"

孙富贵一听,自己的猜想完全正确,部队肯定有军事行动了,但自己一无所知,显然一营被撂在一边了,这怎么能行？他也不和路云鹏多说,急匆匆赶到团部,一看不仅团长耿秋林和团副谢昭在,连副师长吕德贤也在。1939年,军事委员会决定对军队的编制进行精简,撤销旅一级单位,将各团直属师部指挥,使部队的指挥系统更加简便快捷。长沙会战后,117军遵照军委会的要求撤销了旅级单位,几个旅长自然也跟着被撤,张一鸣当然不会让这些在枪林弹雨里跟着自己出生入死的部下失业,一一按其能力、资格安置,有的升副师长,有的担当新设立的师步兵指挥官一职。吕德贤资历、战功都不错,又是张一鸣的心腹爱将,理所当然地升成了新25师副师长。

"吕副师长也在这里。"孙富贵见老上司在,底气更足了,笑道:"正好,我就一块儿请啦。我们一营今天打猎,打了好多野味,还有一头野猪,好家伙,有200多斤呢。晚上请你们到我那里吃饭,我已经买了好酒,大家热闹热闹。"

谢昭早年当过孙富贵的排长,也算是老上司了,他的为人比较随和,不管上级还是下属,相处都很融洽,听了孙富贵的话,笑道:"自己亲自跑来,你这客请得很心诚嘛。"

"就请三位长官看在我心诚的分上,赏我个脸吧。"

耿秋林说道:"副师长和我们都有事,来不了。"

耿秋林本是217旅副旅长,旅部撤销后当了512团团长,他的性格内向,少言寡语,即使孙富贵是老兵油子出身,脸皮特厚,也不大敢和他开玩笑,于是装出一副失望的样子,说道:"这……"

谢昭笑道:"我们确实有事,你要真有心,回头给我们送点野猪肉过来,也算我们领了你的情,到你那里大吃大喝一顿了。"

"没问题,回头我就叫人送过来。"孙富贵嘻嘻笑道,"今天有啥事,我看大家都忙得很,是不是部队又要开拔了?"

吕德贤问道:"你打听这个干什么?"

"没什么,随便问一下,要是部队真的要开拔,我也好提前做准备,免得到时候手忙脚乱。"

"不该你问的你什么也别问,好好给我练你的兵。"

"我那些兵已经练得不错了,就等着杀鬼子。吕副师长,真要打仗了,你可不能把我们一营留下来看家啊!我们……"

"告诉我,"吕德贤打断了他的话,"你参军多久了?"

"回吕副师长的话,八年。"

"八年?时间可不短啊,你怎么连一点军事常识都没有?一营基本上是新兵,连老兵带新兵、一带一都达不到,不经过半年以上的训练,根本就没有战斗力。现在就让那些新兵上前线,那不是把他们当鱼肉往敌人的案板上送吗?"

"副师长说得对,新兵蛋子就不要他们上了,一营还有老兵,我可以……"

吕德贤再次打断了他的话:"你这样做是违反军纪的,你知不知道?"

"副师长,你是咱一营的老营长,一营的事你可不能不管。"孙富贵不再嬉皮笑脸,正色道,"长沙会战,咱一营的弟兄差不多死光了,我是被柯有权拼了命救的,干脆说我的命就是他拿命换的,不然的话,我早被埋到土里,变成一堆骨头啦。我不去杀鬼子替死去的弟兄们报仇,我对得起他们吗?"

"一营牺牲那么多弟兄,我心里何尝又不难过?"吕德贤的口气缓和了,"可是打仗不能凭意气用事,军队是一个严密的整体,如果每个人都按自己的想法做事,还怎么打仗?你今天的做法,按军法该怎么处置我想你自己也清楚,念在死去的弟兄分上,我就不追究了,但你要再跟我纠缠,我就把你送交军法处。听明白了吗?"

孙富贵还没来得及回答,只见吕、耿、谢三人突然从椅子上站了起来,啪地立正。他回过身一看,立刻条件反射似的挺直了脊背。原来张一鸣出现在了门口,右手拿着一根马鞭,将鞭梢在左手掌心里轻轻击打着,一双眼睛落在孙富贵身上,上下打量着他,孙富贵不知道军长是什么意思,心里忐忑不安,索性装出一副傻乎乎的样子笑了一笑。张一鸣没理他,迈步走进来,说道:"吕德贤、耿秋林、谢昭留下,其他的都出去。"

听到命令,孙富贵和其他人一起出去了,张一鸣看着他的背影,突然问道:"孙富贵这个人你们有谁了解他,对他怎么评价?"

谢昭答道:"我当过他两年的排长,他的为人我很了解。人比较油滑,也有点兵痞的毛病,但作战经验丰富,头脑也很灵活,非常讲义气,为朋友可以两肋插刀,总之,我个人认为还是一个不错的人。"

吕德贤说道:"我也是这个看法。"

张一鸣点了点头,不再提他,转而询问其他事情。回到军部,他立即叫人拿来了孙富贵的档案资料,仔细地看完之后,他的脸上现出了一丝满意的微笑,然后拿起电话,拨通了新25师师部。

"我是张一鸣,叫陈子宽接电话。"

他听到接电话的人在喊"师座电话,军长打来的"。很快,话筒里响起了陈子宽的声音:"军座,我是陈子宽。"

"子宽,你马上给我通知512团一营营长孙富贵,叫他明天上午十点钟到军部报到。"

"是把他调到军部去吗?"

"不是。我要他参加一个特殊行动,这是机密,你暂时不要告诉他,就说要派他出去参加一个短期培训。"

"我明白了,我这就通知他。"

放下电话,张一鸣又叫来谍报处郭处长,问道:"都准备好了吗?"

"一切都准备好了,游击队我们已经联系上了,青龙帮也谈妥了,小分队随时可以出发。"

"好,队长的人选我已经确定了。明天早上十点钟,小分队的人全部到军部报到,到时候你把行动方案详细地告诉他们。"

"是。"

"你回去准备吧。"

李处长刚出去,赵义伟进来了:"军座,江副军长来了。"

"快请。"

张一鸣的新搭档、副军长江逸涵挂着手杖进来了,他的左腿有残疾,走起路来一瘸一拐的,样子不大好看。他的身材矮小,一张黑黑的瘦脸笑容可掬,小眼睛几乎弯成了一条线,一看就是个好脾气的人,如果不是身上那套配有少将军衔的黄呢军服,很难让人猜到他会是一个军人。他是广东人,出生在粤东乡下,祖上世代就靠着种地为生,他的父亲为人勤快,头脑灵活,除了种地,农闲时也把自己多余的粮食背到县城里去卖,换了钱又去收购别家的粮食,然后再拿去卖,慢慢地,他的手里也积累了些资金,就在县城开了一间粮油店,家道逐渐宽裕起来,也尽力供孩子们上学。江逸涵中学毕业后,考入广州的岭南大学,广东是辛亥革命的策源地,岭南大学虽然是美国人创办的,也不能不受影响,校园内革命思潮涌动,激起了他的一腔爱国热血。大学三年级时,恰逢黄埔军校建立,他毅然投笔从戎,考入了第一期。他的性格温和,不爱争执,有着军人难得的好脾气,为人心思缜密、精明能干,具有坚忍不拔的韧劲,不足的是太过谨慎,缺乏大胆创新精神,所以擅长于防守和攻坚,不善于运动战。

  对于江逸涵,张一鸣没有和他共过事,但北伐时曾在一个团待过,多少听说过他的为人,知道他天性豁达,容易相处。所以这个副军长张一鸣还是欢迎的。江逸涵原是105师师长,武汉会战时左腿被日军机枪打断,因为伤势严重,被送到香港治疗,经医生全力救治,腿总算保住了,但比起右腿来稍稍短了一截,经过近一年的康复训练才能够走路。按照军中的惯例,军官们有时候宁当低一级的正职也不愿当高一级的副职,因为副职往往没有实权,有明升暗降的味道。不过离开军队一年,回来能到117军,江逸涵还是非常高兴:"军座,我是江逸涵,特来向你报到。"

  张一鸣快步迎上前,热情地和他握了握手,笑道:"志坚兄,你总算来了,我可是望穿秋水啊!"江逸涵比他大三岁,又是黄埔一期的,所以张一鸣并不摆上司架子,依旧按黄埔系军官的习惯称其为兄。

  "谢谢军座。我早就盼着归队了,就是腿不争气,拖到现在。"

  "你的腿看起来恢复得可不大好啊!"

  "唉,跛子是当定了,好在还能够走路,不影响打仗,跛就跛吧。"

  "能骑马吗?"

  "还能,骑马没问题。"

  寒暄过后,张一鸣把话切入正题:"志坚兄,你回来得正好,部队马上有一场大的行动了。"

  "我已经感觉到了,"江逸涵点了点头,"是什么行动?日本人又要对长沙发动攻势了？"

"不，这一次不是日本人向我们发动攻势，而是我们向他们发动反攻。"

"哦？什么时候开始？"

"12日凌晨。"

江逸涵右手握成了一个拳头，在左手掌上猛地一击。"太好了！终于要反攻了，准备反攻哪里？"

"这是一次全国性的反攻，各战区都要行动。"张一鸣回答了他，又说道："自从七七事变以来，日本对我国发动侵略战争已经有两年多了，虽然占领了中国大片国土，但由于战线过长，兵力不足，不得不由早期的大规模全线进攻转为防守作战，或者进行拆东墙补西墙似的局部战役。'三个月灭亡中国'已经成了一个国际笑话，'速战速决'的政策也不得不变成了'持久作战'。对于广大的占领区，日本人很想全面布防，但其兵力不足，没有这个能力，只能以点带线实施面的控制，把主力部队集中在城市的城防阵地之内，在城外修筑大量的据点，布置中队级兵力守卫，这样一旦遭到攻击，各据点之间可以相互支援，然后再以大队级部队驰援。至于剩下的乡镇地带、关卡和渡口，日本人则心有余而力不足了，他们不相信伪军，却也不得不派他们驻守。鉴于日军的这种状况，加上长沙大捷一扫两年来我军不断后退失地的沮丧，让国民为之振奋，也让世界对中国军队刮目相看，极大地鼓舞了士气。所以军委会决定趁着这股斗志，进行全国范围内的大规模反攻，军委会称之为'冬季攻势'。"

当然，作为一个标准的军人，张一鸣是从军事角度来分析的，他并不知道军委会发动冬季攻势还有政治和经济上的目的。政治上的目的当然是阻止汪伪政权的成立，1938年12月29日，时任国民党副总裁的汪精卫发表"艳电"，响应日本政府旨在招降中国政府的第三次近卫声明，公开叛国投敌。1939年8月28日，汪精卫在上海召开了"国民党第六次代表大会"，此后，他手下的汉奸们开始积极地筹备在南京成立"国民政府"，妄图和重庆的国民政府分庭抗礼，甚至取而代之。所以蒋介石决心发动冬季攻势，阻止汪伪政府的成立，向国际社会表明中国还没有亡，中国政府还存在。经济上的目的则是通过反攻表明中国还有战斗能力，中国政府抗战到底的决心不变，以此来打消一些国家对援华的顾虑，争取更多的外援。

政治和经济上的原因,张一鸣既不知道,也没有多大兴趣去了解。他继续告诉江逸涵:"攻击本来定于11月12日,由于长沙会战刚刚打完,九战区的很多部队还没有补充完毕,无法马上投入新的战斗,所以薛司令长官请求军委会将日期延后,军委会考虑后,同意把日期延迟到12月12日,这是南京沦陷两周年的日子,在这个日子发动进攻将更有意义。届时各战区集结正规部队同时出击,游击部队配合正规军挺进敌后,打击日军,尽量破坏敌战区的军事设施、道路交通和通讯线路,开辟敌后游击区,用敌后总体战来弥补正规会战的不足,以打击日伪的有生力量,粉碎日军以华制华、以战养战的企图。"

江逸涵越听越激动,他站起身,跛着脚走了几步,问道:"我军的任务是什么?"

"攻击乐至的日军占领区,那一带交通发达,公路线连成了网络,是一个重要的交通枢纽。我军的任务是破坏敌人的通讯设施,截断敌军的交通运输线,伺机攻击县城。"

"防守乐至的日军是哪一支?"

"是第5独立混成旅团。"

"独立混成旅团?这是守备型部队,这仗好打得多了。"

"别小看它。现在的独立混成旅团已经不像以前,并非全部都是守备型的,据情报处搜集的情报,第5独立旅团是经过改编的新型一线混成旅团,比守备型混成旅团要多1000人,有6000人,辖5个步兵大队和1个炮兵队,每个步兵大队辖4个步兵中队与1个机枪中队,每个机枪中队有四挺重机枪,炮兵队辖1个山炮中队与2个野炮中队,此外还有通讯队、工兵队、辎重队等等,实力并不弱。该旅团进驻乐至之后,强行征集了大量的民工加固县城的城垣,并以市街为核心阵地,在外围构筑防御主体,在各个村庄或山头建立起坚固的据点,据点内配备机枪、掷弹筒和迫击炮,并在核心据点内安置山炮或者小型榴弹炮,使据点之间形成了相互支援的交叉火网,然后在外围用壕沟和铁丝网环绕起来,构成细密的防御体系。除了日军,县里还有伪军的一个师,主要防守渡口和一些重要村镇。"

"军座有何打算?"

"我的计划是由105师在外围发起正面进攻,打掉敌人的据点。新25师负责破坏敌人的通讯线路,并在各重要路段设伏,伏击日军的增援部队。我另派一支小分队潜入县城,伺机在城里制造混乱,让敌人风声鹤唳,无所适从。"

"好极了。"江逸涵兴奋得直搓手,"大规模的全线出击,一定会把敌人搞得手忙脚乱。我运气不错,一回来就碰上这样的战事,哈哈!"

"哈哈!"张一鸣受他感染,也跟着笑了。

孙富贵离开团部,垂头丧气地回返营地,路过三营时,路云鹏喊他,他只咧了咧嘴,一句话都没有说,经过杂货店的时候也不像平时一样进去转一转,打个招呼,径直走了过去,倒是方小翠看见了他,追出门喊道:"哎,我说,你的东西还要不要了?"

孙富贵这才想起自己的酒坛子还在她那里,掉头走进店里,说道:"我要五斤酒。"

"早给你装满了,上好的高粱酒。"她见他没精打采的,不像平时嬉皮笑脸的样子,问道:"你怎么了?耷拉着一张苦瓜脸,有人惹你了?"

"没有人惹我,我自己心里不痛快。"

"哈哈!"她拍手笑道,"不用说,一定是挨长官骂了?"

"哪有的事。"

"那你哭丧着脸干吗,家里养的猪死啦?"

"六姑娘,你知道我光杆一个,没家没室,不要说猪,连猪毛都没一根。"

"行了,行了,别卖关子了,"她不耐烦了,"你到底有什么事?"

"我不能说。"

"不说就算了,谁稀罕。"她板着脸,哼了一声,"狗咬吕洞宾,不识好人心。"

"六姑娘,你别怪我呀,这是队伍上的事,我真不能说。我个人的事,你问啥我说啥,我要隐瞒半句,我就……"

方小翠打断了他的话:"你个人的事,我才懒得问。你又不是什么了不得的人,我问来干什么?"

她说完,回身坐到凳子上,拿起绷子继续埋头绣花,无论孙富贵再说什么,她总是不理不睬,仿佛他突然变成了空气,他说的话也不过是耳旁吹过

第二篇
冬季攻势

049

的一阵风。孙富贵待了一会儿,见她始终不搭话,自觉无趣,只得沮丧地走了。

回到营部,他是见鸡骂鸡,见狗骂狗,看什么都不顺眼。正在骂骂咧咧,耿秋林的电话打来了。"孙富贵,你小子又在学泼妇骂街吧?"

"啊哟,团长,你这说的啥话,我堂堂男子汉,能学泼妇骂街吗?我现在高兴得很,正等着吃肉喝酒。"

"你少跟我撒谎,你小子什么德行,我还不清楚?你不要再撒野了,赶紧给我收拾东西,明天一早到军部报到。"

"干什么?"

"去培训班学习。"

"学习?团长,你知道我孙富贵是个大老粗,打小就没进过学校的门,除了自己的名字,我就认得两个字。"

"哪两个字?"

"一个男字,一个女字。"

耿秋林哈哈大笑:"你小子真是个浑球,什么字不好认,偏偏认这两个字。"

"这不是怕上厕所的时候走错门嘛。真的,团长,你让我干啥都行,就是不要让我去上什么培训班,我连字都不认识,去了也没用。团长,你行行好,换个人去。"

"我说你呀,都当营长的人了,也该学着认认字、读点书了。"

"行行行,团长,我听你的,有空一定跟营副学习。可是这一次就不要派我去了,眼下我正忙着训练新兵,走不开,下一次再让我去,行不?"

"你少跟我讲条件,人员是上头定的,跟我没关系,我只负责通知,你明天早上9点到军部小会议室报到,你要讲条件,自己到军部去讲。"

耿秋林也不多说,咔嗒一声把电话挂了。孙富贵放下话筒,伸手在桌子上狠狠拍了一下:"妈的,人家吃肉喝汤,老子连味儿都闻不着,还得他妈的去读书,老子小时候都没读过书,现在年纪一大把了,还读他妈的什么破书。"

拍桌踢凳地发了一通脾气,他还是得把佟祥元找来替他收拾东西,那小勤务兵为了避免营长把气发在自己身上,早找了个借口躲得远远的,孙富贵

直着喉咙喊了半天才把他喊回来。把他骂了一顿之后,孙富贵又去找营副,告诉他自己要出去学习,并把一些事情作了交代。

第二天,孙富贵提前了5分钟赶到军部,卫兵把他带到小会议室。屋子里已经有七个人,都不说话,就那么安安静静地坐着。他看了一下,没有一个人是他认识的,就随便找了把椅子坐下了。

五分钟之后,在皮靴笃笃的响声中,张一鸣进来了,身后还跟着情报处处长郭维礼上校。屋子里的人齐刷刷地站起身,张一鸣摆了摆手:"坐下吧,都坐下说话。"

众人又齐刷刷地坐下。张一鸣没坐,面对大家站着,朗声说道:"弟兄们,我要告诉你们一件事,你们不是来培训的,而是来参加一项特殊任务,在告诉你们是什么任务之前,郭处长先把你们介绍一下,让你们互相认识。"

郭维礼上前一步,叫道:"孙富贵。"

"到!"孙富贵立即站起身,郭维礼说道:"步兵营长,作战经验丰富。好,你坐下。何岩。"

一个外表斯文,配有上尉军衔的青年站起身。

"翻译,会一口流利的日本话,足以让日本人把他当成自己的同胞。好,你坐下,韩道廉。"

韩道廉站了起来,这是一个庄稼汉模样的粗壮结实的汉子。

"工兵排长,爆破能手。"

越往下听,孙富贵越惊奇,军长几乎收罗了各兵种的人才,他隐约感到这个任务一定非同小可。果然,等郭维礼介绍完了,张一鸣说道:"弟兄们,我希望你们尽快熟悉起来,因为你们的命运很快就要联系在一起了,或者说,在执行任务的那段时间里,你们是生死相关的。"

军部警卫班长唐灏问道:"军长,我们的任务是什么?"

"你们将组成一支小分队进行一项特别行动,行动代号为'利剑'。孙营长,"孙富贵赶紧站起身。"小分队由你担任队长,你们的任务是秘密穿过敌人的封锁线,潜入县城,像利剑一样直插敌人的司令部,干掉敌人的指挥官。行动方案郭处长会详细告诉你们,在这里我只跟你们说,这是一件非常危险的任务。"

孙富贵大声道:"我们不怕!"

"好,我们两个字用得好。你们都是身经百战的勇士,是我 117 军的精英,我相信你们,相信你们会完成任务。"

"勇士","精英",这两个词着实让队员们激动,他们中大部分人是第一次和这么高级别的长官面对面说话,压根儿没想到军长会给与他们这么高的评价,顿时豪情万丈,觉得自己要是完不成任务,不但辜负军长,也辜负了勇士的称号。

"军长,我们决不让你失望!"

"我们拼死也要完成任务!"

"弟兄们,我希望你们圆满地完成任务,更希望你们——"张一鸣用极为和缓的语气说道,"好好地回来。"

没有居高临下、声色俱厉的命令,这种朋友般的亲切语气使大家感动,他们看出军长的真诚,更让他们打心眼里产生了"士为知己者死"的豪迈,只要能达成任务,就是赴汤蹈火,抛弃性命也在所不惜。

张一鸣说完,和队员们一一握手,并说他们出发的时候,他还会来为他们送行。然后,他咔嗒一声立正,向大家行了礼,这才转身出去,把他们留给了郭处长。

郭处长说道:"弟兄们,这个任务除了你们,就只有我和军长知道,所以你们必须严守秘密。明白吗?"

"明白!"

"好,下面我告诉你们具体行动方案。"

第五章　打掉一个个的障碍

初冬的夜静谧而深沉,夜幕无声地垂落,大地一片灰暗,只剩朦胧的轮廓,偶尔传来野狗阴郁的悲吠,使寒冷的冬夜越发显得凄凉。没有月亮,天上挂着几颗寒星,在黑幕低垂的昏暗天空里发着清冷的微光,隐约可以看见小山丘上日军炮楼的黑影。

这是一座大炮楼,根据事先侦察,里面驻有日军一个中队,不仅配备了轻重机枪、迫击炮,还有小口径榴弹炮,能够覆盖的区域很宽,包括附近的小炮楼,因为小炮楼一般只配有机枪和掷弹筒,对付游击队还可以,如果遇到正规部队大规模攻击,就需要大炮楼的火力支援。

105师负责攻下这些炮楼,因为长沙会战结束才两个多月,补充进来的新兵还没有完成系统的训练,新25师在长沙会战中损失较大,队伍中新兵太多,战斗力大受影响,所以这次冬季攻势,张一鸣把主攻任务交给了105师。左凌峰考虑到整个师只有四门老式山炮,一来口径不大,对这些坚固的炮楼够不成致命威胁;二来碉堡太多,无法同时实施打击,以掩护步兵进攻,加上这些炮楼之间火力可以互相支援,更增加了白天进攻的难度,所以决定在凌晨发动攻击,部队趁着夜色掩护,悄悄接近封锁线,按照部署埋伏到各自的目标附近,等到预定时间出其不意地对它们同时发动攻击,让敌人自顾不暇,无法相互支援,以达到既攻克目标,又减少伤亡的最佳效果。

攻打眼前这座炮楼的是268团3营,由2连发起攻击,3连压制敌人的火力,掩护进攻部队,1连作预备队待命。领头的是2连长崔金全,1排长陆天来紧随其后,带着连里的其他战士,悄无声息地迅速向小山前进,3连随后也跟了上来。山脚下是一片开阔地,野草早在秋季就已枯萎了,没有可供隐蔽的地方,虽然他们的身上全用稻草作了伪装,但也不敢肆无忌惮地直立行走,那样的话山顶上的日本哨兵也许会发现他们。他们拼命弯着腰,身体几乎成了直角,趁着夜色朦胧,不容易暴露的时候,迅速赶往炮楼下。

"卧倒!匍匐前进!"接近铁丝网时,崔金全对身后的人低声下达了命令。

命令一个接一个地传了下去,黑糊糊的身影也跟着一个接一个趴在了地上。所有的人都小心翼翼地往前爬,生怕弄出点什么声音,惊动了鬼子的哨兵。一旦他们暴露了行踪,将会立即遭到敌人居高临下的优势火力猛烈打击,这种打击是灾难性的,不仅会使连队遭到覆灭,还得连累其他部队的攻击受阻,给整个行动带来巨大的困难。爬到铁丝网前面,一个士兵拿出准备好的钳子,在网上铰出一个大洞,几个战士悄悄钻进去,摸向两个游动哨兵,趁其不备,从背后一把抱住,随即捂住嘴就是一刀,两个鬼子还没反应过来,便闷哼一声魂归东瀛。战士们轻轻放倒尸体,学了两声狗叫,听到暗号,铁丝网外的官兵们纷纷铰开网子钻进去,埋伏在枯草中,静悄悄地等候着攻击的开始。

西北风还在呼啸着,战士们行军产生的热量很快就被带走了,被汗水湿透了的衬衣冷冰冰地贴着背,而胸腹伏在阴冷潮湿的地面上,冷气慢慢地浸过棉袄钻入体内,更是冻得有些发痛。一些战士的牙齿忍不住开始打颤,只得把下巴拼命抵在地上,避免牙齿发出咯咯的声音。终于,一颗红色信号弹腾空而起,在空中划出了一条漂亮的弧线。

信号弹刚一升空,负责打掉楼顶哨兵的陆天来开枪了,枪声响过,楼顶上的哨兵惨叫一声倒了下去,崔金全跳起身,大喝一声"上",趴在地上的官兵们立刻跳起身,迅速冲向炮楼。炮楼里还在睡梦中的鬼子被突如其来的枪声和哨兵的惨叫声惊醒,条件反射似的跳起来,黑暗中有的匆忙去抓衣服,有的衣服都来不及穿,摸起枪就扑向射击孔,指挥官秋野三郎少佐大声叫嚷着,命令打开探照灯,各机枪射手到射击口做好射击准备,同时安慰着他的手下:"镇定一点,不过是游击队的骚扰,这些讨厌的苍蝇,给他们一点厉害他们就跑了。"

听了他的话,敌人从最初的慌乱中镇定了下来,一面打开探照灯,一面各就各位,做准备工作。探照灯一开,黑夜顿时亮如白昼,刺眼的灯光不仅照花了2连官兵们的眼睛,也把他们全部暴露在了敌人的视线内。

担任掩护的3连官兵早就已经把枪口对准了炮楼的射击口,灯光一亮,3连长立即下令开枪,机枪和步枪同时开火,"噼噼啪啪"的声音像点着了无数串鞭炮,子弹形成的一条条火线直指炮楼上的各个射击口,将其火力封锁,以压制住敌人使其无法进行还击。与此同时,左右两面也枪声鼎沸,其他连队的弟兄也在对自己的目标进行攻击,本来宁静的夜晚好像突然变成了年三十,鞭炮齐鸣,热闹非凡。

秋野听见外面的枪声密集,还夹着重机枪的声音,明白这不是游击队的骚扰,而是正规军的攻击,立即下令开火,同时命令炮手立刻到炮位上去,准备炮击,炮手还没跑到炮位,就被流弹打死了。日军是在"武士道"思想熏陶下长大的,倒真不怕死,不顾中国军队的火力封锁,不要命地射击,前面的被打死了,后面的将其尸身拖开,依旧亡命地继续射击。正在冲锋的2连战士不断有人中弹倒地,听到惨叫声,几个新兵本能地趴在了地上,试图躲过子弹的射击,崔金全大喊道:"怎么回事?你们想找死啊?趴在那里给鬼子当固定靶吗?快起来!给我冲!快冲!"他喊着,顺手拉起一个,往前一推,又在那人的屁股上踹上一脚,那新兵跟跄了一下,还是冲上去了。

在火力掩护下,一些官兵终于冲到了炮楼,一名爆破手绕到炮楼后面,把炸药包放在门口,点燃引线,然后迅速跑到拐角处,一声巨响过后,热风夹着沙石扑了过来。热风过后,2班长章铁牛拉开已经准备好的三颗手榴弹往炸开的门里丢,一颗往左,一颗向右,一颗丢在中间。爆炸过后,一个满脸是血的鬼子兵昏头昏脑地跑了出来,他立即一枪把他撂倒,然后端着枪冲进去,其他人紧跟在他后面。

门边倒着几个鬼子,已被炸得血肉模糊,几个射击口旁边也倒着不少尸体,右侧的射击口旁,一个重机枪射手受了重伤,但神志还清醒,看见中国人冲进来,他摸出手雷试图同归于尽,陆天来眼明手快,没等他拉掉插销,立即给了他一枪。趴在通往二楼的楼梯上躲避手榴弹的一个鬼子,这时已抬起身子,开枪打死了一个中国士兵,又掉过枪口对准陆天来,还没来得及开枪,另外一个中国战士手里的枪已经响了,打了他一个满脸开花。

听到楼下的爆炸声,楼上的秋野知道情况不妙,赶紧给左右的碉堡打电话,请他们给予支援,但对方都焦急地回答:"秋野君,我们也遭到猛烈攻击,还等着你用炮火支援呢。"

挂断电话,秋野也不犹豫,随即又拿起话筒,准备向上峰汇报情况,但这次话筒里毫无声音,电话线已经被割断了。他扔下话筒,骂了声:"八嘎,该死的支那人!"

他命令村上小队长带人解决掉一楼的敌人,封锁住大门,无论如何,他得坚守住,这里的情况,应该有人已经向上峰汇报了,坚守到天亮,一定会有支援的,只消来几架飞机扫射一下,就足以让这些支那人吃不消了。他想拖延时间,中国官兵却相反,要的是速战速决,争取天亮前结束战斗。日本人还没来得及下楼,陆天来已经解决掉楼梯上的鬼子,第一个冲上了二楼,其他的人也紧跟了上来,日军的抵抗非常顽强,火力优势既然丧失,他们就和中国军队近身搏斗,拼刺刀或者在地上扭打、翻滚,嚎叫声、怒骂声和白刃砍刺进人体时的惨呼声混在了一起,双方的尸体东一具、西一具横着,地板上、墙壁上到处都是鲜血,血腥味充满了整个炮楼。

陆天来挥着大刀,左砍右劈,和他拼搏的鬼子被他一刀砍中脑袋,当场毙命,但他自己也被那个鬼子的刺刀刺中腹部,肠子都流了出来。他咬着牙,忍着剧痛自己把肠子又塞了进去,然后左手按住肚子,右手挥舞着大刀继续拼杀。一个鬼子被他的举动吓住了,呆呆地看着他不动,被他一刀砍翻。秋野挥舞着战刀刚砍死一名中国士兵,见此情景,马上向陆天来扑过来,双手举着战刀向他狠劈,陆天来忙举起刀一挡,单凭右臂力量不够,刀被对方震落了,他急忙后退,退了两步,后背已经抵在了墙角上,眼看着秋野的刀又举起来了,他无法躲闪,知道自己的命这一次是完了,便把眼睛紧紧地闭上,静等着那一刀的到来。等待的那几秒钟似乎格外的长,他的灵魂已经出了窍,仿佛回到了故乡江西鄱阳湖边的小城都昌,他和父亲在湖里钓鱼,钓到的鱼将交给母亲,母亲会做鲜美可口的鱼汤,还有嫩滑的鱼丸……

"排长。"有人在摇他的肩膀,他睁开眼睛,看到章铁牛站在面前,手里的大刀还在滴血,秋野已经倒在地上,脑袋被劈开了,鲜血和脑浆流了一地。这一下死里逃生,陆天来定下了神,一把抓住章铁牛的手,对他的感激简直难以形容,"铁牛,你救了我,我这辈子都不会忘了你。"

秋野虽然死了,剩下的日军仍旧拒不投降,殊死顽抗,日军拼刺技术虽好,但中国军队人多势众,完全占了上风。胜利在望,3连官兵信心更足了,越战越勇,日军全部战死,连伤兵都自杀身亡,3连大获全胜,拿下了炮楼。

炮楼一个接一个被攻破,到天明时已顺利突破封锁线,余下的日军不得不往后退却。左凌峰下令部队迅速向北突进,进攻金水村一线。这一线由伪军第24师防守,这支伪军战前是一支地方部队,装备差,战斗力不强,尽管投敌,但日本人并不真正相信伪军,认为他们不可靠,为了利益或者贪生怕死投靠自己的人,当然也可以为了同样的理由背叛自己,所以日本人不愿意伪军战斗力太强,他们自然不会得到什么先进武器,因此左凌峰没把他们放在眼里,决定首先攻打金水村。

队伍向前推进,268团担任前锋,距离金水村九里时,地形改变了,连绵不断的小丘陵变成了一块块平坦的水稻田。冬季田里只有短短的稻茬,看上去更是一马平川。在这些水田当中,有一块微微隆起的土丘,建着一个小小的村子。团长游龙见村子四周地形开阔,乡村小道四通八达,路旁又没有树木,毫无遮挡之处,在这种地形上行军,一旦村子里藏有敌人,部队受到袭击的话会造成很大的伤亡。为了慎重起见,游龙当即下令部队停止前进,然后派出一个班的战士前去搜索,另派一个班跟在后面作掩护。他告诉战士们:"搜索班小心一点,发现敌人不要攻击,马上撤回,掩护班注意掩护。"

两个班分头出发。搜索班的战士小心翼翼地前进,快要接近村庄时,突然枪声大作,埋伏在村内的敌人开火了,所幸无人员伤亡。后面的掩护班战士立即还击,掩护搜索兵撤了回来。

情况已明,游龙打电话向师长作了汇报,左凌峰命令他拿下村庄,为部队前进扫清障碍。

埋伏在村里的伪军只有一个连,从连长到士兵都已经知道了攻击部队隶属于大名鼎鼎的117军,心里早就开始打鼓了,再得知人家仅在数小时之内就攻破了日军精心修建的封锁线,想想自己的战斗力和日军相比有天壤之别,更加没了斗志,所以268团搜索兵到来时,伪连长犹豫半天,勉强下令射击,他手下的官兵们虽然不敢抗命,但阳奉阴违,都是胡乱朝天放空枪而已,不然268团的搜索兵不会全部毫发无伤。当268团开始进攻时,趴在屋顶上警戒的士兵一看田野里散开的部队人数超过自己数倍,已经对村子形成包围之势,顿时慌了神,赶紧从屋顶上溜下来,飞快地跑去给连长报信,当然还不忘添油加醋一番。伪连长不敢马虎,马上跟身边的人商量,大家都认为敌我悬殊过大,打起来无疑送死,平时受日本人的气已经受够了,没必要替他们卖命,一致赞成投降。

这边268团的官兵已经接近村子了,村口突然有人大喊道:"别打枪!别打枪!自己人。"

走在前面的一名战士愣了一下,随即"呸"地吐了口唾沫,大声骂道:"放你妈的屁!谁跟你是自己人,老子打的就是你!"

一根竹竿挑着一块白布从村口的一间茅草屋后伸了出来,那个声音又喊道:"别误会,我们是中国人,不是日本人,中国人不打中国人,我们愿意投降!"

崔金全怕伪军诈降,命令他们把武器放下,走出村庄,到自己这边来投降,伪军全部照办了,268团兵不血刃占领了村子。

投降之后,伪连副董彪和一部分伪军再三请求要见长官,游龙见了他们,他们表示愿意跟着他作战,掉转枪口打日本人。游龙并不相信他们,不客气地问道:"你们以前为什么要当汉奸?"

董彪涨红了脸说:"还不是信了上头的话嘛,说中国打不赢日本,打下去肯定要亡国,不如跟着汪先生,平息战端,挽救中国,救黎民于水火。"

另外一个伪军愤愤地说道:"都是鬼话,跟了汪先生,不,汪精卫,仗还不是照样打,中国还是没有亡。我们什么好处没得到,白受日本人的气不说,老百姓还恨咱,表面上不敢说,光看你那眼神就让你受不了,我知道他们在背后骂,骂我们汉奸卖国贼。老实说,我们平时一个人根本不敢出门,怕哪天走在路上,一不小心让除奸团或者游击队的人给暗算了,扔在哪个臭水沟里。真是羊肉没吃成,反惹一身臊。"

游龙见他们不像作伪,决定收下他们,在攻打金水村时也许用得上。

金水村位于一条古驿道旁边,据公路不到一里,战前是个有名的富裕村,络绎不绝的来往客商使村子的经济极为繁荣,住户不断增多,达到了一千多户人家,村子里开有杂货铺、粮店、铁匠铺、布铺、小酒馆,一个发了横财的商人还出资建了一座雕梁画栋的戏台。因为富裕,曾有土匪扬言要洗劫村子,村里人害怕,由声望较高的老人出面,集资修起了围墙,围墙用石头垒成,又高又宽,非常坚固,就像城墙一样,围墙外还环绕着两米多深的干沟。整个围墙有两道门,都用吊桥与外面相接,一旦吊桥升起,要想进入村子十分困难。

考虑到该村易守难攻,左凌峰不愿硬攻,决定智取。他让一些投诚过来的伪军装成溃兵去诈开大门,让自己的战士组成突击队,穿上伪军服装混在里面,等过了吊桥,立刻搞掉机枪掩体,放下吊桥,让大部队顺利进入村子。

战斗在黄昏开始,冬天天色黑得快,刚到黄昏已经相当昏暗了,村子里寂无人声,带着一点阴森的气氛。董彪带着一队人来到吊桥前大声喊话,要求进去。守门的伪军认得他,听他说是从前方撤回来的,也不怀疑,放下吊桥就让他们过去了。

过了吊桥,突击队员们迅速开始行动,守门的伪军照样没有抵抗,立刻反正,突击队顺利占领旁边的机枪掩体,控制住吊桥,又按左凌峰预先的命令在左臂上缠上白毛巾,和伪军作出区别,然后分成两队,一队守住吊桥,掩护大部队顺利进入村庄,一队继续往前突击,一名队员拿着喇叭大声喊话,制造混乱。"117军打进来了,赶快投降吧,中国人不打中国人,不要替日本人卖命了。"

拿下村子的速度快得出乎预料,部队只受到零星的抵抗,根本没有猛烈的战斗。伪军投靠日本人,有想升官发财、甘心当走狗的,也有缺乏做人原

则、随风摇摆的骑墙派,但大多数还是因为对中国抗日前途感到悲观才投靠日本,当了为人不齿的汉奸,其实内心深处还是讨厌像兽类一样贪婪、野蛮的日本人,并不真心愿意帮他们打自己人,听了突击队的喊话,那些本来就不想打仗的伪军要么投降,要么拿枪逼守门的人放下北门的吊桥,一溜烟跑出村子,整个守军顿时所剩无几。伪师长周正宏见大势已去,慌忙带了自己的卫队,骑马狂奔出北门,逃命去了。守在公路沿线和附近村庄的伪军听说师长跑了,也跟着如鸟兽散。105师不费吹灰之力就收复了这些地方,开始剪电话线,拔电线杆,炸断桥梁,尽情地破坏金水村附近的公路交通和通讯设施。

周正宏逃回县城,向石冢通报消息,石冢大吃一惊,他知道伪军不可靠,并不指望他们能坚守住金水村,只希望他们能拖延一点时间,让今井均一中佐率领2个步兵大队和炮兵队的一部从侧面迂回,包抄105师,没想到伪24师败得这么快,简直是闻风而逃,一点时间都没留给他,金水村一失,不仅打乱了他的计划,而且切断了南北的公路交通,对县城造成了严重的威胁。他暴跳如雷,把周正宏骂了个狗血淋头。按理,日军旅团长和伪军师长级别相同,他无权责骂周正宏,但当了汉奸,也就成了日本人的奴才,周正宏心里虽然不满,也只能忍气吞声,耷拉着脑袋挨骂,不敢有丝毫反驳。

痛骂了周正宏一顿,石冢一面加强县城的防御,一面命令今井率队继续前进,务必夺回金水村,保证公路畅通。

石冢这一着,张一鸣早就预料到了。当105师突破了日军封锁线,向金水村推进时,他命令新25师迅速赶到丫子口,伏击前往增援的日军。丫子口两边是起伏的群山,公路沿着山沟蜿蜒而过,虽然最高的山峰也高不过100米,但山峰很多,山沟和山谷纵横交错,地形非常复杂,有利于打伏击。陈子宽把他的指挥部设在了一个天然的石灰岩洞里,然后亲自出去察看地形,命令把炮兵阵地设置在山峰的反斜面和陡峭的山谷中,这样不仅可以构成良好的火力阵地,而且稍加伪装,敌人就很难发现,不容易被对方更为强大的火力所摧毁。

官兵们根据他的命令,开始按部就班地进行各自的工作,工兵在公路上埋下地雷,步兵在公路两边的山坡上挖好壕沟,筑起隐蔽的工事,机枪手构置巧妙的机枪射击点,炮手将炮架在理想的位置,反复地仔细测算射击距离。

513团的位置在左侧最北端,这里的山坡上开垦出一小块一小块不规则的土地,种着数寸长的麦苗,麦地之间夹着灌木丛,即使是冬季,依然枝繁叶茂。3营2连前往自己的伏击点,经过一处灌木丛时,老兵黄明辉发现里面的灌木叶子有轻微的颤动,以为里面有什么野兽之类,停住脚步,对身后的曾子尧低声说道:"里面有东西,我进去看看,你到那边守着。"

曾子尧过去了,黄明辉用枪轻轻拨开灌木,往里走了几步,没发现野兽,却看见有个人蹲在地上,双手抱着膝盖,下巴抵在膝盖上,正在瑟瑟发抖,里面光线昏暗,他只看出那是个瘦小的男人,面目看不清楚,似乎很丑陋,他立即端着枪对准他,哗啦一声拉开枪栓,喝道:"什么人?出来!"

那人没有动,黄明辉厉声道:"出来!再不出来开枪了!"

那人还是没动,2连长杨帆听到呼喝声也过来了,命令道:"把他拉出来!"

黄明辉走进去,一把抓住他的胳膊拖了起来。那人发出了锐利的尖叫声,竟然是个女人,黄明辉出乎意料,反倒吓了一跳,像抓着了什么滚烫的东西,手一下就松开了,说道:"我不拉你,你自己出来。"

女人畏畏缩缩地出来了,她穿着男人的黑色对襟棉袄和黑色棉裤,衣裤极肥大,不仅完全掩住了女性的曲线,而且又破又脏,显得非常难看,她的头上也像男人一样包着帕子,脸上抹了一层厚厚的黄泥,遮住了本来面目,若不是那一声尖叫,还真难看出她是女人。她的手上提着一个竹篮,篮子里装着一些带泥的萝卜。杨帆见她这副模样,心里什么都明白了,放缓了语气说道:"你不用怕,我们是国军。"

女人看清楚了他的衣着,不再发抖了,吁了口气说道:"老总,你们差点把我吓死了,我还以为是鬼子或者他们的狗腿子来了。"她的声音听起来很年轻,带着一点稚气,应该是一个少女,难怪要往脸上抹黄泥。

黄明辉说道:"我们的衣服跟他们不同,你看不出来吗?"

"远了看不清楚,再说也没想到是你们,你们走了好久了。老总,你们回来打鬼子吗?"

"那当然。"

尽管抹着厚厚的黄泥,她的脸上依然透出了喜色,突然扭头大声喊道:

"姐姐出来吧,不用躲了,这不是鬼子,是国军。"

不远处的灌木从里响起了窸窸窣窣的声音,一个和她同样打扮、脸上也抹着黄泥的人钻了出来,过来和她站在一处。

杨帆问道:"你们为什么这样打扮?这一带有鬼子或者伪军吗?"

姐姐回答道:"我不知道,我没看见。他们什么时候来说不准,反正经常来,抢我们的粮食,抢我们的牲畜,什么都抢,还抢女人。村里的大姑娘小媳妇没事不敢出门,出门也要弄得跟男人一样,怕遇到他们。"

妹妹说道:"他们太坏了,简直不是人,一定是畜生变的。"

"畜生也没他们坏,"黄明辉说道,"我家的猪可不会杀人抢东西。"

"我家的也不会。"妹妹说。

杨帆是湖北黄梅人,家里也有一个妹妹,看见这两个姑娘人不人、鬼不鬼的模样,一股怒火不由得从心底升起,他想起了身在沦陷区的妹妹,妹妹正是16岁的青春少女,相貌又秀丽,只怕也不得不弄成这个样子了,姑娘们本来应该打扮得漂漂亮亮,像朵鲜花似的,可在日本鬼子的淫威之下,为了保护自己,她们不但不敢打扮得美丽,反而得把自己弄丑,花朵般的少女,装扮得跟个怪物似的。他心里想着,嘴里也就不知不觉地骂出了声:"说鬼子是畜生,那是对畜生的侮辱,他们是豺狼,是吃人肉、喝人血的豺狼。"

妹妹问道:"老总,你们回来,是来杀他们的吗?"

"是的。"杨帆回答,又补充说:"我们的部队已经打下了很多炮楼,突破了封锁线,杀了几百个鬼子了。"

"姐,我们赶快回家去,"妹妹兴奋地说,"回去告诉大家,我们的军队打回来了!"

两姐妹提着篮子,高高兴兴地走了。官兵们看着她们的背影,心里各有一番感慨,杨帆说道:"弟兄们,老百姓吃够了日本鬼子的苦,就盼着我们能打回来,我们取得一点点胜利,都能让他们这样高兴。我们更要努力,多杀鬼子,早点把这些畜生赶出中国,让我们的老百姓过上安定的生活,让我们的姑娘们打扮得漂漂亮亮,不用再打扮得跟个妖怪一样。"

一切准备妥当,官兵们隐藏在战壕里边,静静地等候敌人的到来。

等了一个多小时,终于看到前方的公路上尘土滚滚,好像一条土龙蜿蜒而来。飞扬的尘土中,出现了日军的汽车、摩托车的轮廓,车上满是人影儿。

长长的车队在公路上急速前进,老远就听到了发动机的声音和汽车抖动的声音。车队终于开进了雷区,伴随着"轰"的一声爆炸,一辆摩托车被分开了,车身冲向路边,一头撞到山坡上,载人的车斗被炸得飞起来,砸在旁边的摩托上,将它砸翻。还没等日本人反应过来,又是一声爆炸,走在最前面的汽车又被炸翻了,侧躺在公路上,车上的日本兵散了一地,惨叫声不绝于耳。

陈子宽一见地雷炸响,立即下令:"开火!"

早已做好准备的火炮、迫击炮打响了,由于事先测定了炮击距离,炮弹打得极为准确,颗颗在敌群中爆炸,弹无虚发。陈子宽为自己的炮兵大声叫好,同时也不无遗憾:"我们要是有足够的大炮就好了,只消一阵炮轰就可以干掉敌人。"

随着炮击开始,轻重机枪和步枪也跟着一齐开火,向车上的敌人招呼,打得鬼子兵叫苦连天,纷纷跳下车寻找藏身之处,慌乱中不断有人踩中地雷,爆炸声接连响起,炸得日本人断腿缺脚,血肉横飞。两边炮弹、子弹持续不断,脚下又有令人恐惧的地雷,日本人不敢往前冲,连车子都不要了,掉转身仓皇向后逃窜。

受到这番突如其来的打击,今井均一勃然大怒,决心报复,好好教训这些胆大妄为的"支那军"。他集中了各种武器猛轰中国军队的阵地,迫击炮、掷弹筒、山炮、75毫米野炮、37毫米速射炮,各种类型的炮弹划着不同的曲线,发着不同的声音向新25师阵地飞来。今井企图先以猛烈的炮火打击,再以步兵冲锋,一举歼灭敌人。炮弹划着不同的弧线,纷纷落在新25师阵地上,炸起漫天的火光,战壕被炸塌,工事被摧毁,被炸官兵的血肉和着泥土沙石四处飞溅。新25师从淞沪抗战开始,一直是和日军的甲种师团作战,甲种师团的大炮与独立混成旅团相比,数量更多,口径更大,甲种师团的大型榴弹炮的口径甚至达到了150毫米,威力大得惊人,其杀伤力令人恐惧,即使久经沙场的老兵,听到这种炮弹的声音也会心惊肉跳。官兵们经历过无数次甲种师团地狱般的炮击,今井的炮击虽猛,在他们眼里还算不了什么,除了卫生兵冒着炮火在阵地上不断跑动、抢救伤员之外,官兵们依旧紧握着枪,坚守在阵地上。由于丫子口地形非常复杂,敌人的轰炸虽猛,但新25师遭受的损失却并不大,多数阵地依然完好。

炮击停止了,一队队鬼子兵在机枪的掩护下,向着513团的阵地冲了上

来,513团官兵们严阵以待,各自举枪对准射击目标。敌人越来越近,300米,200米,100米,当鬼子兵距离前沿阵地只有50米的时候,团长叶遂勋举起手枪放了一枪,同时喊了声"打",顿时,轻重机枪、步枪齐鸣,冲在前面的敌人应声而倒,敌人骚动了一下,继续端着枪不要命地往上冲,在机枪、迫击炮、掷弹筒集中火力掩护下,100来个鬼子冲过了513团的阻击火网,一直冲到了一营阵地前面,一营长林天豪抽出大刀,挥刀大喊一声"弟兄们,跟我上!"率先跳出战壕,官兵们也跟着跃出战壕,或端着刺刀,或舞着大刀,冲向敌人,凌厉砍刺,同鬼子兵们开始了短兵相接的肉搏战。

杨帆举着大刀,直扑一个身材矮小结实、腿罗圈得令人可笑的日本兵,那日本兵停住脚,吼了一声,端着刺刀狠狠地向他一个突刺,他灵巧地一闪,那日本兵个子几乎比他矮一个头,刺刀正好从他腰旁擦过,刺破了他的衣服。躲过了刺刀,他抡起大刀就砍,日本人举枪隔挡,几个回合之后,他一刀砍去,砍断了日本兵左边的肋骨,又将刀尖顺着肋骨往下一划,然后直戳心脏,那日本兵长声惨呼,然后软瘫下去,热乎乎的血喷得他满身满脸都是。

他还没来得及抽出大刀,就听到脑后呼呼风响,有人从背后向他挥刀砍来。他是个战场经验丰富的军人,反应很快,当即撒手放开刀把,敏捷地就地一滚,躲过了那致命的一刀,同时也看清了袭击他的是个日本军官,正恶狠狠地双手抡着带血的战刀向他逼过来,那架势试图要将他一劈两半。他顺手抓起那个日本兵的步枪一举,正好挡住了日本军官来势凶猛的第二刀。对方力道不小,一挡之下,震得他两虎口生疼。

日本军官刀功很好,显然受过严格训练,刀刀刁钻凶狠,直奔要害部位。杨帆善于使刀,但大刀还插在那日本兵胸口上来不及抽,只能拿着那支步枪招架,毫无还手余地。躲闪中,日本人刀锋划过,他感到右臂一麻,心想不好,右臂受伤,这下完蛋了。日本军官大概也觉得胜利在望,喊叫着猛扑上来,又是一刀砍下,杨帆右臂受伤乏力,格挡不住被压下了,日本人的刀顺着往下走,刀尖在他的大腿上划了一道长长的口子,深达骨头,痛得他差点没倒下,这一下他更丧失了信心。日本军官抡着刀又劈过来了,他右腿不灵活,没能躲开,眼看着就要血溅当场、命丧黄泉,这时,一个他简直不敢相信的奇迹出现了,日本军官踩上了被他砍死的那个日本兵倒地时落出来的罐头,脚下一滑,跌倒在地。杨帆赶紧抡起步枪,狠狠地向那个日本军官的脑袋砸去，"噗"的一声，血和着脑浆一起溅了出来。日本军官抽搐了几下，不动了。

杨帆并不信神，但这次死里逃生，也不能不认为是天助，情不自禁地念了一声："谢谢老天爷！谢谢你保佑我！"

在一阵刺刀戳肉声、大刀砍骨头声、枪托砸头盖骨声、不同语言的咒骂声和凄厉的惨叫声之后，一营官兵们终于将全部鬼子兵真的变成了阴间的鬼。

第一次冲锋就以惨败告终，今井又羞又恼，命令炮兵再次发射，向513团阵地发射了数百枚炮弹，山头上顿时火光冲天，爆炸声持续不断，山上炮弹片、碎石块到处乱溅，爆炸产生的烟尘滚滚而起，把天空都染成了灰色。今井举起望远镜看着自己炮兵的"杰作"，想象着中国军阵地上尸横遍野、血流满地的场景，扬扬得意："炸！给我狠狠地炸！把这些支那猪统统炸上天！"

虽然丫子口地形复杂，但高密度的轰炸还是炸塌了513团不少临时工事，将一些战壕夷为平地，里面的官兵被炸死、炸伤，甚至活埋，其余的人蜷缩在战壕里，连头都抬不起来。

叶遂勋的团指挥所是一个临时挖掘的土坑，上面用圆木遮挡，他的一个警卫是木匠出身，带着几个人在山上精心挑选了又粗又结实的树木砍回来，交叉着在顶上盖了两层，然后在木头上面铺上一层厚土，用铁锹打得结结实实。他的努力没白费，指挥所顶上虽然也落了一枚炮弹，但里面的人只是被震得倒在地上，谁也没有受伤。叶遂勋爬起来，拍着身上的土，说道："这是山炮，这批鬼子是二流部队，没有榴弹炮。"

一个警卫说道："我们连山炮都没有，连人家二流部队都赶不上。"

"放屁！"叶遂勋骂道，"我们新25师没有山炮，也照样是一流部队，照样打胜仗！"

轰炸的时候，人说话得直着喉咙使劲喊叫，而他说这些话的时候，日军炮击正好停止，整个战场突然安静了下来，他本来就是个大嗓门，憋足了劲的话就像空谷足音似的，远远地传了出去，让被炸得灰头土脸的官兵们听了，精神立刻为之一振。

叶遂勋刚下令官兵们赶快抢修工事，观察哨来报告了："团长，日本鬼子又来了！"

叶遂勋从观察口往外看,只见一个日军中队正朝自己的方向来,已经快到山脚了。他二话不说,随即拿着枪冲出指挥所,来到战壕里,大声命令做好战斗准备。这时,炮声又响了,一颗炮弹由513团侧后方飞来,从官兵们头上越过,准确地落在了那一队日军中,随后,炮弹接踵而至,在山脚盛开了火花。原来,密切观察日军动向的陈子宽见日军对513团轰炸凶猛,判断敌人试图在那里打开通道,所以命令师直属炮营协助513团,打退日军。叶遂勋见师里的火炮支援自己,也下令迫击炮连的炮同时开火,腥风血雨的战斗又开始了。

一个个日本兵猫着腰,端着枪,冒着炮火不要命地往上冲,离阵地越来越近。叶遂勋一直等到日军离阵地只有30多米时,才大喊一声:"打!"机枪、步枪开火了,战士们双眼紧盯着敌人,连连扣动扳机,子弹嗖嗖地飞向日本人。敌人太近,炮兵怕伤到自己人,已经停止了炮击,只听见子弹"哒、哒、哒"的响声。响声中,冲在前面的敌人一个个被打得东倒西歪,像喝饱了酒的醉汉。后面的继续往前冲,一些战士开始投掷手榴弹,几十颗手榴弹同时落入敌群,随着巨响,日军顿时倒下一片,许多没挨炸的又在机枪、步枪的射击声中倒下了。

一些鬼子害怕了,扭头就往回跑。

日军的中队长左手叉腰,右手挥舞着指挥刀,哇啦哇啦地狂叫着,将后退的人又赶了回来。机枪手见状,掉过枪口一扫,他立刻仰天摔倒,身上被打得全是弹孔。其他日军转过身,还没来得及跑,又是一阵手榴弹劈头盖脸地落下来,在他们中间爆炸了。爆炸一过,战士们挥舞着大刀,冲入敌群,连劈带砍,又同鬼子展开了残酷的肉搏战。几分钟过后,日军退了回去,留下百来具尸体。

两次进攻均告失败,今井勃然大怒,疯狂地下令集中所有炮火,不惜血本地向中国军队阵地发起了报复性的轰击。炮弹像雨点一样铺天盖地地倾泻下来,随着一声声巨响,山头震动起来,阵地变得面目全非。炮火一停,日本人又开始第三次攻击。今井从望远镜里目瞪口呆地看到:他的部队开始冲锋时,中国官兵们又爬了出来,抖一抖身上的泥土,再一次打得他的部下鬼哭狼嚎,连滚带爬地退了回来。

整整5个小时,丫子口上烟雾弥漫,弹片横飞。日军又发动了几次进攻,已经变得泥人一样的中国官兵们前赴后继，奋勇冲杀，敌人每进攻一次，都要丢下百十具尸体。

第六章　突袭日军司令部

　　山口镇位于乐至西面，伏龙山的一处山沟里，离县城有四十多公里，镇子很小，只有一条街，由两排木板房夹成，住着三十多户人家，也开着小客店、铁匠铺、杂货店、草纸坊、药铺以及一家小酒馆。小镇坐落在通往山区的古驿道上，自古以来就是交通要道，不时有成群结队的挑夫或者商贩的马帮经过，赶集的时候也有从县城里来的小贩，用廉价花布和日用品同山民换取各种山货、野味以及木炭，运气好的时候，甚至可以从猎户那里换得一张虎皮或者豹皮。可是日本人占领县城以后，大大小小的抗日游击队纷纷成立，三乡四村似乎都有游击队活动的影子，而这一带的游击队最为活跃，这里到荣水河有30里，河对岸就是日本占领区，游击队常常偷袭河对岸的日本据点，日本人虽然对他们恨得咬牙，却也拿他们毫无办法，因为伏龙山绵延300多公里，山峰大多高峻陡峭，狭窄的小路在密林间、巉岩上穿行，鬼子来扫荡时退到山里就安全了。日本人对这些游击队头疼不已，加紧对那一带的过往行人严加盘查，稍有怀疑就当做游击队员残酷处死。商贩们不敢再到山区来了，山民们怕鬼子扫荡，也轻易不敢下山，山口镇完全冷清了。

　　镇上只有一家小客店，因为来往旅客少，平时也兼作饭馆，客店的大门上高挑着三角形布招，布招是浅黄色的，边上缀着杏黄色细布条，丝丝缕缕地在风里飘拂，中间绣着大红色的"福来"两个字，鲜艳的红黄两色在灰扑扑的街道上显得格外醒目。这一天不是赶集的日子，店里没有生意，吃过午饭，身穿灰色家织布长棉袍的老板姜福坐在大门口的一把竹椅上，一边抽旱烟，一边打布草鞋，旁边的小木凳上放着一个笸箩，里面全是细布条，是他花了半天工夫，用一件破得不能再穿的褂子撕成的，他已经用这些布条打好了一只布草鞋，正在打另外一只。这种布草鞋外表和普通的草鞋一模一样，但穿在脚上远比草鞋柔软，走远路也不会打起血泡。

　　另外一只打好以后，他站起身走到门外，抬头往西面望去，只见橙色的、鸭蛋黄一样的太阳已经快要落到山顶上，他又回头往东面看了一眼，街道上冷冷清清的不见一个人影儿,有几户人家的屋顶上已开始冒出炊烟,他暗自嘟哝了一句:"天色不早了,他们也该来了。"

他的公开身份是客店老板,但还有一个不能公开的身份是乐至县第七游击大队联络员,第七大队最近接到了一项秘密任务,护送一支国军的特别小分队过封锁线,这项任务目前只有他和大队长刘青山知道,当然,小分队过封锁线干什么就不清楚了,他们的任务只是护送小分队过河,只要把小分队安全交给第五大队,他们的任务就算完成了。他呆站了一会儿,寒风吹得他浑身发冷,他把两只手搓了搓,插到袖筒里,又过了几分钟,只见东面的街口出现了一行人,穿着蓝布或灰布对襟棉袄,头上、腰上缠着黑色布带,打着裹腿,背着竹篓,一副远行者的打扮。他默默地数了数,一共八个人,心里暗道:"一定是他们。"

那八个人过来了,走在前面的是一个瘦脸、雷公嘴的汉子和一个清秀的青年,青年看了一眼布招,指着客店对汉子说道:"就是这里。"

姜福迎上去,笑容可掬地招呼道:"几位老板,要住店吗?住店包伙食,价格便宜,包你们满意。"

青年操着长沙口音问道:"你是老板?"

"是。"

"贵姓?"

"免贵姓姜,姜子牙的姜。几位老板,请进去坐,里面有热茶,可以冲冲寒气,外面太冷了。"

"店里还有空房吗?你给我们安排一间,要清静一点的。"

"这位老板,不瞒你说,自从鬼子把荣水河封锁以后,来往的人少了,小店的生意一直不好,这几天店里更是一个客人都没有,你要哪一间房都清静。"

姜福把他们带到后院的一间北房,房子很宽,北面开着窗户,可以看得见外面是一片荒地,再过去就是密密的竹林,一直延伸到山上,望不到边,东面靠墙是一排通铺,屋中间有一张八仙桌,上面摆着几只缺口的粗陶茶碗。瘦脸、雷公嘴的汉子放下背篓,坐到桌边,拿起桌上的一只茶碗倒扣在桌上,又把右手食指曲成7字形放在碗上轻轻敲着。姜福看见了,立刻走到他面前,低声说道:"长官一路辛苦,我早就接到通知说你们要来,已经等了好久了。不知道长官怎么称呼?"

"我姓孙。"

这个长官自然就是孙富贵了,他带着突击队在大山里走了3天才来到这里,山路极其难走,还要留神土匪的袭击。伏龙山是国统区与沦陷区的交界地,也属两不管地带,大大小小的土匪各自占据山头为王。为了小分队安全穿过伏龙山,不遭土匪袭击,张一鸣早已安排人买通了当地最大的帮派"青龙帮"的大哥任大通,此人亦正亦邪,既和流亡的县政府官员、乡绅交朋友,也和伪军军官、侦缉队长、土匪头子称兄道弟,既走私鸦片,同时暗地里也给游击队提供帮助,是个手眼通天的人物,黑白两道都买他的账,凭着他给的信物,一路上小分队很顺利通过了几个土匪的地盘。

两人握了手,姜福又出去提了一壶茶进来,给大家一一倒上,说道:"老总,喝杯茶,这是上等的茉莉花茶,知道你们要来,早给你们预备下了。"

孙富贵问道:"封锁线那边的情况现在怎么样?"他是北方人,为了不让口音引起别人的注意,在陌生人面前他不轻易开口说话。

"南边打起来以后,鬼子封锁了渡口,加强了巡逻。荣水河本来只有一艘巡逻艇,现在又增加了一艘,而且还是快艇,两只汽艇不停地来回跑,不要说过河,连靠近都困难,谁敢靠近,对面的碉堡和河上的巡逻艇就会开枪,不要说白天过不了,就是晚上也很困难。"

"办法总是人想的,我就不相信过不去。"

"长官放心,一会儿我就派人送你们到游击队去,他们会想办法把你们安全送过封锁线。不过你们不能在这里待得太久,这里离封锁线只有30里,现在战事紧张,鬼子和伪军时不时地从据点里出来搜索,侦缉队和保安队的汉奸也经常化装成小商贩或者农民到处查探消息。你们休息一会儿,喝口茶,然后我派人带你们到关帝庙去见杜大队长。"

"到关帝庙要走多远?"

"有十来里路。"

孙富贵抬手看了一下手表,说道:"已经5点钟了,我们不休息了,现在就走。"

他端起碗,一口气喝完了茶,站起身来。姜福喊了声:"顺子。"

一个十二三岁的少年应声而来,他人虽然瘦小,但看起来很机灵,比同

龄孩子显得老成。姜福对他说道:"顺子,这些是国军的长官,你带他们去找杜大队长,路上小心点,别让侦缉队盯上了。"

"哎,你放心好了。"

孙富贵看了那少年一眼,觉得他实在太小了,有点不放心。"他这么小,能行吗?"

少年像受了侮辱,涨红了脸说道:"长官,不要门缝里看人,把人看扁了。人小又怎么啦,秤砣虽然小,还能够压千斤呢。"

孙富贵哈哈一笑,伸手拍了拍他的肩膀:"好小子,年纪不大,脾气倒挺大,好,好,有种!"

姜福也笑了:"孙长官,你尽管放心,这孩子机灵得很,对那一带的地形也熟。你们不用担心,他是我唯一的亲人,没有十二分的把握,我也不会让他去。"

"他是你儿子?"

"是我侄子,亲侄子,我大哥的儿子。我大哥是铁匠,在县城里开了间铺子,日本鬼子打县城的时候,用飞机、大炮来炸,把我哥的铺子给炸了,一家五口除了这孩子,全炸死了。他想去当兵,可人家嫌他年纪太小,不肯收。"

孙富贵笑道:"好小子,等你满了十六岁,你来找我,我要你。"

少年的眼睛亮了:"长官,你说话可要算数。"

"当然算数。"

姜福又给顺子交代了几句,然后送他们出了后门。顺子领着他们穿过竹林,顺着一条小路上了山。那条小路显然少有人走,不仅狭窄,而且两旁荆棘丛生,极其难走,他们一直在荒山野地里穿行,路上既没有人家,也没有碰到过什么人。太阳落山以后,他们来到了一座破败的山神庙,在那里见到了县游击队第五大队队长杜华民。

杜队长30多岁,中等身材,膀阔腰圆,满脸的络腮胡子,一望而知是个豪杰,他的头上戴着军帽,上身穿着灰布棉军服,腰间扎着皮带,皮带上插着一支驳壳枪,下身是黑色家织布裤子,打着裹腿,裹腿微微隆起,内行人一看就知道里面藏着短刀。他本是荣水河对岸杜家村的农民,没读过书,不关心什么国家大事,也不知道什么"守土抗敌,保家卫国"之类的大道理,只是按照父辈的生活模式继续着自己的生活,守着祖传的土地勤劳苦作,孝顺父母,养育儿女。日本人占领了县城以后，种种关于鬼子兵凶恶、残忍的传闻不断，但他认为自己呆在乡下老老实实种地，不去招惹他们，总不会有什么祸事。半年前的一天，他正在村外种地，一队日本兵突然来了，他来不及跑回家，赶快爬到一棵大树上，躲进繁密的枝叶里。他看到鬼子兵进了村，随后，村子里有鞭炮声响起，他很快意识到那不是鞭炮，而是鬼子在开枪。在树上心急如焚地等了不知有多久，他终于看见鬼子兵出来了，抬着猪，牵着牛，有的枪尖上还挑着鸡鸭。他确信鬼子已经走远了，这才从树上溜下来，飞奔回家。一进大门，只见父母和自己一双年幼的儿女被刺刀捅死在院子里，他的弟弟头朝下被子弹打死在堂屋门口，他的妻子和已有身孕的弟媳赤身裸体死在堂屋里，他一下子瘫坐在地上，然后捶着胸口像野兽一般嚎叫起来。埋葬了亲人，他抓起一把劈木头用的砍刀，拉了村里十几个男人建起了游击队，短短半年时间，已经发展起了一百多人，有了60多支枪。

孙富贵也不多话，直截了当地问道："杜队长，我们今天晚上能过河吗？"

"能，没问题。我已经安排好了，就从米家湾过河，那里离得最近的是一座小炮楼，里面的鬼子兵被我们骚扰怕了，一到晚上他们绝不会出来。到时候我会派人带你们到米家湾上游等着，我带人在下游开火，把鬼子的注意力吸引到那边，等鬼子的汽艇过去了，你们马上过去。"

"声东击西？"孙富贵笑了，"这倒是个好办法，就按你说的办。"

"长官，对不住，有件事得跟你们说清楚。这几天伪军和侦缉队到处搜索，把河两岸的船全给扣了，我们弄不到船，你们只能游过去。"

韩道廉骂道："妈的，狗汉奸，大冬天的让人下水。"

孙富贵说道："骂啥？没有船也有没有船的好处，人在水里，目标没有船大，不容易被发现。"

杜队长说道："好在现在是枯水期，河面很窄，游快一点几分钟就过去了。你们都会游泳吗？"

"都会，这个你不用担心。"

"那就好。你们跟着顺子走，我带人在下游掩护你们，过河以后，顺子会带你们到五大队找刘队长，以后的事就是五大队的了。"

吃过晚饭，突击队同游击队一起离开小庙，前往米家湾。此时天色早已黑尽，天空中没有月亮，四野不见人家，也见不到一点亮光，只有几颗凄清落

寞的寒星发着微弱的光芒,勉强为大家指引道路。一路上,西北风疯狂地呼啸着,吹得落尽叶子的树枝噼啪作响,远处不断传来野兽令人心悸的吼叫,给黑漆漆的夜色更增了几分恐怖。

快到米家湾的时候,两支队伍在一条岔路口分开了,游击队往东走,突击队跟着顺子转而往西前进。突击队走了约莫两里路就到了米家湾,这里山势已逐渐走低,河面虽然不宽,但夏天涨水冲刷形成了平坦的河滩,滩上到处是乱石和枯黄的野草,两岸的树木被敌人拉来民夫全部砍伐掉了,这就使河滩显得更加空旷,炮楼里的敌人视野也就更加开阔了。

炮楼在一里以外,里面亮着灯光,依稀可以看见楼顶上一个端着枪的黑糊糊的人影儿不断地来回走动着。河面上,一艘挂着太阳旗的巡逻艇正在开往上游,艇上强烈的灯光照得河水闪闪发亮,像一泓流淌的水银。巡逻艇越来越近,可以清楚地看到它的前端架着一挺机枪,一个穿着米黄色军大衣的鬼子射手就伏在机枪后面,在他身后还站着一个日本军官,正在四处张望。在灯光照耀下,河面上的一切全部清清楚楚地暴露出来了,不要说人,就是一条狗从那里游过都会被发现。

大家伏在堤岸后面,静静地等候下游的枪声。几分钟后,下游传来两声清脆的枪响,随即密集的枪声响了起来,其中有游击队用来冒充机枪声的爆竹。刚刚开过去的巡逻艇立即掉转头,拉响了警报,尖叫着向下游飞驰。孙富贵拿出杜华民送他的一葫芦烈酒,扯开塞子,将嘴对着葫芦口猛地喝了一大口,然后递给旁边的人。葫芦不断往下传,连顺子都喝了。巡逻艇过去后,河面上又变得漆黑一片,队员们赶快脱掉衣裤用油布包好放在背篓里,裸露的身体在夜色下容易被发现,他们用黑布遮住身体,飞快地冲下河滩,进入水中。冬季的河水冰冷刺骨,河面风又大,酒精产生的一点热量很快就消失了,队员们一个个冻得脸色发青,牙齿咯咯地响。

游到对岸,队员们依然用黑布遮住身体,迅速跑到堤岸后面,躲进一条干沟里,抖抖索索地擦干身子,从背篓里拿出衣裤穿好,然后跟着顺子继续往前走。走了好几里路,他们仍然听见后面的枪声在激烈地响着。

为了安全,顺子不走大路,只在田间坡头的乡间小路上穿行,以绕开日伪驻守的村镇和炮楼。经过数小时疾走,黎明时分,他们来到了竹坡岭,通过游击队三道岗哨的盘查,终于在竹林深处的一座茅屋里见到了游击队第五大队队长刘锦铭。

刘锦铭有二十七八岁,修长的个子,瘦削的面庞,头发有一些日子没理了,长长的有点蓬乱,身上穿着日本人的军大衣,大衣原来的主人显然是个矮胖子,衣襟又肥又短,袖子的长度还不到手腕,露出了里面掉着线头的毛衣。见过面后,刘锦铭问道:"孙长官需要我们做什么?"

"我需要你们的配合,还需要你挑几个可靠的人和我们一起行动。"

"你们打算去……"刘锦铭谨慎地中断了后面的话。

"我们要进城去完成一项特别任务。"

"我仔细想想,看看有什么办法能带你们进城。"刘锦铭说,"伪军和侦缉队里面都有我们的人,要是以前进城不是难事,可是现在就困难了,我们的人五天前摸进城里,杀掉了警察局的特高科科长,鬼子目前盘查得很严,连卖菜的都进不去,反正除了他们的人,没有鬼子的通行证不管是谁都不让进,就是伪军发的通行证也不行。"

"不需要通行证。我们什么证件都有,伪军的,侦缉队的,连鬼子的都有,到时候什么合适就用什么。至于你们的人,我们会想办法带进去。"

"你要多少人?"

"不多,五个就够了,但是一定要熟悉城里的情况,要有经验,还要头脑灵活。还有,我实话实说,我们的任务很危险,你得找那种胆大心细,不怕死的。"

刘锦铭果然叫了五个人来,都是二十岁左右的青年,模样精明,刘锦铭说道:"他们都是老队员,游击经验丰富,到城里打探情报,收拾鬼子汉奸,样样都在行。这五个是我以前的学生,在县城里上过学,对那里的每条街道都了如指掌。这些都是热血青年,为了国家,让他们牺牲生命都愿意。"

"你的学生?"孙富贵有点意外,问道,"刘队长战前是做什么的?"

不等刘锦铭回答,一个青年说道:"刘队长以前是县中学的高中老师,教我们化学。"

"哟,刘队长当过教书先生,那可是比知识分子还知识分子哪,你怎么也打起游击来了?"

"国家存亡之际,谁还有心情教书。再说,整个乐至县,哪里还放得下一张平静的书桌。"

"说吧,孙长官,"一名叫陆寅的游击队员问道,"你要我们做什么?"

"我们要在今天晚上突袭鬼子的司令部,杀掉他们的旅团长。你们进城以后,留一个跟着我们,其他的自己去寻找目标,枪械库也好,警察局也好,侦缉队也好,随你们的便,只要听见司令部枪一响,开枪,放火,扔手榴弹,你们愿意干什么就干什么,动作越大越好,反正就是要给我搞浑水。奶奶的,老子就是要给鬼子来点热闹的。"

几个游击队员都兴奋起来,陆寅拍手笑道:"不用说,这热闹可够鬼子瞧的。"

孙富贵说道:"热闹归热闹,事办完了咱还得出城,不能让鬼子把我们来个,来个捉什么鳖来着?"

何岩说道:"瓮中捉鳖。"

"对,瓮中捉鳖。咱进去了还要出来,那才算本事。刘队长,你带着你的游击队埋伏在城门外头接应我们。"

孙富贵和刘锦铭商量了一阵,详细地安排好晚上的行动计划。游击队员们也赶着提前做好了晚饭,尽力招待突击队员们吃了一顿丰盛的具有游击队特色的大餐,山药炖野鸡,黄豆烧野狗肉,还有腊肉、干菜,突击队员们这几天在山里吃的不过是干粮就泉水,这些东西对他们来说简直不亚于富翁府里的筵席。吃过饭天还没有黑,队员们拿出藏在背篓里的衣服换上,孙富贵打扮成伪军连长,四名突击队员和三名游击队员全部改装成伪军,何岩则穿着中山装,戴一顶日本军帽,装成翻译的模样,另外二名突击队员和二名游击队员则打扮成日本官兵,刘锦铭带着他们从小路赶到县城,到达城门时天刚擦黑,"伪军"们用枪押着"皇军"进城。城门由荷枪实弹的日伪军把守,城墙上也到处是来回巡视的日本兵,防卫非常森严。刘锦铭看见城门口站着的一个伪军是自己的内线,心里更加踏实,低声对孙富贵说:"这里有我们的人,这下就更好办了,你们放心,我一定把你们接应出来。"

"好,咱们回头见。"孙富贵和他握手相别,带着一行人到了城门口,负责盘查过往行人的日本少尉惊异地看着这支"伪军"押"皇军"的队伍,上前拦住了他们问道:"这是怎么回事?你们是干什么的?"

孙富贵赶紧上前,点头哈腰地望着日本少尉笑了笑,转头对一旁的汉奸翻译说:"太君是在问我吗?我不懂日本话。"

翻译说道："太君问你们是干什么的？"

"我们是19旅的，这几个人是重庆军的奸细，化装成皇军活动，被我们抓到了，要送到司令部去审问。"他脸上在笑，心里却在咒骂："妈的，还得给你孙子赔笑脸，为了完成任务，爷爷忍口气，吃点亏，这次便宜了你，下次碰到你，老子一定把你的脑袋拧下来当夜壶！"

翻译把他的话译成日语，日本少尉看了看他们押送的俘虏和缴获的苏制冲锋枪，又叫孙富贵把证件给他，他仔细查看了证件，又把本人与照片对认，孙富贵委琐的相貌和谄媚地望着他的笑脸让他觉得此人是个天生的汉奸坯子，他没有丝毫怀疑，鄙夷地把证件扔还给孙富贵，然后走过来逐一打量这些"俘虏"，魁梧结实、比他高出一个头的韩道廉引起了他的注意，他突然站住脚，将眼睛上下打量了韩道廉一下，突然挥起拳头，当胸给了这个小伙子狠狠的一拳，韩道廉往后仰了一下，但是没有倒，日本少尉见了，又继续挥拳打过去。韩道廉明白他是想把自己打倒，挨了第二拳后，立刻捂住胸口，大喊大叫着倒了下去。日本人全都哈哈大笑起来，那少尉一边笑一边用生硬的中国话说道："你的，重庆军的，猪，大大的没有用，笨猪。"

韩道廉气得咬牙，心里暗骂："妈的，老子不是有任务的话，早把你的狗头拧下来了。"

那少尉大概觉得不过瘾，一边笑，一边伸脚就朝韩道廉的下腹踢去。孙富贵见他穿着大头皮鞋，心想这一脚踢下去还得了，忙伸手拦住他，笑道："太君，他这样的人，犯不着你亲自踢，把脚踢痛了划不来，再说，我们旅长命令我把他押到司令部去审问，你要是把他踢死了，我就交不了差了。"

他一边说，一边摸出一包香烟，抽出一支递给日本少尉，那少尉看了他一眼，毫不客气地把整包烟都拿了过去，孙富贵点头笑道："好的，就送给太君了。太君，我们可以进去了吗？"

日本少尉挥了挥手，示意他们过去。进了城，眼看着四周没有敌人，孙富贵低声骂道："妈的，这小鬼子真他妈的是穷鬼，连老子的烟都抢，整整一包哈德门，老子一支都没舍得抽，倒便宜了他！"

进了城，队伍分头行动，四名游击队员前往自己的目标，刘锦铭带着突击队前往日军司令部。日军司令部设在以前的中国银行楼房里，这是位于县城最中心的一座三层小楼，石冢的办公室设在二楼左侧第一间。突击队

员们试图继续用押俘虏的方式骗过卫兵,进入戒备森严的楼房,当何岩用日语向卫兵说明后,卫兵并没有让他们进去,而是转身去拿电话,看样子是想打电话询问真伪。孙富贵见势不对,当即动手,抽出短刀,从背后一把捂住卫兵的嘴,卫兵还没来得及挣扎,锋利的短刀已经割断了他的气管。另一个卫兵试图发出警报,韩道廉举起冲锋枪,用枪柄在他头上狠命一击,打得他脑浆迸裂,哼都没哼一声就倒了下去。一个突击队员和一个游击队员守在门口,保证退路的畅通。六名突击队员冲往二楼,在楼梯上,一个日本中尉发现了他们,大声喝问,孙富贵的冲锋枪迅速射出一排子弹,那个中尉往后一仰,倒在了血泊中。这阵枪声惊醒了楼里的人,二楼右侧的一间办公室里,一个日本兵小心翼翼地推开门,端着枪走出来,正好看到冲上楼来的突击队员,他还没来得及射击,一阵冲锋枪声响过,他立刻被打倒在地,紧随其后走出来的一名中佐马上开枪,子弹击中了林海生,那中佐随即被孙富贵和韩道廉的冲锋枪同时射倒。

接着,一名突击队员冲到了石冢的办公室,门紧闭着,他奋力一脚,"嘭"的一声踹开门,里面立刻射出两颗子弹,将他击倒在地。孙富贵背贴墙壁,拉开一颗手榴弹扔进了那间办公室,伴随着火光的爆炸声响过之后,里面寂无声息。孙富贵端着枪冲进去,里面躺着两个人,浑身血肉模糊,已经被炸死,但从军衔上看,显然不是石冢。孙富贵赶紧退出来,看见对面的房间开着一道门,举起枪往里一扫,随即冲进去,屋子的角落里蹲着一个女人,睁着眼睛恐惧地望着他。女人梳着高高的发髻,穿着他从未见过的古怪的衣裙,手里紧紧抱着一个2岁大的孩子,打扮也和中国孩子不同,他猜想他们肯定是日本军官的家属。

"石冢一郎在哪里?快说!"

女人拼命摇头,他搞不清楚她是不知道呢还是听不懂,"你到底听不听得懂中国话?"

女人把孩子推到身后,一面对他鞠躬,一面不停地说话,显然在恳求他。唐灏说道:"孙营长,不要跟她费口舌了,她听不懂,杀了算了。"

唐灏举起枪对准了她,孙富贵一把拉住他,说道:"你干啥?女人孩子你也杀。"

"她是日本女人,有什么杀不得的?日本鬼子杀我们的女人孩子,手软过吗?"

"日本鬼子是畜生,你也是吗?老子从来没杀过女人,别坏了老子的名声。外面鬼子多得很,你尽管杀去。"

那日本女人大概明白了,指了指孩子,然后对着唐灏深深鞠躬,显然在哀求他饶了孩子,唐灏自己也有老婆孩子,见此情景,心软了,放下了手里的枪。

孙富贵叫道:"走,快走!"

两人退了出来,此刻,整栋楼里的人全被枪声和爆炸声惊动了,一个回过神来的日本人拉响了警报,顿时各种枪声响成了一片。孙富贵见此情形,知道已无法找到石冢,只得带着剩下的四名突击队员迅速往外撤离,途中他们击毙了一个日军少佐,但自己也损失了一名队员,一楼的游击队员接应了他们,带着他们迅速离开小楼,撤往旁边黑暗的小巷,楼上的日本人向他们开枪射击,又打中了一名突击队员。那个游击队员非常熟悉地形,带着他们七弯八拐地穿过几条小巷,甩掉了敌人的追踪,来到大街上。

另外四名游击队员按计划到了侦缉队,听到日军司令部传来枪声,立刻往侦缉队的围墙里扔了两颗手榴弹,又对着大门开了几枪,然后飞快地离开。侦缉队里面已乱作一团,里面的汉奸不敢出来,胡乱地对着外面射击,游击队员们经过伪县长家的后院时,也顺手往里扔一颗手榴弹,正好扔进了厨房的柴火堆里,引燃了干燥的柴火,立刻熊熊燃烧起来。此时,整个县城里警报声大作,哨子声此起彼伏,完全乱作了一锅粥。突击队袭击日军司令部时,石冢并不在城里,但突击队打死了他的参谋长、几个参谋以及一个大队长,造成了司令部的混乱,一时无人指挥,底下的鬼子和伪军搞不清楚究竟发生了什么事,没有接到命令也不敢轻举妄动。孙富贵等人顺利地撤到了城门,此时游击队和伪军里面的内线已经里应外合,控制了城门,将他们安全地接了出来。

等回过神来的日军紧闭城门,开始全城戒严,实施大搜捕时,孙富贵他们早去得远了。

第七章　强攻泰福镇

14日下午，天色阴晦，灰暗的云朵厚重得像要塌了下来。一阵阵寒冷的西北风肆无忌惮地在湘北的大地上呼啸着。农田边，丘陵上，松树还保留着墨绿的针叶，其他的树木则大多叶子落尽，光秃秃的枝丫在风中颤抖，让人看了更增几分寒意。一条破烂不堪的公路上，行驶着一辆半旧的军用吉普车和一辆弹痕累累的卡车，卡车的车头上架着一挺轻机枪，车厢里满载着头戴钢盔，身穿灰色棉军衣的军人，一队同样打扮的骑兵紧跟其后，快速前进，嘚嘚的马蹄声和着汽车马达的轰鸣声，给萧瑟的原野带来了一点生气。

公路上面有两条深深的车辙，还有着大大小小的坑洼，满身灰尘的吉普车颠簸得厉害，张一鸣坐在后排座位上，身子随着车子的颤动不断地摇晃着。他侧着头看着窗外，眼睛里惯常的冷淡与平静不见了，代之而来的是愤怒和怜悯，现在离日军占领区越来越近了，道旁的农田荒芜，田野里没有一个人影儿，农家听不到人声，也听不到犬吠鸡鸣，整个大地荒凉得像死去了一般。三天来，一路北上，沿途所见的情形让他触目惊心，抗战爆发以来，从上海到南京，从南京到武汉，从武汉到长沙，部队都是节节败退，不断后撤，他没有机会看到沦入敌手的国土和民众的惨状，这一次北上，因为长沙会战后日军退回战前的出发地，他才得以亲眼目睹。鬼子兵在前进和溃退途中不仅对乡村实施抢掠，临走时往往还不忘放上一把火，把村庄化为一片焦土。越往北走，破坏越为严重，公路被毁，桥梁被炸，城镇到处是断垣残壁，沿途他见到了不少面黄肌瘦的乡民，不管老幼都提着篮子在地里挖野菜，他也看到了许多被剥掉树皮的树木，像一个个衣衫褴褛的难民一样在寒风中瑟缩，他能够感受得到笼罩在这片土地上空的饥饿阴云。

赵义伟也望着窗外，他的感受比军长还要深刻，少年时生活在乡下，他亲身经历过瘟疫流行之后的惨状，许多庄子人几乎死光了，只剩一座座空房宛如鬼屋，以为那就是人间地狱了，可现在看到日军烧杀抢掠过后的景象，觉得把瘟疫看成恶魔简直是少年时不经世事的夸张了。他忍不住骂出了声："妈的，这小鬼子比瘟疫还瘟呢！"

江逸涵正在悄悄捏着他的左腿，这几天天气阴冷，腿上的旧伤又开始发痛了，现在更是痛得钻心，他并不想告诉军长，只想和他说说话，转移一下注意力，但张一鸣一直望着窗外，好像在思考什么，他不好打扰，只得闭着嘴巴，默默地忍受着伤痛。听了赵义伟的话，他找着了机会，说道："瘟疫？这个比喻倒很恰当。军座，你认为呢？"

张一鸣回过头，答道："我没经历过瘟疫，不好说。志坚兄经历过吗？"

"我小时候经历过，我兄弟姐妹一共9个，一场瘟疫下来就死了3个，我娘哭得眼泪都干了。"

赵义伟说道："我家死得更多，除了我和我爹，其他的全死了。我娘最先染上，给她请了郎中，吃了多少药都没有，又给她用土方子，姜汁加红糖和醋吃，蒜泥和葱白吃，用庙里的香灰和神水吃，反正人家说的方法全都用上了，还是越来越重，到后来人都迷糊了，最后连我都认不出。然后就是我兄弟、我奶奶、我爷爷、我小叔，一个接一个地死，除了爷爷奶奶以前预备了棺材，我妈和小叔还有弟弟都没有棺材，死的人太多了，连做棺材的木匠都死了。我和我爹自己动手用木板钉了几个匣子把他们埋了，现在想起来都难受。"

"这么说，日本人还真像瘟疫。"

隋明杰坐在卡车车厢里，刺骨的寒风像刀片一样从车厢刮过，吹得他的脸发痛，吹得他全身冰冷，他早已把帽子上的两颗纽扣解开，把折叠的护布放下来，保护耳朵和后颈，又把冲锋枪紧抱在怀里，双手伸到腋下取暖，一面耸着肩膀，缩着脖子，尽量把头藏在竖起的棉衣领子里，可还是冷得直打哆嗦。以前在基层连队的时候，他看到军部和师部的警卫们行军时有车坐，有马骑，不用和两只脚为难，心里非常羡慕，如今连坐了三天的车，每天都冻得浑身发僵，他反倒希望能够步行了。他是一个月前被调到军部警卫营的，报到的时候，那些警卫见他矮小瘦弱，都感到惊讶，因为军部的警卫都是经过严格挑选的，都是身强体壮、膀阔腰圆的大汉，不仅战斗经验丰富，关键时刻还能背起长官脚不停步地跑上一二十里，像他这样瘦小的还是第一次见。他是由张一鸣亲自把他调来警卫营的，长沙会战时，张一鸣亲眼见他远距离射杀了一个鬼子军曹，觉得这个小伙子是个射击天才，放在基层可惜了，所以一个电话将他调到了军部。

隋明杰跺了跺脚，问身边的少尉唐毅："排长，我们这是往哪儿走啊？"

唐毅是河南人，一个铁塔一样的黑大汉，往哪儿一站都显得威风凛凛。

他正搓着手,低头往手上呵气。听见问他,头也不抬地回答说:"不知道,反正军长往哪儿走,我们就往哪儿走。"

"我们已经往北走了三天了,离敌占区怕是不远了,我们是不是有大战要打了?"

"又来了,打仗打仗,跟你说过多少次了,我们是干什么的?我们是警卫,负责保护长官,我们没仗打,长官才安全。"

"我懂,就是觉得平时训练那么辛苦,打仗了一个鬼子都杀不着,心里有点那个。"

"你嫌命长了不是?"旁边一个警卫说道,"能来警卫营算你运气,多少人想来还来不了。这年月,当兵被打死很正常,捡条命不容易,你还是安心点,等将来打败了小鬼子,回家娶个媳妇儿好好过日子。老婆孩子热炕头,你不想吗?"

"你给我闭嘴!"唐毅不满他的话,"你叫人家贪生怕死吗?好好的小伙子,别给我教坏了。"

"排长,俺不过说点实话,你别急啊,俺赵金山打仗的时候怕过死吗?俺的意思是,不要怕死,可是也不要找死。"

队伍到了刘家湾,张一鸣下令在此休息20分钟。这是一个被杂树和柳树围绕着的小村,有十几户人家。张一鸣走进村里,只见家家户户门窗紧闭,看不见一个老百姓,也看不到一条狗或者一只鸡,整个村子荒凉萧条,死气沉沉。凛冽的西北风呼呼地吹着,几棵枯柳不时传出枯枝折断的咔嚓声,已经枯黄的杂树叶和屋顶上的茅草被寒风卷起,到处飞舞。村头有一家小铺子,门口支着一个草棚,棚下放着一张方桌和两根条凳,他走过去,还没有坐下,只听得吱呀一声,铺子的大门开了,一个头发花白的老头走了出来,问道:"老总,你们是从北面还是从南边来?"

赵义伟答道:"我们从南边来。"

"今天过去了好多队伍,前面是不是在打仗了?小鬼子又要来了吗?"

"你放心,鬼子不会来。"张一鸣问道:"村里的人呢?"

"大部分都走了。这里小鬼子以前来过,大家都怕呀。"

"你为什么不走呢?"

"唉,人老了,不想去受那个罪。儿子和媳妇带着孙子孙女走了,我和老太婆不走,鬼子来了我们就到山上的树林子里躲一躲,躲得过是福,躲不过是命。"他有一面请大家坐下,一面扭头对着屋里喊道:"老太婆,你把那罐子茶拿出来。"

屋里出来了一个老太太,双手捧着一叠碗,上面的那只碗里装着炒熟的黄豆,她在每个人面前放下一个碗,抓上一些黄豆放在里面,然后又到屋里提了一个瓦罐出来,给每只碗倒入热气腾腾的茶汁,茶汁带着一股浓浓的姜味儿。老头又拿了一碟姜片出来,放在桌上,说道:"老总,喝点姜茶,趁热喝,天冷哪,吃姜可以驱寒,还防止生病。"

赵义伟说道:"我不会喝这玩意儿,老板,有酒吗?"

"有,我自家酿的烧酒,辣得很,就怕老总喝不惯。"

"管他呢,只要是酒都行,给我来一碗。"赵义伟指了指张一鸣,"给这位长官倒碗茶,副军长,你要茶还是要酒?"

江逸涵的腿正酸疼得难受,酒可以活血止痛,正合他的需要,笑道:"我要酒,半碗就行。"

老头连声答应,进屋去了,好一会儿才抱了一个坛子出来,坛子上面还有没擦干净的泥痕,他一出来,一股浓烈的酒味也随之而来,他把坛子放在桌上,一边用竹勺舀酒,一边说道:"这酒是我去年酿的,亏得我一直埋在后院子里,要不然就给鬼子拿走了,这些家伙什么都要,简直就像饿慌了的叫花子。"

舀完酒,他搓了搓手,不好意思地说道:"老总,我家里什么菜都没有,连花生米都没有,没东西给你们下酒了。"

赵义伟说道:"没关系,有酒就行。"

张一鸣说道:"老板,麻烦你也给其他弟兄们一点酒,账算我的。"

"长官,一点烧酒,值不了几个钱,莫说算账的话。"

等大家喝完酒,张一鸣拿出一张钞票给老头做酒钱,老头坚决不收,说道:"老总,我不卖酒,这茶也是我熬给自己喝的,我不是那种只认钱的人,我还懂道理,你们去打鬼子,不也是为了我们老百姓,你们喝我一点酒我还要钱的话,我的良心不是被狗吃了?不要说家里人要怪我,村里人知道了,也要在背后戳我脊梁骨骂。"

张一鸣听他这么说,知道他绝不会收钱,只得收回钞票,谢了老人,上车继续前进。

　　拿下金水村后,左凌峰让部队休息了一晚,第二天留下一个营驻守,一来保证部队后方的安全,二来配合工兵继续破坏公路和敌人的通讯设施,大部队依然向县城挺进。上午11点过,大部队到达泰福镇,遇到了守候在那里的日军猛烈的阻击。泰福镇是通往县城的必经之地,距离城区不到30里,日军在镇子东南面建起了一座高大坚固的据点,其火力足以将北去的道路牢牢封锁住,连一只老鼠也别想溜过去。镇里原来驻有一个日军中队和一个伪军连,金子村失守后,石冢赶紧抽调了2个步兵大队和一部分炮兵,交给清冈洋一中佐指挥,马不停蹄地赶往泰福镇设防,试图凭借坚固的防御,将中国军队拦阻在这里,等迂回到后面的今井率队赶到,前后夹击105师,将官兵一网打尽,以雪前耻。他还对伪24师在金子村不战而逃,使自己计划落空而耿耿于怀,认为这些人是靠不住的懦夫和墙头草,他怕泰福镇的伪军连也在关键时候挖墙脚,干脆把他们调出镇子,将整个镇子全由日军防守。

　　战斗在中午1点钟打响,105师由三个方向朝镇子同时发起冲锋,早就做好准备的日军仗着自己的武器优势,不愿近战,不等中国军队靠近就开火了,从炮楼的射击孔里,从屋顶的烟囱后面,从大树繁密的枝叶里,以及其他不知道的地方喷射出机枪一股股恶毒的、疯狂的火舌。躲在镇口用沙袋堆砌的工事里的大口径迫击炮和藏在墙垣后面的山炮也在轰击,炮弹腾空而起,在空中划过了一条条弯曲的闪光弹痕,落向冲锋的队伍中。日军炮兵打得非常准确,每一发炮弹落下,几乎都要让105师的人倒下几个。而日军炮楼里的机枪,居高临下,更加疯狂,轻重机枪不断喷火,密集的子弹让不少中国官兵倒在了血泊中。

　　267团负责攻打据点,由于这一带地势平坦,要想用炮轰掉据点得靠平射炮。抗战以来,缺乏重武器一直是中国军队的软肋,在攻坚战中这个缺陷尤为突出。105师的炮营没有配备平射炮,只有4门老式山炮,炮身上"大清光绪十一年"七个字还依稀可辨,这种炮拿来对付日军精心修建的坚固据点除了造点声势外,并无多大作用,所以左凌峰又拨了一个重机枪连来协助267团。在师重机枪连和267团机枪连的同时掩护下,官兵们向据点发起了冲锋,却被敌人凶猛的火力压制住了,眼看着前面的人纷纷倒下,其余的人不得不藏身在一些掩蔽物后面,连头都抬不起来。

1营2连被压制在据点左侧,1排排长谢冀看到排里的一名士兵趴在一个小土丘的背后,姿势暴露,很有可能被敌弹击中,立即匍匐过去,将他一把扯下来,骂道:"屁股翘这么高干什么?想挨枪子啊?老子平时教你的时候,你的耳朵打蚊子去了?"

话音刚落,几颗子弹"嗖嗖嗖"地擦着小丘顶部飞过,打下的野草和泥块直往下掉。谢冀说道:"看到没有,不是老子,你的屁股就开花了。下次长点记性,听到没有?"

那士兵点了点头,谢冀知道经历过这一次,他决不会再犯了,等这次战役打完,如果他还活着,一定会脱胎换骨,同那些老兵一样,懂得该如何去战斗了。老兵同新兵的不同之处在于他是经过战争过滤的,每一次战斗,都无可避免地会淘汰掉一些蠢笨或者运气差的,活下来的就等于在实战课上毕了业,学到了他从操场上所无法感知的东西,这就是经验。一般说来,经历过几次战斗之后的人,战死的几率会大大减小,经验使他懂得应该如何在火力网下冲锋、隐蔽或者后撤,知道怎样才能达到既完成任务,又能让自己活下来的目的。

攻击失败后,267团团长叶博霖将队伍重新组织过,再次下达进攻命令,但日军火力实在太猛,各种武器喷射出的弹迹织成了一道严密的火网,冲锋的官兵们前仆后继,火网下留下了无数中国官兵的尸体,但始终无法突破,进攻再次以失败告终。

眼见硬攻很难奏效,只会徒增伤亡,叶博霖改变了战术,决定集中火力掩护,由人抱着炸药包或者集束手榴弹去炸掉据点,爆破任务交给了谢冀的1排,他环顾了一下,飞快地爬到正躲在田埂后面的一个身材矮小的士兵身边,递给他一个炸药包,说道:"伙计,看到那个机枪眼没有,从左面绕过去,炸掉它。"

年轻的战士没有说话,接过炸药包夹在腋下,谢冀又在他肩上轻轻拍了一下,说道:"伙计,就看你的了。"

那战士点点头,伸手扶了一下头上的钢盔,然后跃上田埂,飞快地向前冲去,才冲出几米远就被一颗机枪子弹打断了大腿,他惨叫一声倒在地上,日军机枪手毫不留情地又对着他一扫,子弹打穿了他的身体,将他打得如同筛子一样。

此后,一个又一个战士不顾一切地抱着炸药包试图穿过敌人的火力网去炸据点,但都接二连三地倒在了途中,根本无法靠拢。谢冀火了,抱了一个炸药包亲自去炸。凭着经验,他一路连滚带爬,好几次子弹都和他擦身而过,眼看着已经接近了据点,一个咬定了他的日军狙击手开枪了,子弹洞穿他的钢盔打中头颅,他顿时倒地不动了。

攻打镇子的战斗同样激烈,左凌峰命令266团在南面佯攻,268团从西面发起强攻,不惜一切代价拿下镇子,摧毁敌人的炮兵阵地,端掉日军指挥所。

等265团佯攻开始,把敌人的火力吸引过去之后,游龙下达了攻击命令。官兵们冲到离镇子百米远的时候,敌人的迫击炮响了,紧接着机枪叫了起来,开始是一挺,接着有八九挺,然后步枪也加入了。"哒哒哒""噼噼啪"的声音中,不断有人倒下来,有的就此不动,有的痛苦地呻吟喊叫,卫生兵和担架兵奔跑着,竭力把他们救下战场。有些没经验的新兵见子弹像蝗虫一般,密密地飞过来,本能地就想卧倒躲避。1营3连连长董云鹏见一个士兵迟疑着,似乎想找地方躲,冲锋的时候停着不动,那简直是给敌人当靶子,董云鹏情急之下,抬起脚就在他屁股上一踢,大声喝道:"快给我冲!愣着干什么?想找死啊?快冲!脑袋埋着点儿!不要跑直线!"

那士兵叫范德民,是个新兵,在长沙会战后补充来的,来部队还不到2个月,他来自贵州山区,是个老实本分的庄稼人,生平第一次到县城,就是他入伍的时候。到了部队,握惯了锄头的手,怎么也摆弄不好那枪和手榴弹,而连排长们操着难懂的口音,一股脑地灌输给他的各种步兵规则、战场行为让他头昏脑涨、不知所措。等到上了战场,大炮震耳欲聋的巨响,机枪、步枪、手榴弹和迫击炮的合奏,已经让他那习惯了安静平和生活的脑袋吃不消了,而当他看到前面有个人被炮弹弹片削断了脖子,脑袋骨碌碌地滚到他脚下时,顿时吓得双腿发软,不由自主地大叫起来,同时胸口剧烈地翻腾,直想呕吐。他像一个受了惊吓的小孩子一样,忘记了自己该做什么,而只想找个地方躲起来。

同267团一样,268团的战斗进行得也很艰难,前三次冲锋均告失败,战场上留下了无数将士的尸身。

左凌峰的指挥所是个农家小院,他走出指挥室,来到院子里,拿了一把梯子,爬到院子中间的一棵香樟树上,透过密密的枝叶观看着战斗,眼看部队伤亡惨重,却久攻不下,急得满头大汗,忙爬下树,回到掩蔽部拿起电话,接通了268团,大声质问游龙:"你是怎么搞的?我是让你进攻,不是让你观战!你的胆子到哪儿去了?让野狗给吃了?"

"师长,我们已经冲锋了3次了!"游龙满心委屈,辩解说:"敌人的火力很强,我团的伤亡太大了!"

"轰隆!"一发炮弹在不远处爆炸了,爆炸震得泥土直往下掉,桌子摇晃了好几下,将放在桌边上的一只搪瓷杯子"哐啷"一声震落到了地上,左凌峰抖了抖身上的泥土,继续说话:"你少说废话,不管付出多大的代价,你也必须给我打进去!否则,我撤你的职!你听清楚了吗?"

"是,听清楚了!"

左凌峰稍稍缓和了语气,说道:"我会命令师炮营,让他们的山炮全力配合你,我再拨两门迫击炮给你,加强你团火力。"

"谢谢师长,这样我信心更足了,不攻到敌人的指挥部,我就不回来见你!"

这时,张一鸣已经到达了105师师部所在的村庄,村子太小,汽车开不进去,在村口停下了。他下了车,活动了一下因为坐得太久有点麻木的双腿,然后朝村里走去。村口站岗的哨兵脸被冷风吹得通红,正端着枪不停地走动,见军长到来,早将身子站得笔直。张一鸣说道:"带我去见你们师长。"

哨兵带他来到司令部,司令部是一个小四合院,屋檐下放着农具,堆着柴禾,大概很久没人住了,农具已经生锈,屋檐上也长出了绿苔。他走进正屋,屋子里中间有一个火坑,坑里几根粗大的木头正在燃烧,不时发出噼噼啪啪的声音,火坑上吊着一个瓦罐,正在腾腾地冒着热气。天冷,两扇窗户虚掩着,屋里弥漫着一股浓浓的烟味。左凌峰正和一个穿灰色中山装的男人坐在火坑旁,一边抽烟,一边说话。听到脚步声,两人回头一看,立刻站了起来。

那个男人30多岁年纪,穿着旧灰呢中山装,戴着一副无边眼镜,与他的中山装和眼镜不相配的是他腰间的武装带和斜挎的俗称大肚匣子的德国毛瑟枪。左凌峰对他说道:"这是我们张军长,这是江副军长。"又把他给两位上司介绍:"这位是乐至县的闻彦亮县长,闻县长也是县游击总队的总队长。"

闻彦亮伸出手,说道:"张军长,江副军长,久仰大名。"

张一鸣和江逸涵分别跟他握了手,张一鸣说道:"闻县长,这次反攻,你的游击队给我们提供了很多准确的情报,还协助我军破坏敌后,对我军帮助不小,你这县长可是领导有方啊。"

闻彦亮得他夸赞,很是高兴,谦逊地说道:"张军长过奖了。乐至沦陷以来,本县父老,还有游击队,哪一日不盼着你们打回来,闻某虽然是安徽人,但身为本县父母官,守土有责,自当全力以赴,配合贵军。"

左凌峰请两位上司坐下,一面说话,一面到一张破桌上拿了两个粗瓷碗回到火坑旁,从瓦罐里倒了两碗水,热气腾腾地递给两人。

"凌峰,"张一鸣问道:"你这里战况如何?"

"不太顺利,鬼子现在依靠镇东的据点负隅顽抗,我师全力攻击,但敌人火力很猛,根本靠不上去。"

张一鸣也不再问,对步兵指挥官何之浪说道:"你带我到阵地上看看。"

"我去吧,"江逸涵说道,"你在这里督战。"

"不用,你留下来督战也一样。"

张一鸣不顾他的劝阻,命令何之浪带着他和随行人员离开村子,前往268团阵地。268团的伤亡确实不小,一路上,张一鸣看到不少担架兵抬着伤员下来。离阵地不远的一块大石头后面,张一鸣看到两个伤员,一个头上包着纱布,脸上血迹斑斑,正坐在地上,忧虑地看着躺在地上的那个,那个伤员伤势非常严重,他的胸膛整个被弹片切开,肉翻卷出来,露出了里面白生生的骨头,非常吓人。因为流血过多,重伤员的脸上完全失去了血色,显出死人般的惨白,他人虽然已经昏迷了,但两条眉毛依然皱在一起,牙齿紧紧咬着嘴唇,神色极为痛苦。

张一鸣问道:"为什么不给他处理伤口?卫生兵呢?"

头部受伤的士兵回答道:"被炸死了。"

"担架兵呢?"

"都抬伤员去了,还没回来,伤员太多了,他们忙不过来。他还是我抱下战场的,抱到这里实在抱不动了。"

张一鸣没有再说,蹲下身,从衣兜里摸出一个药瓶,国军中高级军官每人都配有一瓶云南白药,他拧开盖子,往伤兵的伤口上撒上一层药粉,然后对赵义伟说道:"把他扶起来。"

赵义伟弯下腰,小心地把他扶起来,伤员发出一声呻吟,睁开了眼睛。看着张一鸣,他张开嘴想说话,但一阵痛苦的痉挛把他的话堵在了喉咙里。张一鸣说道:"别说话,再忍一会儿,我马上派人送你去医院。"

他拿出急救包撕开,取出绷带,伤员明白他的意思,轻轻摇了摇头,用极其微弱的声音说道:"军长,没有用了。你行行好,给我一枪吧!"

张一鸣安慰道:"别担心,你会好的。"

伤员看着他,突然微微一笑,笑得安详满足,似乎明白他行将离开人世,在一切结束之前,能有军长在身边安慰,死得也心满意足了。他静静地闭上了眼睛,既不说话,也不呻吟,张一鸣用绷带给他裹着伤口,才裹了两圈,他就停止了呼吸,头蓦地垂向了一边,脸上犹挂着一抹微笑。

张一鸣站起身,他的心肠虽然刚硬,但伤员临死前的笑容还是强烈地触动了他,使他产生了一种悲壮感和不达目的誓不罢休的决心。他来到了268团团部掩蔽所,他的到来使团部人员紧张不安,游龙提心吊胆地将进攻情况向他作了汇报,他什么也没说,命令游龙将连长以上的军官召集起来训话,游龙不敢怠慢,立即通知下去。营连长们接到命令,跑步赶到团部。张一鸣面对他们,神色严峻,握紧拳头有力地挥动着,高声说道:"我等身为军人,自当抱光荣战死之心,决不存侥幸求生之念,只有先存必死之心,才能以破釜沉舟之勇气,作绝处逢生之奋斗!我将与诸位共同奋战,以慰阵亡袍泽之英魂,希望诸位与我努力,赢取胜利,收复国土!"

他说到做到,将各攻击部队部署完毕后,他来到迫击炮连,亲自留在阵地上,给炮手指明射击目标。那里正处在日军枪炮的有效射程之内,他这举动简直把何之浪吓坏了,赶紧劝阻道:"军座,你不能呆在这里,敌人火力很猛,这样太危险了。"

张一鸣根本不为所动,说道:"我来的时候,就当我已经死了。"

他这句话并不是故意说给别人听的,确实是他真实的想法,作为军人,他早已坦然面对死亡,何况现在是为捍卫国家而战,如果战死,那就是民族英雄,定将名垂青史,在他的内心深处,他甚至愿意这样死。

炮连的射手们全神贯注地瞄准发射,将一颗颗炮弹准确地抛到了日军阵地上。每炸中一个目标，张一鸣就大声喝彩"打得好！"挨了炸的日军也不示弱，迅速回击，炮弹、子弹就在张一鸣前后左右飞舞，很快就有一个警卫负了伤，被抬到一旁救治。何之浪急了，劝他隐蔽，但他丝毫没有隐蔽的意思，看到一发炮弹没有打中，他还帮着炮手校正弹着点。何之浪急得不顾一切，冒着犯上的危险抓住他的胳臂，试图把他拉下阵地，张一鸣甩开了他，狠狠地瞪了他一眼，怒道："你想让我丢人现眼地逃跑吗？"

张一鸣的举动被268团官兵看在眼里，极大地震动了他们，一只强悍的雄狮会把一群温顺的绵羊也变成狮子，何况268团官兵并不是绵羊，军长出现在一线，本来对士兵就是极大的鼓舞，对军官更是一种督促，谁不愿意让军长亲眼看到自己的勇敢呢？张一鸣所表现出来的无畏勇气，将官兵们的战斗激情调动到了最高峰，尤其是军官们，军长尚不怕死，自己一个小官，还能退缩不前？游龙决定亲自带队冲锋，并对手下的军官们抛下了一句话："你们自己看着办吧！"

等师炮营和团迫击炮连轰炸一结束，游龙拉了一下钢盔，把它压低遮住眉心，然后抓起一挺轻机枪，对号兵大声说道："给我吹冲锋号！"

号兵举起铜号，鼓起腮帮子拼命吹，突然，一颗子弹斜着飞来，将铜号打出了一个洞，他用手指堵住弹洞，继续吹着。游龙大喊一声"冲啊！"跳起身端着机枪冲了出去，官兵们也跟着一跃而起，拼命向前冲，一步也不停留。他们一边跑，一边高声呐喊着。

"冲啊！"

"杀啊！"

敌人照旧用交叉火力拼命阻击，中国官兵们不顾伤亡，冲向日军掩体，前面的中弹倒下，剩下的继续冲锋，机枪手牺牲了，其他的捡起机枪继续边跑边射。倒下的人中，有的咬着牙，继续艰难地往前爬，直到再次中弹，爬不动了为止。炮营的山炮虽然陈旧，但炮兵凭借经验，终于炸毁了几处日军火力点，将日军的火网撕开了缺口。游龙发现了敌人火网的漏洞，用百米短跑比赛时最后冲刺的速度直冲过去，第一个冲到了日军的阵地前，一边跑，一边将轻机枪呈扇面扫射。在团长的带领下，不少战士也冲过了火网，冲到日军掩体附近，先将手榴弹扔进掩体内炸掉，然后再扑过去，用刺刀和大刀同残余的日军搏斗。

第八章　艰难的胜利

冲锋开始后，张一鸣离开迫击炮阵地，来到炮火纷飞的步兵阵地。看到军长出现在一线，官兵们备受鼓舞，呐喊着向敌阵猛冲。

董云鹏举着驳壳枪，边跑边喊，领着他的连队由右侧往前冲锋。奔跑中，一颗迫击炮弹在他左侧附近爆炸，随着一股热浪袭来，他感到有不少尖利的东西钻进了左腿，痛得站立不稳，一下子倒在了地上，后面有人飞快地赶上来，使劲把他拖到一个土坎后面。他一看，出乎他意料的是来人竟是范德民，不觉脱口说道："好，你上来了。"

范德民说道："我想，跟着连长走不会错，所以一直跟在你后面。"

他一面说，一面笨手笨脚地撕开董云鹏的裤子查看伤情，只见左腿上插着好几块弹片，鲜血流了满腿，忙大声喊卫生兵，董云鹏忍着伤痛，说道："不要喊了，打仗受点伤算啥，死不了就行！"

"你还在出血，要不要我背你下去？"

"用不着，我的腿没断，自己能走，处理一下就可以了。"董云鹏说道："你把弹片给我扯出来。"

范德民小心翼翼地用两只手指夹住一块锋利的弹片，用力往外一扯，董云鹏没有吭声，但是身子剧烈地颤抖了一下，范德民紧张得额头上出了汗，说道："连长，很痛吗？"

董云鹏吸了口气，说道："你别管，快点扯，别婆婆妈妈的像个娘儿们。"

弹片拔完，他活动一下腿，说道："还好，只打在肉上了，没伤着骨头。妈的，还真他娘的有点痛，等打进去，老子要把这个小鬼子找出来，亲手宰了这个王八羔子！"

他叫范德民不要管他，赶快跟上队伍，自己打开急救包，草草地裹了一下伤口，站起身忍住痛继续向前冲锋。跑了一段路，他发现两名日本兵蹲在一个掩体后面，正用一挺九二式重机枪拼命射击，旁边一个鬼子军官不停地伸着手向前方指指点点，大声说着他听不懂的话，看样子是在给射手指示射击方向，冲锋的战士有不少就倒在了这挺机枪下。

他命令一旁的袁金发："你掩护我，我从侧面绕过去，把那挺机枪搞了。"

袁金发说道:"连长,不用你出马,我去就行了。"

他是个经验丰富的老兵,利用地形掩护,匍匐着悄悄靠近掩体,摸出手榴弹对准机枪扔过去,手榴弹准确地落在了掩体内,爆炸声响过,3个人全都倒下不动了。

他跳起来,飞快地跑过去,只见3人都趴着一动不动,他以为他们全都被炸死了,用力掀开伏在机枪上面的鬼子射手的尸体,弯腰去察看那挺机枪,看看还能不能用。他没想到还有一个鬼子兵并没有死,他只是被手榴弹炸昏了,此时又醒了过来,睁眼看见他,立刻向他猛扑上来,他听到背后有响动,迅速回过身,还没来得及闪开,已经被日本人压在了身下,后背重重地磕在机枪上,几乎将肋骨撞断,顿时痛得两眼发黑。鬼子兵一面用身体使劲压住他,一面伸手掐住了他的脖子,他抓住日本兵的手拼命往外拉,但对方还是越掐越紧,他的呼吸困难,心想,完了,这回命保不住了。但他命不该绝,那挺重机枪被炸掉,日军火力减弱,董云鹏领着战士们冲了上来,见袁金发势危,赶紧举起手里的驳壳枪,对准日本兵的脸部开了一枪,那日本兵的血喷了袁金发一脸,然后软软地瘫在了他身上。

死里逃生,袁金发感觉浑身无力,好像虚脱了一般,连推开日军尸体的力气都没有了。董云鹏替他拉开尸体,问道:"你怎么样?没受伤吧?"

他摇摇头表示没有,董云鹏也就不再管他,继续往前冲锋。他的身上挂着一个水壶,不过装的不是水,而是白酒,他拿过水壶,拧开盖子猛地喝了几大口。在地上坐了一会儿,火辣的烈酒给他的身体注入了力量,他站起身,又抓起枪追了上去。

解决掉镇西的敌人,268团一股作气冲进了镇里,在南面佯攻的265团也随即转入攻击,敌人抵挡不住,撤到镇里,同中国军队展开了巷战。

巷战依然激烈,敌人躲在民房内顽强抵抗,中国官兵们逐屋清除,进展极为缓慢,经过一番苦斗之后,董云鹏终于带着几个士兵逼近了镇里一座红砖青瓦的祠堂,这是清冈洋一的指挥所,他已经撤走,里面只有几个鬼子还在抵抗,一个机枪手将机枪架在窗口往外射击,其他几个躲在窗口或者门后射击。董云鹏的驳壳枪子弹已经剩下不多,另一名战士的机枪是从敌人那里抢来的,子弹也用光了,他又找不到子弹补充,只得把它扔掉。敌人机枪火力很猛,没有炮要想硬攻进去十分困难,董云鹏一面带着战士们吸引住敌人的火力，一面让袁金发从房子侧面一堵炸塌的矮墙后进去，躲在堆积的烂砖后面匍匐到屋角，然后顺着屋子的墙基爬到窗下，接连将两枚手榴弹扔进窗口。爆炸之后，董云鹏首先冲入祠堂，狠狠地向里面扫射，一口气打光了枪里剩下的子弹。

屋子里躺着几个日军尸体，鲜血到处都是，一个日本军官藏在门后，躲过了董云鹏驳壳枪的扫射，见他背朝着自己，举起手枪射击，不料枪里已经没有了子弹，只得扔下枪，抽出战刀就向董云鹏脑后劈去。董云鹏听到了身后的动静，他来不及阻挡，多年的战斗经验使他不假思索地就地一滚，躲过了这致命的一刀。日本军官的刀砍在了他旁边的一根木柱上，趁此机会，他赶紧跳起身，扔掉手里的驳壳枪，抽出了背上的大刀。

此时，另外几个战士也冲了进来，看到日本军官，一名战士举枪就要射击，董云鹏说道："不要开枪，让我跟他过过招！"

那日本军官的脸被手榴弹的弹片炸伤了，满脸都是血迹，嘴里还吐着血沫，他大概明白了董云鹏的话，双手抡起刀，大声喊着董云鹏听不懂的日本话，直冲过来，向着他的头部用力砍下来，他举起刀隔开。日本军官知道自己必死无疑，一心想拉个垫背的，疯狂地奋力挥刀劈砍，刀刀来势都很凶猛，恨不得把敌人一劈两半。董云鹏边招架边躲闪，丝毫也不敢怠慢。日本人用力过猛，挥舞了一阵之后，手中的刀明显慢了，董云鹏反守为攻，大刀舞得得心应手，刀光中，那日本军官手忙脚乱，渐渐地退到了角落里。董云鹏见他神色有些绝望，汗水不住地往下流，说道："你不行了，投降吧，我可以饶你不死。"

那日本军官突然目露凶光，将手中的刀不顾一切地向他投掷过来，董云鹏敏捷地将身子一闪，躲开了。那日本军官刀一脱手，立即摸出腰间的手雷，试图与在场的中国军人同归于尽，一名战士眼明手快，没等他拉开插销，立即给了他一枪，日本军官踉跄了一下，沉重地摔在地上。袁金发踢了他一脚，见他不动了，弯腰捡起落在地上的手雷，说道："你们东洋鬼子不是讲什么武士道精神吗？说好了一对一，你小子耍奸，原来这就是你们武士道呀？"

董云鹏用袖子擦了擦脸上的汗水和血迹，血不是他的，事实上他自己也不知道是谁的，他试图捡起战刀，但日本军官已经僵硬的手还牢牢地抓着刀柄，他扯了几下没扯动，拿起大刀，将手指砍断，捡起战刀，将刀上沾的血迹在死人的衣服上擦掉,然后仔细看了看。这把战刀不仅锋利,而且做工精美,刀柄上镶着华丽的装饰,嵌着一个纯金的小佛像。

董云鹏笑道:"这小鬼子有钱,刀把子都镶金。"

几名战士也凑过来看,范德民嘻嘻笑道:"真的是金子,连长,你发财了。"

董云鹏挥了一下刀,刀刃闪着冰冷的寒光,说道:"发什么财,你以为我会拿去卖吗?这刀不差,很锋利,我要把它留着做个纪念,将来传给我的儿子,跟他说他爹当年杀过鬼子官佐。"

一个老兵笑道:"连长,你真行,还没娶媳妇儿,儿子都有了。"

"你小子就知道钻牛角尖!"董云鹏骂道,"老子现在没儿子,将来不会有吗?"

他把刀鞘从死尸身上解下来,挂在自己皮带上,又把战刀插进去,然后四下看了看,屋子靠墙的桌子上放着散乱的纸张、一部电话机、一个瘪了的铁饭盒、几听罐头和一个防毒面具,屋子的角落里堆着弹药箱、几个空酒瓶,还有一堆空罐头筒。

看到罐头,他才想起自己除了早上吃的两个馒头,到现在还什么都没吃,战斗紧张时没觉得,现在才感到肚子饿得咕咕直叫。他抓起几个罐头分别丢给几名战士,自己也拿了一个,用大刀的刀尖挑开,一股浓浓的海腥味和说不出来的怪味冲鼻而来,原来里面装的是海鱼肉。他用手指夹起一块放进嘴里,鱼味道很怪,非常难吃,他也顾不得了,一块块夹起来吃了个干净。

吃完,他拿过鬼子的机枪察看了一下,机枪完好无损,子弹也充足,其他几名战士也忙着收捡死人的武器,把弹药集中起来。这时,游龙带着几名战士来了,看了一眼地上的死尸,问道:"这里的敌人都解决了?"

董云鹏说道:"都解决了。"

"鬼子的指挥官呢?"

"没发现,他不在这里,肯定跑了。"

虽然没抓到清冈洋一,游龙的心情还是轻松了不少,不管怎么说,占领了指挥所,他们已经将镇子占领了一大半,将残敌挤到了狭窄的镇东地带。

清冈此时已经躲进了炮楼里,眼看着中国军队越压越紧,金井的部队却迟迟不见踪影,不禁心急如焚。他打电话向石冢告急,请求石冢派援军,石冢手里也没多少兵了,各处的不利报告接踵而来,外围防线被突破,金水村失守,丫子口久战不下,各处的游击队也趁机疯狂袭扰,破坏公路,剪断通讯线路,袭击炮楼,他就像一个扑火队队长,刚派人往这头扑火,这头火势还没扑灭,其他地方又烧了起来,而且愈来愈烈,连他的司令部都遭到袭击,一时间,整个县里风声鹤唳,他搞不清楚究竟发生了什么事,直到向上峰汇报时,才知道这是中国军队大范围的冬季反攻。此时泰福镇告急,他却不敢向前线派兵了,他手下的兵力已经不多,派出去县城就空了。他只得要清冈无论如何坚守到底,一定要等候金井到来。清冈内心深处虽然对金井能否及时赶到已经产生疑虑,但他是个狂热的军国主义分子,为了帝国的利益,他不在乎性命,何况为了大日本帝国而阵亡的军人,死后可以进入靖国神社,不仅让自己的子孙后代倍感荣耀,还要受到国人的祭祀,他认为这样的死法最值得。

他指挥剩下的日军坚守住余下的小半个镇子,并撒谎说金井的援军就要到了,以鼓励士气。日军凭借炮楼的优势火力进行顽抗,中国军队越接近炮楼,进展越发缓慢,而担任炮楼主攻任务的267团,虽然已经伤亡了200多人,却没有取得丝毫进展。

张一鸣来到了267团,叶博霖焦头烂额地向他汇报了情况,满怀希望地说道:"军长,我们没有炮火支援,这么硬拼损失太大了。你能让军部炮团支援我们吗?哪怕只有一门炮都行啊?"

张一鸣没有回答,炮团还在丫子口协助新25师阻击金井的部队,根本不能动,即使能动,炮兵不是步兵,可以撒开两条腿说走就走,一时半刻也是赶不到的。他拿起话筒接通了105师炮营,命令营长曾逵轰击炮楼,配合267团。曾逵为难地说:"军长,我们的炮,都是清朝时候的山炮,老得牙都要掉了,威力小不说,还没有瞄准器,对射击炮楼根本没有把握。"

"我知道,不过试一试总可以吧?"

"我尽力试试,要是不行的话,军长你可别骂我。"

"我骂你干什么?你要是轰掉了它,我会有嘉奖,要是轰不掉,多打几炮,尽量把声势造大点,压一压小鬼子的气焰!明白了吗?"

"是,我明白了。"

放下电话,曾适仔细想了想,又找来营里几个优秀的炮手,大家商量了一下,决定不按炮兵操作规程行事,采取另外一种办法。曾适亲自察看了地形,选中了炮楼西南的一处民房,那里距离炮楼大约400米左右,是很理想的射击位置。为了不被敌人发觉,他命令炮兵们将两门山炮拆卸下来,偷偷抬过去,到民房内再重新把两门山炮架好,然后悄悄地在墙上挖了两个炮眼,将山炮的炮口正准着炮楼。

一切准备就绪,曾适最后察看了一下,认为炮口确实对准了目标,这才大声下达了命令:"直射,目标400,预备,放!"

"轰!轰!"两枚炮弹飞了出去,一枚正中炮楼,一枚稍稍偏了一点,只击中炮楼顶楼的楼角,炮楼建得很坚固,两枚炮弹打上去,轰掉了楼角,打得砖石飞溅,但对整个楼体并未造成大的破坏。

"再来!"曾适骂道:"这小鬼子的炮楼还修得真他妈的结实!"

他领着炮兵重新调整好那门偏了的炮,两门炮又对着炮楼接连发射了几炮,但炮的威力不够,虽然炮楼被打出了好几个大洞,还是牢牢地矗立着,毫无坍塌的迹象。曾适一咬牙:"继续发射,把炮弹给我打光!奶奶的,老子就不信轰不垮它!"

这时,一名传令兵来了,传给他一个命令:"曾营长,军长命令你马上到268团团部去。"

曾适立刻跟着传令兵前往268团团部,经过一块坟地时,只见张一鸣和几个人正在围观一门炮,他一看,顿时眼睛一亮,那炮油光锃亮,是日本的山炮。

张一鸣看到了他,立刻叫他过去,问道:"你知道这是什么炮吗?"

他打量了一番,回答道:"报告军长,这是日本明治38式山炮,口径75毫米,这种炮威力很猛,比我们那老爷炮不知强到哪儿去了。"他爱不释手地摸着滑溜溜的炮管,满怀希望地问张一鸣,"军长,你要把它给我们营吗?"

"这是你们师268团的弟兄们缴获的,当然留给你们。"

曾适大喜,连声说道:"谢谢军长!谢谢军长!"

"谢就不用了,你只要把敌人的炮楼给我轰掉就行了。这下没问题了吧?"

"绝对没问题。"

"那就好，你马上给我把这座炮楼炸掉。"

"是。"曾遽立即填上炮弹，调整标尺，定好射击距离，对准炮楼试射了一炮。这一炮打在炮楼前面，他又修正标尺，这一炮不偏不倚，炮弹恰好从机枪眼钻进去，在炮楼里面爆炸了，杀伤力大得惊人，敌人的两挺重机枪顿时哑了，其他的火力也明显减弱。左凌峰立即命令全师官兵同时发起猛攻，一举拿下炮楼，捉住清冈。

清冈被那一炮炸伤了右腿，倒在了地上，旁边的人把他扶起来，他环顾了一下，四周倒着不少尸体，一些受伤的还在惨呼呻吟，炮楼有几面墙已经被炸塌了，形如危楼。他挂着战刀，忍着剧痛勉强站着，问川崎少佐："川崎君，我们现在还有多少人？"

川崎点数了一下，说道："连伤兵算在内，只有24个了。"

清冈蹒跚着走到电话旁，拿起话筒想给石冢打电话，但电话已经打不通了，他知道大势已去，口授了一份电报，让电报员发给石冢："目前部队已为重庆军包围，我与各部队间通讯联络全部断绝，已无法指挥，援军至今音讯全无，部队危在旦夕。我与余下官兵已抱为帝国玉碎之决心，身虽死，灵魂仍系天皇，仍系大和。"

发完电报，他对川崎和身边几个士兵说道："我们奉命在此坚守，已尽了最大努力，如今援军迟迟不能赶到，炮楼就要陷入敌人手里了。我本来打算与诸君一起，和敌人死战到底，只是身受重伤，无力再与敌人拼搏，只有先行一步了，在此与诸君告别。余下的事，就交给川崎君了，请川崎君与诸君努力杀敌，为大日本帝国流尽军人最后一滴血。"

川崎凄然说道："作为帝国军人，我和诸君一定会与支那人血战到底，请清冈中佐放心先去，我们随后就到。"

清冈对着川崎和士兵们深深鞠了一躬："川崎君，诸君，那就拜托了。"

说完，他挣扎着跪在地上，向东北方向遥拜。从被炮弹炸出的大洞里，他看到了天空，天色不是纯净的天蓝色，而是灰蓝色的，也许是将死的缘故，他觉得天很蓝，很美，但他知道这蓝色的天空马上就不属于他了，他，还有在场的人都再也见不到明天的阳光了。他至死都没有想到，这里的天空、阳光，从来就属于中国，而不属于他，也不属于他的岛国民族。拜完，他解开衣服，拔出了他的战刀，双手抓住刀柄，将刀尖抵住腹部，然后深吸一口气，猛地把刀刺入了腹部,再往左一划,剧烈的痛苦使他全身痉挛起来,他抬起头望着川崎,川崎懂得他的意思,举起手枪,对准他的头部开了一枪。

这时,中国军队离炮楼已越来越近。川崎把剩下的人纠集起来,说道:"清冈中佐已经先走一步了,我们也将为帝国、为天皇陛下尽忠。但我们即使死,也不能便宜了这些支那人。大家把武器弹药全部堆在一起,浇上汽油,等支那人冲进来以后,点燃汽油引爆炸药,让弹药武器和他们一起同归于尽。"

日本官兵们顺从地把机枪、掷弹筒等武器和弹药箱集结在一起,然后围成一圈坐在地上,静等中国官兵的到来。

敌人突然停止射击让中国军人迷惑不解,以为敌人在耍什么阴谋,反倒停止了进攻。张一鸣根据对日作战经验,认为敌人已经山穷水尽,一定是想做最后鱼死网破的反击,下令步兵暂时不要进攻,看看日军的反应。他的决定迫使山崎改变了先前的打算,山崎让几个伤兵留在炮楼里,等自己带着其余的人冲出去和支那人拼命以后,再炸掉武器弹药。

此时,张一鸣不知道清冈已经自杀,他叫来105师的日语翻译邱为真,让他拿着大喇叭筒用日语向清冈和日军喊话,劝其投降。正喊话间,只见一个日本人头缠白布条,下身穿着厚呢军裤,上身只穿着白衬衫,双手握着一把战刀,狂呼着"長い天皇ライブ(天皇万岁)!"从碉堡内冲了出来,这是川崎,他的身后跟着十几个日本官兵,也是头缠白布条,手里端着上了刺刀的步枪,身上还绑着炸药包或者手雷,嘴里也大声呼喊着,开始了自杀式冲锋。

中国军队的机枪、步枪响了,日本人并不躲藏,拼命往前跑。枪声中,前面的几个被击中倒下,川崎首当其冲,被机枪扫中,当场毙命,剩下的继续往前冲锋。倒下的人中,有的还没死,依然艰难地往前爬,直到再次被击中,爬不动了为止。一时间,嚎叫声、惨叫声夹在枪声中,异常凄厉刺耳。

只有两个日本兵冲到了中国军队阵地前,一个身上绑着炸药包,直向一挺机枪扑过去,机枪手对着他一扫,正好打中炸药包,引爆了炸药,把他炸得四分五裂。另外一个日军也挨了一枪,栽倒在地,一个中国士兵见他半晌不动,以为他死了,想上去看过究竟,不想他是诈死,见中国士兵过来,突然跳起身一把抱住他,随即就拉响手雷和中国士兵同归于尽了。

枪声停止了,热闹的战场突然宁静了下来,中国官兵们听见从碉堡内隐隐约约地传出了一阵凄惨的歌声。

何之浪问邱为真："这些鬼子兵唱的是什么？"

邱为真答道："他们唱的是日本国歌《君之代》，看来这些日本人不会投降，决心以死表示效忠天皇。"

何之浪问道："他们又想干什么？"

这时，他发现从炮楼的窗口和破洞里冒出了一股股浓烟，心里明白了，顿足说道："不好，鬼子要自杀，那些枪支弹药完了。"

话音刚落，炮楼里的弹药被引爆了，爆炸声接连不断，火光冲天而起，爆炸声数里外都能听见。炮楼四周浓烟滚滚，遮天蔽日，浓烟顺着地上蔓延，笼罩了整个镇子。爆炸过后，炮楼已不见踪影，原地上留下了一个巨大的深坑，周围散落着变了形的零件和建筑垃圾。

炮楼被炸，其余还在镇里巷战的日军知道指挥官完了，士气大减，中国官兵则信心大增，越战越勇，杀得得心应手，日军渐渐顶不住了，又无人指挥，便自行退出镇子，逃往县城去了。

泰福镇一失，石冢大为惊恐，赶紧向第11军司令官冈村宁次求援。此刻第11军司令部面对各地纷至沓来的告急战报，已经深感兵力不足，顾此失彼了，冈村宁次只能向驻华派遣军司令官畑俊六求救，畑俊六决定从上海调兵支援第11军，但路途遥远，各地的中国正规部队或者游击部队都在频繁地破坏公路和铁路，航运又太慢，援军不是说到就能到的。冈村命令石冢放弃乐至城郊的次要据点，坚守县城，等待援军。石冢接到命令，立即将城外各部队抽回城，并急调金井回防，金井的部队撤走时，被新25师追赶着打了一顿，好在汽车轮子比中国军人的两条腿跑得快，狼狈虽然狼狈，损失还不算大。

石冢一面紧急集中兵力，将部队尽量收缩到城里，据守在环城据点工事里。张一鸣见日军缩在城中不敢出来，决定主动攻击。日军此时已经准备完毕，正严阵以待，117军失去了发动突击的先决条件，加上日军凭借早已建好的坚固钢筋水泥工事顽强抵抗，117军又缺乏攻城的重型火炮，虽然新25师与105师轮番上阵攻打，依然毫无进展。

29日深夜，新25师513团在当地人的带领下，趁夜迂回穿插到敌人的炮兵阵地进行突袭，当时日军正在炮击，被打了个措手不及，只能匆促应战，513团炸毁了2门榴弹炮，4门山炮，8辆汽车，还炸毁了弹药库和汽油库。

石冢急调一个步兵大队前往支援,试图将513团包围。513团往外撤离时,突然又发现了2座日军仓库,顺手将其烧毁,正好与前来救援的敌人相遇,一番苦战之后,总算安全脱离险境,但伤亡也不小。

30日,105师历经艰辛,终于攻克了日军在城南的老龙山据点,同时,新25师也推进到了东门外的万家村,但即使如此,还是没有形成战略性的突破,依然与日军成对峙态势。张一鸣亲自到一线察看地形,试图从日军的防线中找到突破口,但日军防备非常周密,他仔细观察很久也找不到一丝破绽。

就在117军在乐至与日军相持不下时,其他各处遭到打击的日军也一样奉命放弃次要据点,收缩到城镇或者重要据点,拒不出击,只一味坚守。没有重型火炮掩护的中国各部队和117军一样也陷入了同样的僵持局面。见此情形,再攻击下去只是徒增伤亡,加上日军的援军也在增援途中,九战区只得电令各军结束攻势,各军以工兵部队为主组成敌后破坏队,继续扰袭通讯及公路交通。张一鸣在收到电令之后,组织了3支破坏队,以军部工兵营为第1大队,以新25师工兵连为第2大队,105师工兵连为第3大队,留置敌后,和游击队配合分区长期破坏敌人的公路通讯。工兵的装备只有十字镐、铁锹、钢丝钳等作为构建工事用的轻型工具和一点用于自卫的轻兵器。轻装虽然灵活,但受到攻击难以自保,张一鸣命令给他们加强装备,以便于深入到敌后进行破坏。

冬季攻势过后,117军撤回原驻地,不久,情报机关把获得的日军伤亡数字报上来了,张一鸣看了,对武天雄说道:"天雄兄,你看看吧,我军这次共毙伤日军1500余人。"

武天雄看了,说道:"敌人伤亡1500余人,我军伤亡1700多人。这可是我们从八·一三作战以来,部队的伤亡人数第一次与日军伤亡人数这么接近。"

"是啊,这说明我们的官兵和日本人作战,经验是越来越丰富了。"

117军结束战斗后,张一鸣对部下论功行赏,孙富贵因为成功袭击石冢司令部、击毙其参谋长有功,被授予军功章一枚,赏金2000元,张一鸣同时宣布正式任命他为512团1营中校营长。孙富贵立功加升职,可谓双喜临门,高兴之余,心里不免产生了一种想法,想要三喜临门。

回到驻地的第二天，他理了头发，仔细刮了脸，然后换上一身新军服，佩上中校军衔，戴上军功章，兴冲冲来到他闭着眼睛都不会走错的方家杂货铺，一进店门就直叫"六姑娘"。方小翠面有愁容，正坐在柜台外面的一张小桌子旁剥花生，一个七八岁的男孩站在旁边，伸手从笸箩里抓花生米吃。见他来了，她的脸上现出了抑制不住的笑容，说道："是孙营长啊，听说你立了大功了？是真的吗？"

　　"那还能有假，"孙富贵指了指胸口上的军功章，得意地说道，"你看，军功章还在这里哪。"

　　"你是不是杀了很多鬼子？"

　　"一般的鬼子算个啥？我都杀腻了。你知道我这次杀的是什么鬼子吗？"

　　"我怎么知道，你快说。"

　　"我带了8个人的小分队，我是队长，我带着他们经过伏龙山的几个土匪窝，穿过日本人的几道封锁线……"孙富贵把那段经历详细说给她听，他善于讲故事，说得声情并茂，方小翠听得入了神，听到紧张的地方，甚至情不自禁地惊呼起来。

　　听完了，她拍了拍胸口，说道："真可怕！你真勇敢，换了我，不用鬼子来杀死，吓都吓死了。"

　　听了她的夸奖，孙富贵心里又是高兴又是得意，越发作出一股英雄气概，说道："这有什么好怕的，小鬼子也不是三头六臂，一样只有一条命，用不着怕他。当然，你是姑娘家，不能跟我比，害怕是正常的。不过你不用怕，要是鬼子来了，你跟着我就行了，我会保护你。"

　　方小翠没接他这个茬，说道："把你的军功章取下来给我看看。"

　　除了长官，孙富贵最服从的就是这位六姑娘的命令了，当即取下军功章递给她，她接过去翻来覆去地细看，旁边的男孩见了也吵着要看，她给了他，说道："小心点，别给人家弄坏了。"

　　"不用怕，这东西是金属做的，他没那么大力气弄坏。"孙富贵大度地说，又问道："这是谁的孩子？"

　　"我大姐的。"

　　"你大姐回娘家来看你爹娘？"

"是的。"

"不是，"男孩说道，"我妈来给六姨说婆家。"

孙富贵心里"咯噔"跳了一下，赶紧问道："六姑娘，这是真的吗？"

"当然是真的，"男孩说道，"我听见妈妈跟爸爸说，要把六姨嫁给……"

方小翠瞪了那孩子一眼，说道："多嘴！你再说，我不给你做花生糖吃！"

孙富贵对男孩说道："你把听到的告诉叔叔，叔叔给你钱去买糖，想买多少买多少，让你吃个够。"

"真的？"

"当然是真的，叔叔要是骗你就变小狗。"

方小翠叫道："不准说。"

男孩为难地看着孙富贵，说道："六姨不准我说，我不说了。"

孙富贵说道："我看哪，不是你六姨不准你说，你根本就不知道。"

"我当然知道，"男孩急了，方小翠还没来得及拦他，他已冲口而出，"我妈说要把六姨嫁给我表叔。"

"好小子，给你，"孙富贵拍了拍他的头，摸出一张钞票给他，说道，"给你，叔叔说话算话，拿去买糖吃。"

男孩接过钱，笑着跑出去了。孙富贵看着方小翠，问道："六姑娘，你怎么不跟我说？这事已经定了吗？"

"你是我什么人哪，我为什么要跟你说？"

"我……"孙富贵一急之下，冲口而出："我是你什么人？那还不是看你的意思。"

方小翠低下了头，继续剥花生，轻声说道："我听不懂你的话。"

"你怎么会听不懂？"孙富贵急得语无伦次，"你是不是跟那个……那个啥表叔，你们已经定了，是不是？"

"还没有，不过我爹很满意，我大姐一回去就要答复人家了。"

"那家伙是干什么的？"

"是个中学老师。我爹说，他的脾气好，又是读书人，人品肯定错不了。"

"那可说不准，俗话说：知人知面不知心，有些读书人表面上人模狗样的，其实一肚子坏水，他说不定就是这种人。"

"你又没有见过人家，凭什么说他一肚子坏水？我爹说，我家还没出过读书人,有个读书人当女婿是件好事,难得人家还肯上门。"

孙富贵听她帮对方说话,心里酸得像打翻了一个醋坛子,哼了一声说道:"读书人有啥了不起?我孙富贵不就是小时候家里穷,读不起书吗?我要是读书,准比他读得多。"

"他读多读少跟你有什么关系,你急赤白脸的干吗?"

"跟我有什么关系?"孙富贵急了,直截了当地说道:"怎么会跟我没关系?六姑娘,到这时候了你还跟我装糊涂,你知道我一直喜欢你,你要嫁给别的男人,我能不着急吗?六姑娘,我是个当兵的,直肠子,不拐弯,我实话实说,我想娶你作我的媳妇儿,你爹要上门女婿,这个好办,反正我没爹没娘,将来退伍了就到你家,把你爹你娘当我的亲爹亲娘一样养老送终。我的话说完了,现在你跟我说,你愿不愿意嫁给我?"

方小翠没有回答,孙富贵等了一会儿,见她始终低着头不开口,等不及了,说道:"你倒是说句话呀?你要是不愿意就明说,我立马就走,绝不为难你。"

她还是不说话,孙富贵心里七上八下的,焦灼不安,又看不到她的脸色,急得直打转。"你要再不说,我就当你不愿意了。"见她还不开口,他急得一跺脚,咬牙道:"好,好,你不愿意是吗?我这就走,你放心,我以后再不来烦你。"

他嘴上说走,那脚可迈不开步,正后悔话说得太绝,没留回旋余地,方小翠抬起头来了,脸红红的,总算开了口。"你真是个傻子,哪有这么当面锣、对面鼓地追着问人家姑娘的,你要问,找人问我爹去呀。"

孙富贵一听她的话,知道她愿意,顿时眉开眼笑,说道:"是,是,是。我一时着急,糊涂了,我这就找人去。"

"我大姐明天一早就要回去了。"

"哎,我懂,我今天就找人来说媒,你不用担心,耽误不了。"

"我才不担心呢,你不来就算了。"

"我当然要来,你是我孙富贵的媳妇儿,跑不了,跑了我也要抢回来。"

"去你的。"

孙富贵兴高采烈地一溜烟出了方家,立刻去了街上的北方馆子,老板一家是从河南逃难来的,在这里租了房子卖包子、馒头、水饺,孙富贵是河北人,喜欢吃面食,尤其喜欢吃老板娘做的水饺,因为经常去,加上又是北方老乡,一来二去的就熟悉了。孙富贵请老板娘作媒人,上方家提亲,老板娘心想孙富贵是个营长,娶一个卖杂货的姑娘根本不成问题,去说媒那是顺水的人情,于是欣然应允,梳洗一番,又换了一身出门才舍得穿的衣服,兴冲冲地去了方家,却出乎意料地碰了个软钉子。方老板没读过书,也没听过"嫁女与征夫,不如弃路旁"这句古诗,但他的想法却与这句诗不谋而合:他这个女儿是要招女婿上门,将来给自己和老婆子养老的,嫁个当兵的,要是在战场上打死了怎么办。于是以小户人家,不敢高攀营长为名,委婉地拒绝了媒人。

老板娘再三劝说,见方老板就是不肯答应,只得悻悻而去。得知父亲没有答应孙富贵的提亲,方小翠急得哭了起来,方老板大感不解,倒是方太太明白了几分,问道:"小翠呀,你该不是想嫁给孙营长吧?"

方小翠这时候已顾不上羞涩了,说道:"不错,我就是想嫁给他。"

方老板说道:"营长这个官是不小,可是你想过没有,现在年年打仗,当兵的死得太多了,嫁给当兵的太不保险,说不定哪天就成了寡妇,以后怎么办?还是嫁给徐先生好,人老实,心眼又好,长相不用我夸,你自己见过,人家也很喜欢你,不然怎么肯倒插门。"

"人家孙营长也跟我说过,他愿意上门,等将来退伍了就到我家,把你和娘当他的亲爹亲娘一样养老。"

"他愿意是一回事,办不办得到是另外一回事。小翠,爹也不是嫌孙营长不好,我是担心他在战场上被打死,还是徐先生稳妥些。"

"我不想嫁徐先生,他太软弱,太没男人气了。我就喜欢孙营长,他很勇敢,是个英雄。爹,你不知道,他这次立了大功了,他带人到鬼子的司令部,杀了很多鬼子官,有一个还是什么旅团参谋长,他说相当于中国的师参谋长。他的军长在大会上表扬了他,还亲自给他戴了军功章。爹,你说徐先生能跟他比吗?"

"那要看怎么比,要是比打仗,比杀人,徐先生当然不能跟孙营长比,可是比学问,孙营长好像不识字吧?而且孙营长又是打过很多仗的人,打过仗的人一般说来脾气都不会好,你也是个犟脾气,过日子免不了磕磕碰碰,你要是惹恼了他,他发起脾气来,怕不揍你。徐先生脾气好,又是个讲道理的人,和他结婚,至少不会动手打你。"

"爹,孙营长不是你说的那种人！他跟我说过,他从来不打女人。"

"他这是哄你的,没结婚你怎么会知道,男人说的和做的是两回事。"

"他不会。"

父女俩争执起来,方老板见女儿不听话,气恼之下,说道:"你怎么这样不懂事？我也不跟你说了,我决定了,就是徐先生。"

方小翠放声大哭,方太太劝道:"小翠呀,你爹也是为你好。"

方小翠哭道:"我不管,反正除了孙营长,我谁都不嫁。"

方老板气得咬牙道:"婚姻自古以来都是父母之命,媒妁之言,由不得你。"

方太太着急了,拼命劝说两人,方老板脾气也上来了,坚决不肯让步,方小翠也很执拗,说道:"我只嫁孙营长,你们逼我,我就去当尼姑。"

方老板虽气得直骂她不孝,但知道女儿性格倔强,也怕把她逼急了,她真的去出家,自己老来无靠,何况孙富贵这个人到底也没有什么大的问题。他的心里虽然妥协了,嘴上却不肯就这么轻易让步,说道:"好,好,你存心气我是不是？你去跟他说,他要娶你,除非他找个大官来保媒,要不然,你想当尼姑就去当好了,我就算没养你这个丫头。"

方小翠知道父亲让步了,赶快到1营去找孙富贵,他已经得到了媒人的回话,正在闷闷不乐,想着下一步该怎么办。听她说了她父亲的要求,他顿时兴奋起来,说道:"原来你爹是想有个大媒挣面子,你早跟我说不就完了。"

"你想找谁去？"

"我到师部去看看哪个长官在。"

"行。你赶快去！"

两人走出营部大门,只听见马蹄声响,孙富贵顺着声音看去,只见张一鸣领着几个警卫正朝这边来,方小翠也看见了,说道:"那不是你们军长吗？你正好找他啊。"

孙富贵不过是个营长,哪敢劳军长大驾去给自己说媒,说道:"军长很忙,我想我还是去找吕副师长。"

"你不是说你们军长很看重你吗？你为什么不敢找他,你该不是吹牛吧？"

孙富贵一向爱面子,在这关系结婚大事的紧要关头,更不愿意让心上人小看了自己,说道:"哪个吹牛了,我是怕军长事情多,没有时间,你这么说,我马上就去跟他说。你先回去等我的好消息。"

孙富贵硬着头皮走到街心,远远地望着张一鸣举手行礼,张一鸣到了他面前,勒住马,问道:"有事吗?"

孙富贵殷切地说道:"军长,能请到营部坐一会儿吗?我有大事想求军长。"

张一鸣以为是1营出了什么不得了的事情,他正好有空,就下了马,跟着孙富贵进了营部,问是什么事。孙富贵一五一十地把自己求婚遭拒的事情说了,又央求道:"军长,请你帮帮忙,只要你肯出马,就凭你的金面,一定旗开得胜、马到成功,一定……"

"行了,行了,马屁少拍。"张一鸣截住了他的话头,问道:"那姑娘是真的愿意嫁给你,不是你死乞白赖地缠着人家吧?"

"哎哟,军长,我有几个脑袋敢骗你,她是真的愿意嫁给我,你要不信,我这就把她找来,你当面问她,我要是有半句谎话,你立马毙了我。"

张一鸣见他真急了,有心帮他这个忙,说道:"好吧,谅你也不敢骗我,我这就到方家去,你就等我的消息吧。"

孙富贵见军长答应出面,知道这件事情等于已经成功了,欢喜不已,说道:"我先谢谢军长了。"

张一鸣亲自登门提亲,方老板做梦也没想到孙富贵竟然请来了这样的大媒,他一辈子也没和这么大的官打过交道,只知道擦桌抹凳地请军长坐,不断地倒茶、敬烟,对张一鸣说的话连连点头说"是",除此之外,他已经说不出一句连贯的话来。

张一鸣没费什么口舌就谈妥了,心里也很高兴,回到1营之后,立刻对孙富贵说道:"媳妇儿我给你说定了,你怎么谢我?"

孙富贵一直蹲在门口望着方家,看到方老板一家恭恭敬敬地送军长出来,再看军长的脸色就知道事情已经办妥了,高兴得差点没翻两个跟头,听张一鸣这么说,嘻嘻地笑道:"谢谢军长!谢谢军长!军长说什么就是什么,我什么都没问题,连这条命都行。"

张一鸣见他高兴得话都不会说了,笑道:"你的命我拿来干什么,你还是自己留着娶媳妇儿用吧。我也不要你什么谢媒钱,到时候请我喝杯酒就行。不过有件事你可得给我听好了,我今天在你那未来的岳父面前极力夸奖了你,说你结婚以后会孝顺二老,善待妻子,你可别做出什么事情丢我的脸。"

"那不会,那不会,军长只管放心。"

孙富贵不肯耽误,决定速战速决。两个月后,他就和方小翠在营部拜堂成亲,张一鸣应邀参加了婚礼,作为证婚人祝福新婚夫妇白头偕老。因为两人的婚姻是他促成的,他的心情舒畅,和官兵们谈笑风生,一直坚持到婚礼结束才离开。回到军部,见武天雄和孙翱麟正满面笑容在那里谈论什么,问道:"什么事情这么高兴?"

"军座,这次战役的结果公布下来了,要我念给你听吗?"

"你快念。"

孙翱麟拿起桌上的一份文件念道:"本次冬季会战共歼灭日军两万多人,俘虏四百余人,击毙中将中村正雄和少将小林一男,击沉、击伤运输舰船九艘,缴获各种火炮十一门,步枪两千七百多支。"

张一鸣听了,顿时喜上眉梢,"好极了,日本人一直骄横狂妄,认为我们不堪一击,不把我们当对手。他们恐怕做梦都想不到刚经过长沙会战的挫折,还不到两个月又遭到如此强大的全面攻击,我看这一下他们应该狂傲不起来了。"

"日本人的兵书里大概写漏了四个字:骄兵必败。"武天雄说道,"我们这一次算是给他们好好上了一课,让他们清醒清醒,不要被胜利冲昏了头脑,要知道这仗尽管打了两年多,我们仍然还有战斗力,还有斗志,他们不要小瞧了我们。"

孙翱麟说道:"天雄兄说得很对,日本人自己也意识到了,据我们情报机关获悉,日军大本营在给天皇的战报中说'中国军攻势规模之大,斗志之旺盛,行动之积极顽强均属罕见'。还说日军'付出的牺牲是过去作战不曾有过的'。"

第三篇 兴利除弊

第九章 美色的诱惑

冬季攻势结束后,考虑到117军连续参加了长沙会战和冬季攻势,损失较大,九战区令其撤到湘南永州一带休整。1940年对于九战区来说比较平静,没有什么大的战事,但张一鸣却无法平心静气地练兵,因为在这一年,中国和世界的局势都在发生着巨大的变化,将他的心牵动着。3月30日,在日本支持下,汪精卫的"国民政府"在南京粉墨登场,试图取代重庆国民政府,为了迷惑世人,新"国民政府"的所有机构名称不仅全部模仿重庆政府,甚至连政府主席都没有变动,竟然就是重庆国民政府现任主席林森,林森当然不可能去南京"赴任","主席"一职由汪精卫代理,汪名义上只是"行政院长"。消息传到大后方,只引来国人一阵唾骂,虽然旷日持久的战争使大后方物资短缺、物价飞涨、民生凋敝,但民众坚持抗战的决心依然坚定,1939年的长沙会战和冬季攻势的胜利振奋了民心,让民众看到了抗战胜利的希望,也让军队士气高涨,一扫抗战以来节节败退的阴霾。鉴于民心士气的高昂,蒋介石决定在夏季发动一场比冬季攻势规模更大的夏季攻势,再次反攻日军,向世界表明真正的国民政府还存在,中国仍然还有能力对日作战。可是这一情报却被日本人得到了。冬季攻势之后,为了报复,日军统帅部已经决定进行一次大规模的作战,既然蒋介石要发动夏季攻势,日军决定争取主动,抢在中国人之前行动,先发制人。

武汉会战之后,日军已经深入内地1000多公里,如果把驻守武汉的日军第11军的30多万人马比作日军的大脑袋,把长江三角洲比作日军的身子,那么脑袋和身子之间长达800多公里的长江水路交通线(第11军的生命线)就是他们的脖子了,而薛岳的第九战区和李宗仁的第五战区则形如一把大钳子,牢牢地夹住了日军的大脑袋,随时准备切断它的脖子,让它窒息而死。武汉的日军非常清楚,自己的脖子过于细长,容易切断,一旦和身子分家,下场自然不堪设想。于是第11军原司令官冈村宁次在1939年3月17日发动南昌会战,占领了南昌,5月1日,又发动了随枣会战,但这一仗并没有捞到任何便宜,而在9月的长沙会战中,更是损兵折将,差点被围歼于长沙城下,以至于没能如愿地除掉夹在脑袋上的那把大钳子,它依然时刻威胁着武汉大本营。鉴于这个原因,日军统帅部在经过一番研究之后,将进攻目标指向了第五战区,以求为武汉日军一劳永逸地解除这一隐患。

5月1日,日军现任第11军司令官园部和一郎发布了对第五战区进攻的命令,第3师团、第13师团、第39师团加上第40师团、第6师团的一部分兵力,兵分三路,气势汹汹地开始了对第五战区的攻击。李宗仁命令小股部队在正面阻击、迟滞日军,大部队则避开日军锋芒,退到侧面,伺机夹击、截击,阻断敌人的退路,将其包围歼灭。他希望能再打一次台儿庄那样的胜战,消灭日军主力,给自己的抗战生涯抹上更为辉煌的一笔,可是这一次他失败了。他本已按预定计划用四个集团军顺利地将各路日军包围在了唐河、白河河畔和襄东平原一带,没想到这些日军战斗力极为强悍,虽然一路拼杀而来,依然斗志旺盛,毫无疲惫之态,经过一番你死我活的血战之后,日军拼死杀出了一条血路,突出了重围。计划失败,战局急转直下,情况对第五战区越来越不利。5月10日,第33集团军总司令张自忠将军率领直属特务营和74师向北挺进,园部和一郎得到报告,误以为张自忠率领的是5个师,决心将其围歼,他派出了两个师团加其他日军,像铁桶一般,牢牢地将张自忠部围在了南瓜店山区。张自忠率领74师和特务营官兵拼死血战,但敌我力量悬殊太大,激战了几天几夜,始终无法突出重围。5月16日下午两点钟,张自忠在战斗时身中数弹,将一腔爱国热血洒在了南瓜店,跟随他的74师和特务营官兵也全部战死。5月31日下午,日军第39师团、第3师团强渡襄河,接连攻陷襄阳、荆门,直扑宜昌,6月初,日军第40师团、第13师团和池田支队、汉水支队渡过汉水,攻下沙市、十里铺后,杀气腾腾地向宜昌进发。防守宜昌的部队是郭忏的江防军,本来辖有三个军,但是6月1日北路日军攻陷襄阳时,李宗仁下令夺回襄阳,因为担心兵力不够,不顾蒋介石"不得动用江防军"的严令,将江防军的主力部队第94军调往襄阳地区,造成宜昌兵力空虚,无力阻击来犯日军。宜昌扼守川江,是重庆和西南大后方的门户,一旦失守,对重庆的威胁不言而喻,蒋介石得知宜昌危急,急调陈诚前往宜昌组织防守,临危受命的陈诚命令正在湖南休整补充的第2军前往宜昌东北面阻击日军,命令在四川万县整训的第18军赶赴宜昌城内防守。

就在第五战区燃着熊熊战火,打得紧张激烈之时,张一鸣也密切地关注着前方激烈的战事,当战局对中国军队越来越不利,陈诚接手宜昌防务时,他暗自替昔日的老长官捏了一把汗,恨不得立刻前往宜昌助一臂之力,可惜他远在湖南南部,即使日夜兼程、马不停蹄地往湖北飞奔也是赶不到的。

18军接到陈诚命令后,不分昼夜拼命赶到宜昌,还没部署完毕,日军就已兵临城下,18军仓促抵抗。兵力远胜中国守军的日军在飞机、大炮掩护下,向宜昌发起猛攻,18军拼命阻击,伤亡惨重,还是挡不住来势凶猛的日军,宜昌遂于6月14日陷落。6月16日,陈诚命令18军反攻,18军官兵前仆后继,以极为惨重的代价收复了宜昌。宜昌也是日军统帅部非常看重的战略要地,占领它后,可以把对武汉形成钳式威胁的第五战区和第九战区给一劈两半,如同打开了重庆的大门,另外宜昌还可以成为日本空军轰炸重庆的前进基地,缩短轰炸机从汉口起飞的航程,所以日军统帅部对宜昌志在必得,又增加兵力,在大批飞机的掩护下疯狂进攻,再次攻占了宜昌。18军又一次反攻,经过数次浴血奋战,横尸无数,始终无法收复。陈诚无奈,只得下令停止反攻,将部队部署在宜昌西面长江三峡的入口,利用三峡的天然屏障,阻止日军继续西进,拱卫陪都。

宜昌失守后,对国内造成的震动是巨大的,大后方人心惶惶,各种传言纷至沓来，有人传言说日军要打进四川了，有人说政府已经私下筹划，准备迁都兰州了，总之谣言四起，一日数惊。恐慌之余，很多人将矛头直指陈诚，在报纸上公开责骂他防守不力，甚至要求军委会枪毙陈诚以谢国人。张一鸣深为陈诚不平，他不顾可能给自己招来非议，在报纸上发表了一篇文章，声援陈诚，痛斥以成败论英雄是中国自古以来的陋习，呼吁国人正确面对兵家的胜败，不要让前线浴血奋战的将士心寒。

就在日军向第五战区进攻时，欧洲的局势也在发生着急剧的变化。5月10日，希特勒发动了进攻西欧的黄色作战计划，用闪电战迅速突破了比利时、卢森堡、荷兰边境，德军的坦克部队也顺利地通过了阿登山区，轻取色当要塞，进入了法国，直扑重要港口布伦和加莱，一路势如破竹，锐不可当，把40万英法联军牢牢地围困在了敦刻尔克。在英国皇家海军的帮助下，34万英法联军和一部分比利时军队把自己的武器装备丢弃在海滩，狼狈不堪地从敦刻尔克仓皇撤到英国。6月16日，贝当元帅接任法国总理，上任第二天就通过西班牙大使向德国请求停战，有着"世界第一大陆军强国"之称的法国就这样向德国投降了，6月25日，德法两国的停战协议正式生效，这时离希特勒发动西欧战争才一个半月。

欧洲战事的发展出乎张一鸣的预料，他知道德国虽然军力强大，但英国和法国也都是军事强国，强强联手对付德国，说不定会像一战一样，形成旷日持久的战争，没想到英法联军不仅挡不住德军，而且败得如此之快，让世界为之大跌眼镜。更让他震惊的是，贝当担任法国总理后，并没有领导法国人继续抵抗侵略军，而是选择向德国投降，如果换了别人，张一鸣还不会感到吃惊，可是贝当是一战时举世闻名的英雄，在世界称为"凡尔登绞肉机"的凡尔登战役中，作为法军指挥官，他冒着德军炮火亲临一线指挥作战，以坚毅、勇敢领导法军最终打败德军，达到了他军事生涯的巅峰。如今，昔日的英雄在海军力量尚在，陆军力量也没有被彻底消灭（德军攻入法国北部后，意大利法西斯头子墨索里尼见法军忙于对付德国，便趁火打劫，命令意军从南部向法国发起攻击，意图同德军一起南北夹击法军，好跟着分一杯羹，结果遭到法军迎头痛击，狼狈而返），法国南部的半壁江山还没有沦陷的情况之下，竟会选择向敌人屈膝投降，这让满脑子精忠报国的他实在难以理解。

在为法国开战仅一个半月就向侵略者投降感到震惊的同时，他深为中国感到骄傲:我们的实力远不如敌人,但我们没有投降,依然在抵抗,而且已经抵抗了整整三年。

英法的失利也使他有些担忧,德军占领了法国北部,和英国隔着英吉利海峡相望,希特勒不会不想把他的脚早点跨过去,英国人目前的全部精力肯定都放在了保卫本土上。法国投降,英国自身难保,整个反法西斯阵营已完全处于下风,他担心英法为了保住自己在亚洲的殖民利益,转而采取对日本纵容妥协、对中国不利的政策,或者日本趁英法无暇顾及海外之时,进攻他们在亚洲的殖民地,中国现在所购的军备大部分经过缅甸运进来,也有一部分通过越南和香港,一旦日本占领了这些地方,将获得更多的钢铁、石油等战略物资,而中国反而被切断了军备来源,对中国而言,抗战无疑会变得更加艰难。

不过这些都不是他所能够解决的事情,他只能做他职责范围内的事。眼下117军已由2个师扩充为3个师,新增的暂编第10师原是一支独立旅,到湖南后收编了一些地方部队,得到了暂10师的番号,然后划属117军,张一鸣的军务更加繁忙,不仅如此,他还得忙于行政事务。117军驻扎在永州,湖南省从1937年开始划分行政督察区,永州及其所属各县被划为第九行政督察区,在零陵设"行政督察专员公署",简称专员公署。抗战以来,国民政府为了方便军队筹集军需物品,有利于前线的作战,规定专员公署设保安司令部,专员兼保安司令,全权执掌军政大权。这些职务多由当地驻军长官兼任,像九战区司令官薛岳就兼任了湖南省主席一职。湖南省调整行政督察区后,第九行政督察区改为第七行政督察区,下辖零陵、祁阳、东安、道县、宁远、江永、江华、新田等8个县,张一鸣兼任了第七行政督察区的督察专员和保安司令,这样一来,他肩上的担子更加重了。

因为潇水与湘江在城区汇合,所以永州又称为"潇湘",自古以来就是华中、华东地区通往广东、广西以及西南地区的交通要塞,素有"南山通衢"之称,是历代的兵家必争之地。永州不仅地理位置重要,资源也很丰富,境内大小河流密布,水源充足,不仅盛产优质水稻,是有名的产粮地区,而且水果、蔬菜种类繁多,渔业、养殖业也发达,可以给军队提供有力的后勤保障。

张一鸣把他的司令部设在了祁阳,相比永州,祁阳虽然是个小城,但由于处于衡阳、桂林之间,湘桂铁路正好穿境而过,另外祁阳还位于湘江中部,可以直接坐船到达长沙,湘江一年四季都能通航,所以交通非常便捷,有利于他和各部队之间的协调。而且司令部设在祁阳,对于枪炮和军需物品的购买,汽车、大炮的维修都非常便利。

原来,祁阳不仅交通便利,还是个新兴的工业园区,有着"小南京"和"小上海"之称,日寇的入侵迫使沿海地区的工厂纷纷内迁,给一些偏僻的内地小城带来了前所未有的工业繁荣,祁阳也是因为工厂的大规模迁入,才从一个纯粹的农业小县城一跃而成内地重要的工业基地。最早来到祁阳的是上海爱国企业家支秉渊的新中工程股份有限公司,八·一三之后,他辗转天津、长沙等地,历尽艰辛、九死一生将公司迁到祁阳,在城郊买了200多亩地修起了厂房,建起了汽车零部件批量生产线。内地的工业基础非常薄弱,冶金工业更是落后,钢材供应远不如在上海方便。支秉渊买不到所需的钢材,无奈之下,只得向铁道部门购买被日本飞机炸坏的机车废件来作原材料,用机车主动轴来制造曲轴,用轮箍制造连杆,用钢轨制造一般钢件。由于国内没有汽车工业,卡车大多从德国进口,德国与日本结盟之后,中国已买不到德国备件,发动机一旦损坏,卡车就成了一堆废铁。资源部的官员找到支秉渊,希望他能生产出发动机,解决这一难题。他从未生产过发动机,没有这方面的经验,就找来一台报废的德国发动机拆开,试着仿造,没有进口原料,他就买来废弃的飞机零件铸成活塞,用镍币作为添加料,与铸铁、废钢一起在化铁炉内熔炼,自己炼成了低镍合金铸铁,造起了气缸的缸体、缸盖,经过一般人难以想象的艰辛,终于将发动机造出。不久,上海"钢铁大王"胡厥文的新民公司所属的钢厂和枪炮厂也迁到了祁阳,在胡厥文的支持配合下,支秉渊开始着手尝试生产第一辆国产汽车,两个上海工业界巨头在祁阳联手,造车造枪造炮支援抗战。此后,湘江电厂、湖南机械厂、面粉厂、被服厂等也陆续跟着搬来了,这些都是规模很大的企业。一时间,祁阳城郊厂房林立,机器轰鸣,几个大烟囱高耸入云,蔚为壮观。

工业的发展也带来了巨大的商机,祁阳如今已有数万名工人及其家属,加上驻扎的官兵、军官家属和从各省和湘北逃难来的难民,整个祁阳城区的外来人口甚至已经超过了本地居民,小城内各种商店、饭馆如雨后春笋一般增加,祁阳的经济得到了前所未有的迅猛发展。

有利必有弊,经济繁荣了,吸大烟、赌博、嫖娼这些东西也跟着盛行起来,赌、毒、嫖,尤其是毒,一向为张一鸣所痛恨,下定决心要将其禁止。一纸禁令下去,表面上好像没有了,实质上转入了地下,鸦片走私反而更加猖獗。张一鸣也知道这些烟贩与当地政府官员或警察有勾结,消息灵通,靠地方行政人员来查禁不会有成效,所以专门成立了缉毒队,由他自己管辖,便于独立查禁,这一次有了成效,缉毒队很快就抓到了一个大烟商,而且还是人赃并获。

祁阳和许多内地小城一样,吸大烟、赌博、嫖娼几乎是半公开的,偶有官员查禁一下,也不过是借机罚点款,收点贿赂而已,风声一过,一切照旧。这个烟商开烟馆、贩卖鸦片已经很多年,对查禁早已见惯不惊,以为还是和以前一样,花点钱就完了。他和祁阳的警察局长钱宗盛是拜把子兄弟,他贩卖烟土,钱宗盛为其保驾护航,从中得了不少好处。他被抓之后,他老婆赶紧找到钱宗盛,请他帮忙救人。缉毒队直属张一鸣管理,钱宗盛不过是个县警察局长,张一鸣那里他就是想巴结也靠不上去,但烟商的老婆不管,非要他救人不可,说你和我们是一条绳上的蚂蚱,我们完了,你也跑不了。钱宗盛听出她话里的威胁成分,知道这个女人一向蛮横泼辣,说得出做得到,只得答应一定想办法,他挖空心思,总算有了一个主意,他想起了一个人,这个人能够在张一鸣面前说话。

钱宗盛想到的这个人是第七行政督察区的铁路局局长黎竟曜,他是张一鸣的清华同学,两人在校时关系一般,张一鸣离开清华南下广州以后就再也没有联系过,但张一鸣到第七行政区来后,两人在永州相遇,叙起同学之情,还是感到亲切,黎竟曜是个精明人,趁机想方设法和张一鸣拉拢关系。张一鸣是个重情义的人,人家向他示好,他不会拒人于千里之外,两人来往逐渐密切起来,很多人都知道他们的关系,所以钱宗盛想到了黎竟曜。他和黎是同乡,彼此也认识,就借着同乡之名找到黎,暗地里送了十根金条给黎,希望黎能够找张一鸣说情,黎竟曜收下了钱宗盛的金条,答应为他帮忙。

很快,张一鸣接到黎竟曜电话,声称他最近购买了几张字画,其中有一张是宋徽宗的瘦金体书法,他辨不清真伪,怕买到赝品,想请他帮忙鉴别一下。张一鸣喜好书法,也喜欢收藏名家字画,听到老同学的请求,也就欣然答应,在一个下午坐车赶往永州。

到了永州,黎竟曜热情地将他接到家中,把那几幅字画拿出来给他看。

张一鸣一看,几幅字画均出自名家之手,尤其是宋徽宗的字,用笔瘦劲挺拔而秀润,舒展自如,不仅是真的,还是价值不菲的珍品。他仔细欣赏了一番,连声称赞,黎竟曜看在眼里,记在了心上。正在谈论字画,黎太太带了一个少女进来,那少女约有十七八岁,皮肤白嫩,瓜子脸,大眼睛,穿着月白色旗袍,旗袍的下摆绣着荷叶荷花,显得清纯俏丽,她的眉目之间带着一丝淡淡的忧郁,更让人感到楚楚可怜。黎太太介绍说这是黎竟曜的表妹孙小姐,写得一手好字,画得一手好水墨丹青,听说表哥买了新的字画,特地来看看,又把张一鸣介绍给她,"二妹,你不是一直说非常景仰张一鸣将军,想亲眼见一见这位抗日英雄吗?张将军今天可是真来了。"

孙小姐看着张一鸣,见他身材高大挺拔,四肢修长,体型匀称,英俊的脸上带着一种文雅和高贵的气质,乍一看很难将他与一个战功卓著、威名远播的铁血将军联系起来,但是仔细一看,这种文雅的气质下,却隐隐显露出一种令人心悸的威严,似乎那平静的外表下隐藏着一股巨大的力量。她觉得最引人注意的是他的一双眼睛,非常明亮,闪耀着智慧、沉毅和坚定的光芒,具有一种特别的威慑力。她不敢再看,轻声地说了声"张将军好",便展开卷轴欣赏起字来。

黎竟曜问道:"二妹你看如何?是真是假,你说说看。"

孙小姐依然低着头,轻声说道:"我说不好。"

黎竟曜笑道:"没关系,你有什么看法直接说,张将军是我的老同学,不用见外,你不是喜欢书法吗?张将军的书法造诣很深,有什么不足的,正好请他指点一二。"

张一鸣说道:"竟曜客气了,指点不敢当,大家探讨一下吧。"

孙小姐抬头又看了他一眼,这才说道:"我信口胡说,张将军听了可别笑话。"她望着那幅字,说道:"这些字用笔瘦挺爽利,尤其这一捺形如切刀,侧锋则如兰竹,工整而不滞涩,刚健有力却又不失弹性,带有北宋工笔院体画挺拔的画风,这是具有绘画修养和功底的宋徽宗所特有的瘦金体书法风貌,所以我认为这幅字应该是真品。"

张一鸣点了点头,赞赏说:"不错,看来孙小姐对书法很有研究。"

黎竟曜笑道:"我那表叔是湖南有名的书法家,二妹从小就跟着他练字习画,也小有所成。"

"难怪孙小姐语出不凡,原来家学渊源,既然如此,有机会我一定去拜访一下令尊,向他讨教。"

"可惜我表叔已经过世了,他们一家本来住在岳阳,日本鬼子杀过来了,只好逃难,我表叔是个羸弱文人,哪经得起逃难的折腾,半路上就病故了。丢下他们孤儿寡母到永州来投奔我,我不能不管。"

孙小姐低着头,一言未发。黎竟曜见她不开口,就请张一鸣给自己写一幅字,张一鸣欣然应允,黎竟曜赶紧让人拿来笔墨、宣纸,亲自给他铺好宣纸,又让孙小姐帮忙磨墨。磨好墨,张一鸣拿起毛笔,蘸了墨,笔走游龙般地在纸上写了起来。三人站在一旁看,见他写的正是岳飞的《满江红》。

怒发冲冠,凭栏处,潇潇雨歇。
抬望眼、仰天长啸,壮怀激烈。
三十功名尘与土,
八千里路云和月。
莫等闲、白了少年头,空悲切。
靖康耻,犹未雪;
臣子恨,何时灭?
驾长车踏破、贺兰山缺。
壮志饥餐胡虏肉,
笑谈渴饮匈奴血。
待从头、收拾旧山河,朝天阙。

黎竟曜连声叫好,又问:"二妹,怎样?我没说错,张将军堪称书法家吧?"

孙小姐望着张一鸣,眼睛里放出了一丝惊喜的光芒,说道:"将军的书法,厚重苍劲,舒展自然,有魏碑的风格。大气磅礴的气势正好与内容相统一,体现出了一股英雄气概。"

张一鸣听她夸奖,虽然带着奉承的意思,但奉承得巧妙,对自己的字体风格说得也很贴切,心里高兴,含笑说道:"多谢夸奖!"

黎氏夫妇暗地里相视一笑,黎太太笑道:"那还用说,张将军本来就是英雄嘛,二妹,不如你也写一幅,请张将军指点一二。"

孙小姐这一次很大方,重新铺上纸,拿起笔不慌不忙地写了起来,写的是李清照的《蝶恋花》：

　　永夜恹恹欢意少，

　　空梦长安，认取长安道。

　　为报今年春色好，

　　花光月影宜相照。

　　随意杯盘虽草草，

　　酒美梅酸，恰称人怀抱。

　　醉里插花花莫笑，

　　可怜春似人将老。

　　张一鸣仔细看了看，她用的是行书，笔致安详自然，虽说显得有点柔弱，带着女性特有的娟秀，但仍有一种大家风范，显然经过行家训练、指点过的，对于一个少女来说，达到这种造诣，也算难能可贵了，只是这首词是李清照南渡后所作，作品表面是伤春，实则是自伤，是把人生的飘零和亡国的哀思融为一体的喟叹，孙小姐年纪轻轻的，怎的如此愁苦烦闷、老气横秋？转念一想，人家父亲病故，逃难到此，心情忧伤，也是可以理解的。

　　看完，他着实称赞了几句，黎氏夫妇也一唱一和，把孙小姐才艺、性格夸奖了一番，夸得孙小姐不好意思，一张俏脸满是红晕。

　　又说了一会儿话，用人来通知已摆出了晚饭，黎竟曜请张一鸣到饭厅入席，黎太太带着孙小姐也跟了来。席上的菜肴很丰富，看样子是精心准备过的。孙小姐坐在张一鸣对面，两人的目光不免会碰在一起，她总显得羞涩不安、极不自然，弄得张一鸣也有点不自在，心想内地的女孩子实在不大方，和一个陌生人吃顿饭这么忸怩。黎竟曜夫妇倒是非常热情，亲自给他倒酒、夹菜，张一鸣不善饮酒，不愿多喝，耐不住夫妇俩苦劝，又怂恿着孙小姐端酒敬他，他见那女孩子端着酒局促地站在面前，觉得很难堪，只得多喝了几杯。

　　吃过了饭，大家又坐在客厅里谈起了字画。谈了一阵，张一鸣的酒意上来了，觉得面孔发热，心跳加快，黎竟曜赶紧让用人去给他泡一杯酽茶来，又给孙小姐使了个眼色。孙小姐便起身告辞，黎太太亲自送她出去。等她出去了，黎竟曜突然问道："远卓，你看我这表妹怎样？"

　　张一鸣答道："孙小姐才貌双全，确实难得。"

　　黎竟曜仿佛随口说出："既然如此，你娶了她怎么样？"

张一鸣以为他开玩笑,也没当真,答道:"老兄,你知道我是有未婚妻的人,这种玩笑开不得。"

"那就给你作如夫人,你看怎么样?"

"你别拿我开玩笑了。"

"其实说真的,你那未婚妻远在千里之外,难得见面,你在这边讨个如夫人排遣一下寂寞,也没有什么不妥。"

"老兄怎么这么说?你我都是受过现代教育的,我还喝过大西洋的墨水,这种讨小纳妾、侮辱女性之事想都不该想。"

"像你这样身份地位的男人,有个三妻四妾很正常嘛。"

"不说了,不说了,你喝多了,越说越不像话了。"

张一鸣觉得有点话不投机,向黎竟曜说他想休息了。黎竟曜亲自把他送到客房,打开房门进去,屋子里漆黑一片,他摸出打火机点燃,借着火光走到房子中间,点亮了桌上的蜡烛,吩咐用人提了一壶热水进来,然后笑嘻嘻地说道:"你休息吧,我走了,希望你今晚睡得好。"

张一鸣送他出去,关上房门,取下帽子挂在衣帽架上,正在解外衣的扣子时,传来了轻轻的叩门声,他以为是黎竟曜去而复返,头也不回地说道:"进来吧,门没闩。"

门吱呀一声推开了,传来高跟鞋笃笃的响声,他回身一看,来人正是孙小姐,一会儿不见,她已经换了一身装束,月白色旗袍改成了红色的缎子旗袍,脸上的化妆也比先前浓厚鲜艳了些,给她平添了几分艳丽。张一鸣一怔,赶紧把脱了一半的衣服穿回去,问道:"孙小姐?有事吗?"

孙小姐手里托着一个小茶盘,盘里放着一把精致的细瓷茶壶和两个细瓷茶杯。她走到桌边,放下茶盘,拿起茶壶往茶杯里倒了些红色的液体,端着杯子走到张一鸣面前,轻声说道:"张将军,我给你泡了酸梅汤,你喝一杯,醒醒酒。"

她一走近,一股脂粉和香水味顿时扑鼻而来,张一鸣见她靠得太近,后退了两步,说道:"我没有醉,不用喝了,谢谢你。"

她放下茶杯,从桌上的果盘里拿起一个苹果,说道:"我给你削一个苹果吧。"

"不用,我想吃的话自己会削。孙小姐,你来找我,不会是专门来给我倒茶削苹果的吧？你有什么事吗？"

"不，也没什么事。"孙小姐望着他，羞涩地说道："将军，听说你是江南人，我会唱你们江南的民歌《采红菱》，我唱给你听好不好？"

一个年轻女子晚上独自跑到一个单身男人的房间里，还要唱《采红菱》这样的情歌给他听，其用意太明显，也太大胆，倒把张一鸣吓了一跳，酒都醒了几分，忙说道："孙小姐，天晚了，我要睡了，你也回去休息吧。"

孙小姐听了并不出去，而是把脸盆架上的毛巾取下来，放在脸盆里，然后拿起水壶往脸盆里倒了些水，把毛巾拧干，走到张一鸣面前递给他，通红着脸说道："洗洗脸吧，你坐下来，我帮你把靴子脱了，再倒水给你洗脚。"

她这么一说，联想起先前黎竟曜说过的话，张一鸣翻然醒悟，问道："是黎竟曜让你来的？"

她低下头，轻声说道："表哥说，我以后就跟着将军了。"

"胡闹！简直是胡闹！"张一鸣真的生气了，"你是他表妹，他怎么可以这样做，不是侮辱你吗？"

"不要管他了，将军，我愿意跟着你，真的，我是心甘情愿的，我愿意好好地侍候你。以后，你写字，我替你磨墨，我们一定会……"

"这不可能，"张一鸣打断了她，"我已经要结婚了。"

"我知道，我不在乎名分，将来姐姐来了，我也会好好侍候她。"

"孙小姐，我张一鸣不是好色滥情之人，这件事情就到此为止了。"张一鸣不愿多说，大踏步过去拉开房门，说道："请你马上出去。"

孙小姐眼眶里满是泪水："将军，我就那么让你讨厌吗？"

"我不讨厌你，事实上我很欣赏你的才华。但是，你现在的做法让我很失望，女孩子家，不要这么自轻自贱，那会让人瞧不起的。"

他的话音不大，但孙小姐听在耳里却是惊人的响，她捂着脸，仿佛挨了一记耳光似的，嘴唇哆嗦起来，颤声说道："自轻自贱？将军，你，你真的这么想？你错了，我不是你想象的那样，我从来没想过会给人家做小，开始我也不愿意，可是我们寄人篱下，只能听表哥的，后来看到你是这样的一个英雄，又这样文武双全，我才心甘情愿的。将军，我是真心的，我没有骗你。"她见张一鸣不开口，紧张地看着他，"将军，你现在愿意我留下来吗？"

"不，我不愿意。"张一鸣把语气放和缓了些："孙小姐，听我一句劝，不要把感情放在一个不爱你的男人身上,这不会有结果的。把今天的事情忘了吧,就当什么都没发生过,你还年轻,将来会碰到真正喜欢你的男人。"

"将军,你真的这么无情吗?"

"我不是无情的人,只不过我的感情已经给了我的未婚妻,她比我的生命还重要,你想我会背叛她吗?"

她喃喃地说了句"她真幸福",慢慢走了出去。

第二天,黎竟曜一大早就来到了客房里,对昨晚的事只字不提,好像什么事都没发生过。张一鸣知道他心里清楚,他既不说,也就没有提起,但他已无心在黎家住下去。吃过早饭,他就向黎氏夫妇告辞,准备去专员公署看看,再视察一下驻在永州的部队。

黎竟曜拿了一个精致的长木匣出来,说是送给张一鸣留作纪念,张一鸣打开一看,里面竟然就是昨天看过的那些字画,这个纪念品未免过于贵重,让他顿生疑虑:黎竟曜和我不过是普通同学,并无深交,他一边要把表妹给我做小,一边又送我这样的厚礼,绝不会无缘无故,肯定是有所求,而且所求非小。

想到这里,他说道:"竟曜,我是军人,喜欢有话直说,不会拐弯抹角。你我老同学,你若有为难之事,尽管开口,我能办的自然会办。只是这礼,我决不能收!"

"宝剑赠英雄,字画也当送行家嘛,我对字画是外行,这些东西放在我这里,实在是埋没了,送给你才是得其所哉。"

"这些字画你如果真不喜欢,卖给我可以,送给我我绝对不要!"

黎竟曜低声说道:"实不相瞒,这些字画不是我的,是我一个同乡托我送给你的。"

"无功不受禄。我和他素不相识,他为什么平白无故送我如此厚重的礼物?"

"当然还是有原因的。我这个同乡,一向奉公守法,因为却不过朋友的情面,帮忙带了点烟土到祁阳,被你的缉毒队给挡住了。他现在很后悔,让我来求你,只要你把他放了,他会把你当再生父母,而且以后洗心革面,绝不再犯。"

张一鸣双目炯炯地看着他,冷冷地说道:"我虽爱收集字画,但取之有道。我知道你说的这个人是谁了,据我了解,你那个同乡开烟馆,做鸦片买卖已经多年,决不是什么奉公守法的公民。你我老同学,你更应支持我的工作,不该替这样的人出面求情。"

黎竟曜红着脸说道:"这个,我没到祁阳,不太清楚,而且我已经很久没和他见面了,没想到会是这样。"

"你替我把字画退给他,也希望你以后不要再为这样的人出面了。"

张一鸣走后,黎氏夫妇关着门将他大骂了一通。黎太太说道:"他不肯放人,我们怎么办?你要把那些金条退还给钱宗盛吗?我可舍不得,我还从来没有见过这么多金子。"

黎竟曜咬牙道:"我再试试,在官场上混了这么多年,道貌岸然的人我见得多了。听说他的未婚妻是个大美人,他不肯要二妹,大概是怕他未婚妻知道他在外面讨小老婆要跟他解除婚约,这个就不要再提了。至于这些名贵的字画,他有收集的爱好,我就不信他会不要,也许他是嫌礼还不够重,你把那枚鸡血石的将军印拿出来,一起给他,我不信他不要,我还没见过不爱财的人!"

"那块鸡血石太好了,我还想拿去改成项链呢。"

"舍不得孩子套不着狼,这鸡血石本来就是钱宗盛给他的,你硬要留下来。我告诉你,张一鸣这个人祖上是清朝的大官,家里古董字画肯定多得很,东西少了打动不了他。这事要是办不成,别说鸡血石,就是那些金子,你也别想要。"

"好吧,我给他就是了,就当我被强盗抢了。"黎太太忍着心痛,把鸡血石拿出来给他,"他人都走了,你打算怎么办?"

"你别管,我知道该怎么办。"

在永州待了两天,张一鸣返回了祁阳。回到军部,一名警卫拿来一个长匣子给他,说是前天有人送来的,张一鸣一愣,这个匣子和黎竟曜的那个一模一样,打开一看,里面果然是那几幅字画,另外还多了一块名贵的鸡血石,心想:"这个黎竟曜,为了一个烟贩,又是美女又是字画地贿赂我,看在老同学的分上,我没有追究他,他竟然还来纠缠不休,看来这件事情还有文章。"

此时,缉毒队已将那烟贩的案子调查清楚,报请张一鸣批复,张一鸣下令三天后在县城的一处空地上枪毙,公开示众,以儆效尤。告示一贴出去,

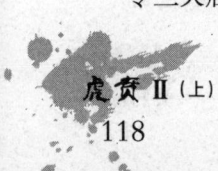

那烟贩的老婆不依了,那么一大堆黄灿灿的金条花出去了,人却没有保住。她大哭大闹,找到张一鸣,说贩卖烟土钱宗盛也有份,并把他们如何勾结做烟土生意,如何分红利,竹筒倒豆子,全给抖了出来。

张一鸣冷笑道:"难怪鸦片屡禁不止,原来是官匪勾结。"

他下令立即逮捕钱宗盛,此时钱宗盛已经听到了风声,收拾东西准备潜逃,结果在火车站被抓获了。他知道自己难逃一死,恨黎竟曜收了钱不办事,马上把黎竟曜给捅了出来。张一鸣下令将黎竟曜逮捕,并将他所送的东西一起交给司法部门处理。黎竟曜被捕后,孙小姐从永州赶来找张一鸣,他以为她是来替她表哥求情的,不肯见她。她就守候在军部大门外不走,张一鸣只得叫她进来,直截了当地说道:"孙小姐,你如果是来替黎竟曜求情的话,那就不用开口了,此案已经移交给司法部门审理,我不干涉,一切依法办事。"

孙小姐摇摇头:"将军,你猜错了,我不是来给黎竟曜求情的,我恨他,他是个十足的伪君子、恶棍,你就是杀了他,我都不觉得解恨。"

张一鸣很奇怪:"你们是亲戚,你为什么这么恨他?"

"将军,你知道黎竟曜给你的字画是从哪儿来的吗?"

"他说是钱宗盛托他买的。"

"根本不是,他到现在还在说谎。这些字画是我们家祖传的,他收了钱宗盛买字画的钱,用的却是我家的东西,一分钱都没给。我们一家从岳阳逃难到永州,他收留了我们,对外作出一副善人模样,让人家以为是他好心养活了我们,其实暗地里欺负我们孤儿寡母,不仅侵吞了我们的财产,还逼迫我姐姐给省里的一个大官做姨太太,他的铁路局局长就是这样得来的,他升了官,可我姐姐却因为不堪忍受大太太的虐待,自杀身亡。这一次,他又故伎重演,逼我给将军做小。我不同意,他就打我,还威胁说我要是不听他的话,就把我和我妹妹都卖到妓院里去,……"

"浑蛋!"张一鸣不等她说完,已气得大骂:"想不到他竟然是这样一个衣冠禽兽,我张一鸣真是瞎了眼,竟跟这种人称兄道弟!"

他背着手,在屋子里踱了几步,压住火,问道:"后来呢?"

"后来为了妹妹,我只能答应。"说到这里,她的脸一红,"结果将军不肯要我,他为此还大骂我,骂我笨,连装狐媚子勾引男人都不会,又骂将军……"她没有往下说了。

"他骂我什么？"

"他骂将军有艳福不享，不是男人，是……是太监，另外还骂了很多，污言秽语，我不敢重复给将军听。"

"你那时为什么不告诉我？"

"我敢吗？你和他是同学，我怕你会帮着他。"

"你愿意出庭作证吗？"

"当然愿意，我就是为这事来的，我要给我姐姐报仇。"

因为人证物证俱在，黎竟曜以受贿罪被判处有期徒刑，所收金条全部没收充公，几幅字画归还给了孙小姐。张一鸣还勒令黎家归还侵占的孙家财产，孙小姐一家对他自是感激涕零。他又亲自做媒，把孙小姐嫁给了新25师的一个团参谋长，那参谋长军校出身，相貌堂堂，也颇有文采，对才貌双全的娇妻十分疼爱，夫妻感情深厚，生活得很美满。

那个烟贩和钱宗盛被判死刑，得知判的是枪毙，两人气急败坏，又交代了几个人出来，最后，两人和县里的其他涉案官员一起以包庇鸦片走私的罪名被判处死刑，公开执行。这一下起到了敲山震虎的作用，不仅祁阳，其他几个县的鸦片买卖也得到了有效的遏制。

此后，张一鸣又想方设法发展农业和养殖业，保障工业生产，鼓励商品流通，促进经济繁荣。为了遏制通货膨胀，稳定物价，还设立了平价供应处以保证军队、行政机关工作人员以及教师、学生的基本生活必需品，特别是粮食的供应。他本想以控制粮价来稳定社会局面，但缺乏行政经验的他，这一举措的推行，却给他带来了一场意想不到的风波，差点受到审查。

由于粮食实行平价，永州各县的粮食比其他地区的便宜，许多粮商暗地里收购粮食转手外地。永州虽是产粮之地，但如今既要供应数万军队的军粮，还要解决大量涌入的外来人口的吃饭问题，粮食本已紧张，粮商将粮食倒卖出去，导致本地粮食不足，粮价上涨，东安县尤为严重，粮食局连军粮都缴不够了，军需官报告了张一鸣。张一鸣是军人，在他眼里打仗是第一位的，军队缺粮那还得了，立即下令粮食局长5天内交清军粮，那局长使出浑身解数，依然无法在5天内征集到足够的粮食，向张一鸣请求减少军粮的数额。因为看多了行政官员们拖沓的办事效率，他认为粮食局长这一次也是故意推诿、办事不力，不管那局长如何请求，始终不为所动，严令他三天之内必须完成，否则以渎职罪严惩不贷。三天过后，那局长因为害怕张一鸣的严惩就如同前面的那些官员一样，是枪毙示众，恐惧之下，竟上吊自杀。粮食局长因无粮自杀的消息传出，当地人心浮动，人们涌上街头排队抢购粮食，导致市面粮食短缺、米价暴涨，最后由于米商关门谢市，市民便砸开商店抢粮，闻讯赶来的警察要将几名带头抢粮的人逮捕，引发市民不满，与警察发生冲突，导致多人受伤。

事件发生后，报纸纷纷报道，那些早就对张一鸣不满、一心想找机会赶走他的政府官员、地方势力和奸商乘机私下散布谣言，将矛头直接指向他，还将讽刺他的打油诗贴在闹市区，暗示他才是"逼死局长，殴打民众"的罪魁祸首，弄得一些不明真相的群众也跟着对他怨忿起来。一时间，整个东安民怨沸腾，有人甚至直接写匿名信给省长薛岳，要求追究张一鸣的责任。薛岳一来了解张一鸣的为人，二来他掌管湖南行政也遇到过这种情况，甚至还被中央监察局调查过，所以理解张一鸣目前的处境，加上他对自己手下的这员爱将也极为袒护，接到举报信后，不但没有丝毫责难，反而把事情给压住了，敦促张一鸣赶快把事情处理好，不要让事态扩大，惊动了上面。

张一鸣还是第一次遭受这种打击，昔日备受尊崇的抗日英雄，一夜之间成了千夫所指，这才明白行政官不好当，他是一个极为看重名誉的人，委屈之余，不禁又气又急，立刻亲自前往东安，着手处理抢粮事件。到了东安，他立即召集各界代表，以失职的罪名宣布将警察局长撤职，并声明会查清事情真相，承诺一定解决好粮食问题，消息传出去，使当地的民心暂时得到了稳定，人们都拭目以待，等着看他会采取什么举措。张一鸣决定成立一个调查小组驻在东安调查原因，专员公署的秘书杨岩松毛遂自荐，请求让他担任组长。在打击鸦片走私案件中，杨岩松已经初步展示了他的能力，使张一鸣认识到此人头脑敏锐，性格谨慎，是个人才，同意了。随着调查的深入，杨岩松找到了导致东安粮食短缺的罪魁祸首，东安县县长黄良圭，此人利用职务之便，暗中大肆倒卖粮食，谋取暴利。证据确凿之后，张一鸣下令将其逮捕，并在县中学的操场上公开审判，判处其死刑。此后，他又派人在其他各县调查粮食倒卖情况，查处了一批不法粮商，并严令今后不得倒卖粮食，否则，一经查实，一律处以极刑。粮商们不敢再兴风作浪了，他又派各县长去做当地产粮大户的工作,说动他们以大局为重,为抗战爱国着想,把粮库的存粮大量投入市场,总算把粮价给压住了。

经过对烟土和粮食问题的查处,他发现当地官员和地方势力勾结犯罪现象十分严重,为了避免抢粮之类的事件再次发生,他下令官员务必恪尽职守,如有渎职,一定严加处罚。专员公署陆续查处了一批案件,宁远县县长利用职权贪污腐化,危害一方,被判死刑;江永县有个乡长为其死去的母亲办阴寿,趁机大肆收受财物,被就地免职;新田县有个负责兵役的营长卖放壮丁,吃空缺,被就地枪决……经过一番整治,官员们被震慑住了,基本不敢玩忽职守,一些地方势力以前极为猖狂,曾经有人用子弹或者人的手指威胁过不买账的地方官员,但面对威名远播的117军军长,却没人再敢像以前那么狂妄,收敛了许多,当地的社会局面得到了初步的稳定。

第十章　千里相思

6月的一个早晨,太阳已经爬上了山头,碧蓝的天空中,飘浮着几块长长的、透明如丝带一般的薄云,经过朝霞的涂抹,变成了几条金红色的彩缎,一群小鸟从天空缓缓飞过,映衬着下面湘江的绿水和两岸的青山,宛如一幅色彩艳丽的夏日晨景图。

江边上有一座军营,背靠着一座小山,营里呜呜地吹着出操号声,嘹亮的军号声远远地传了出去,在原野上回荡。

"嘚嘚嘚",一阵清脆的马蹄声从山后一路响了过来,给清晨的原野更添了一分生机。从通向军营的公路那头奔过来几匹马,马蹄踏得尘土飞扬。领头的是一匹白马,身高体健,四腿纤长有力,毛色光亮润泽,犹如涂了一层蜡。一个身材高大的军官稳坐在白马背上,一手抓着缰绳,一手挥动着马鞭,阳光照在他身上,更显得雄姿英发。军官长着一张棱角分明的国字脸,五官很端正,那两道浓黑的剑眉,那一对炯炯有神的眼睛,那一张紧闭的嘴巴,都给了他一种不怒自威的风度,让人感觉他绝不是一个普通人。

这个军官当然就是张一鸣了。如今永州基本步入正轨,他已经很少亲自去管理行政事务了,他是军人,带兵打仗才是他的兴趣所在,他喜欢到训练场上去听士兵们操练的呼喊声,子弹打靶的声音和战马的嘶鸣声,这些声音在他听来,就像是一首悦耳的奏鸣曲,他也喜欢和他的士兵们呆在一起,他们也许没有文化,也许粗俗,但比起一些虚伪阴损的政府人员来,他们要单纯得多,也可爱得多。既然永州的局势已经稳定,行政也按部就班地进行着,他便将日常事务交给杨岩松去管理,自己只处理重大事情。杨岩松在负责调查东安事件中已经显示出了他的能力,此后所经办的许多案件也都证明了他是个极好的行政管理人才,而且人又忠实可靠。张一鸣放心地把政务交给他,自己依然把精力主要放在了军队上,毕竟国家现在还处在战争状态,部队才是最重要的。

3个师里,他现在最关心的当然是新来的43师,作为军长,他得了解部队的训练情况,弄清军官的性格、能力,士兵的心理,以便准确地判断出这个师的强点、弱点和战斗力。当然,他也要让新来的官兵们了解他,尤其是要信任他、钦佩他、敬畏他,就像其他两个师的官兵一样。所以,一旦从行政中脱身出来,他便开始着手这一工作。他没有通知43师师部,只带了几个人悄悄来到了292团。

来到军营后的山坡上,他勒住马,飞奔的白马长嘶一声,前蹄在空中扬了一下,这才停住了。他俯瞰着山下的军营,军营整齐、威武,操场上,士兵们正在进行各种训练。听着雄壮的呐喊声,他的心里不觉踏实了许多,看来这个团的训练抓得还不错。

他策马下了山坡,直奔军营大门,随从人员紧跟其后。进了营门,43师师长林松柏正在操场上查看训练情况,一看军长来了,赶快迎了上来,领着他观看训练。士兵们听说军长来了,练得更加卖力了。

张一鸣仔细观看着各种训练:匍匐、打靶、拼刺。士兵们的动作规范、到位,看来林松柏是下了一番工夫的,这使他感到满意。他最感兴趣的是士兵们打靶的场景,一组又一组的士兵轮番上场,只听枪声呼啸,一颗颗子弹直射目标,一连上场了几组士兵,成绩都全部达标。

看到这种成绩,张一鸣感到满意,他本来就喜欢射击,兴奋之下,兴致勃勃地也要显一下身手。官兵们听说军长要射击,纷纷过来了,一心想看他的枪法。他对打靶没有兴趣,想要换一种方式,四下看了看,左面的围墙上用油漆写着一行标语"打倒日本帝国主义",他一看,顿时心里有了数,他走到离围墙大概100米的地方,转过身背对着墙壁。大家都看着他,他突然抽出手枪,迅速转过去面对墙壁连续开枪射击,6枪过后,他飞快地取出弹夹换上,然后又开了两枪,整个动作潇洒自如,一气呵成。8枪打完,只见前面7颗子弹不偏不倚,都打在了每个字的中心,只有最后那个义字,子弹往上抬了一些,正好打中那一点。官兵们一看之下,顿时轰然一声,全都喝起彩来,并向他投去佩服的目光。

看着那一双双热烈崇敬的目光,听着雄壮有力的欢呼声,他的胸中升起了豪迈之情,含笑挥手向官兵们致意,官兵们对此报以热烈的掌声,整个操场掌声、欢呼声此起彼伏,声音直冲云霄。张一鸣从心底上感到骄傲和满足,他知道自己已经在官兵们心中留下了勇武的印象,他要的就是这种效果。

看完了操场上的训练,他向292团团长刘深谋提出了要求,他要看看迫击炮射击。刘深谋赶紧叫团迫击炮连做准备,射击区就选在江边的沙滩上,张一鸣随手点了两名炮兵,让他们对目标打三发炮弹。

两名炮兵迅速架好炮,瞄准目标,一切准备完毕,迫击炮连连长一声令下,一名炮兵迅速把炮弹装进炮筒。炮弹直飞出去,随着一声轰响,正中目标。炮兵又接连发射两枚炮弹,都直接命中了目标。

"好!"张一鸣喝了声彩,问那炮兵连长:"他们平时都打得这么准吗?"

"是的,军长,他们都打得这么准。"那炮兵连长回答说,悄悄地将手心里的汗擦到裤子上,暗自庆幸军长正好抽到了连里最好的炮手,而他们也没有因紧张而发挥失常。

"很好。"张一鸣非常高兴,当场宣布:"赏他们每人100块。告诉大家,我以后会不定期地来视察,打得好的都有赏。"

以后的日子里,他一有时间就去43师的各团各营各连查看,详细了解,做得好的地方加以鼓励,不足的地方则提出整改,并以身作则,和官兵们一起训练,一起吃饭,一起聊天拉家常,既赢得了官兵们的好感,也赢得了军心。

当然,使他赢得军心的并不止这些,还有一项重大举措。

在长沙会战中,他看到105师的旅参谋长高睿带着无人照管的幼女上战场,曾当场许诺要成立学校和家属合作社,安顿军属以及烈士遗属,让前线的弟兄们安心打仗。如今他已从繁琐的政务中脱出身来,决定开始着手实现自己的承诺。

连年的战争,庞大的军费开支导致国家财政困难,下拨的经费有限,各部队都感费用紧张,一些部队为了减少开支,不肯购买成品军服,而是买来白布染料自己染色,自己缝制军服,以节约费用。张一鸣也在祁阳建起了117军家属社,社里设军服厂,制作军装、军鞋、军袜和军被,还设有商店,向官兵们低价出售日常用品,社里的成员全是117军的军属。部队驻扎在永州地区以后,由于远离前线,交通又方便,所以很多军官把家属接来了。普通军官的军饷并不高,而117军又绝不允许军官克扣下属钱粮、喝兵血,一旦查出有人犯禁,不管你是谁,也不管你曾经立过多大的战功,都是死路一条,可是战争期间,物价极高,军官们大多已经结婚,光凭军饷养家,很多中下级军官都感紧张,家境不好的更是捉襟见肘。家属社的成立,既节省了军费开支,也解决了一些家庭的困难,对稳定军心很有帮助。

学校也成立了,名称是建华学校,包括小学部和中学部,受外祖父和舅舅的影响,张一鸣非常重视教育,亲自担任校长,亲自选择校址。学生来源为117军的子弟和阵亡将士遗属,还有在战乱中失去父母的难童,所以教育费用全免。

张一鸣一面让各师尽力通知阵亡官兵家属,一面也在报上登出消息。很多阵亡官兵籍贯在沦陷区,他们牺牲后,家属就流落在后方,虽然得到了阵亡抚恤金,但不断上涨的物价很快就将这笔钱贬得所剩无几,得知117军成立了家属社和学校,不少人带着子女立即赶来了。张一鸣专门成立了接待处,将他们妥善安置。

他虽然是建华学校的校长,但新成立的学校,需要办理的事情太多,他毕竟公务缠身,不可能把时间和精力完全放在学校上,他成立了小学部和中学部,具体的事务交给各主任去办。小学部主任已经任命,各种工作正全面铺开,但中学部主任却迟迟没有选定,他想学校不办则已,要办就要办好,决定找一个懂教育、有威望的人来担任。经过打听,他选中了一个人,这个人名叫林天任,是湖南的名士,学识渊博,但为人也很清高,不愿做官,只在家里著书立说,或者在前来拜师的少年中招收一些资质较高的做学生,他的学生中,成名的不少。张一鸣想请他出山,这样可以招来许多有真才实学的人担任教员,对学生的教育、学校的建设大有好处。当然这样的人,不是一纸聘书就可以招来的,能否把他请出来,诚意最为关键,所以张一鸣决定亲自出面邀请。

他选了一个晴朗的上午,骑马出了军部,往东门奔去,赵义伟和几个卫士也骑马紧跟在他后面,奔出城门,顺着一条石板铺就的乡村道路驰骋,一路上,四周山清水秀,景色宜人,田畴村庄,错落有致。跑了10多里路,眼前出现了一脉绵延的小山丘,山上是一片的竹林,进入林中,里面极为幽静,除了偶尔传来几声竹鸡的鸣唱,就只有马蹄踏在石板上的嘚嘚声。竹下不时见到一丛丛兰草,墨绿色的叶间开着一小朵一小朵的白花,正散发着沁人心脾的幽香。

顺着石板路穿过竹林,迎面就是一个大水塘,塘里的睡莲有红有白,正在盛开,塘边种着几棵大柳树,其中一棵向着水塘歪斜着,长长的柳条垂落到了水面,随着微风轻轻飘拂,在水面形成了层层涟漪,几只白鹅昂着优美的脖子,正悠闲自得地划着水。水塘对面是一个青瓦白粉墙的宅院,院子前面一直到池塘都是压制过的平整地面,院子的左右和后面全种着凤尾竹,将房子处在绿竹掩映之下,给它增添了一股清幽脱俗的氛围。

张一鸣见了,心里喝了声彩:"好一个世外桃源。"

到了大门前,他翻身下马,赵义伟也紧跟着下来,上前叩响紧闭着的木门。一会儿,门吱呀一声开了,出来了一个中年仆妇,问道:"长官,有什么事吗?"

赵义伟递了一张名片给她,回答道:"我们是117军的,我们张军长特来拜会林老先生。"

那仆妇接过名片,转身进去了,很快又出来说道:"老爷请你们进去。"

张一鸣让卫士们留在外面,自己和赵义伟跟着仆妇进去。进了大门就是前院,院子虽然不大,但打扫得干干净净,两边的游廊上放着数十盆不同品种的兰花,开着各式各样的花朵,院子里散发着一股幽香。客厅门口站着一个老人,满头银丝,一尺来长的长髯也已变得雪白,飘飘然带一股仙风道骨之气。他的身材高大,略微有点发胖,身穿青布长衫、青布鞋,圆脸庞上戴着一副近视眼镜,镜片后的一双眼睛里闪射着深刻睿智的光芒。张一鸣行了礼,彬彬有礼地说道:"前辈可是林老先生?张一鸣特来拜访。"

老人迎了上来,拱手还礼,说道:"我就是林天任,不知将军到来,有失远迎。"

张一鸣谦逊道："老先生乃前辈,又是学术界泰斗,我一晚辈后生,怎敢劳前辈远迎?"

林天任微笑道："将军过谦了,谁人不知将军乃抗日英雄,连我这山野村夫,都听说了将军的赫赫威名。"

他说着,把张一鸣迎进客厅坐下。客厅的布置也古朴文雅,当中一张古色古香的八仙桌,桌上放着一个陶土花瓶,瓶里插了几枝晶莹皎洁的白睡莲,两边各放着四把椅子,两张茶几。客厅两边的墙上分别挂着梅、兰、菊、竹图,中堂挂着一幅字,是柳宗元被贬到永州之后所作的诗《渔翁》:

渔翁夜傍西岩宿,晓汲清湘燃楚竹。

烟销日出不见人,欸乃一声山水绿。

回看天际下中流,岩上无心云相逐。

张一鸣见到满院的兰花,见到林天任布衣布鞋的打扮,再见到这首充满孤高品格的诗,对他的为人,已经有了相当的认识。

林天任吩咐女佣倒上茶,张一鸣端过茶杯,呷了一口,说道："好香!是黄山云雾茶吧?"

"是的,是黄山云雾茶。我在安徽的朋友托他的家人带给我的,想不到将军对茶很有研究。"

张一鸣笑道："我对茶可没什么研究,只是在安徽呆过2年,碰巧喝过而已。"

等他喝了茶,林天任问道："将军光临寒舍,不知有何贵干?"

张一鸣恭恭敬敬地说道："特来请老先生出山。"

林天任目光炯炯地看着他,见他确实出于至诚,说道："覆巢之下,安有完卵。国难之际,我本应为国效力,不该在此偷生。只是,说来惭愧,恐怕要让将军失望了,我对军事一无所知,既不能带兵上阵,又不能出谋划策,到了军中实属无用之人,若是年轻,还可以和敌人拼上一拼,可惜又老了。"

"我当然不敢那么冒昧,请老先生去做不可为之事。"

"那,请问将军为何而来?"

张一鸣把自己建立学校的事情详细地告诉了他,还没谈及请他担任中学部主任一事,他已捋着胡须笑道："我虽无师旷之聪,却也闻弦歌而知雅意。将军此来,可是要我去做教书先生么?"

"想请老先生屈尊,担任学校的中学部主任。"张一鸣不等林天任回答是否愿意,诚恳地说道:"素闻老先生一生闲云野鹤,淡泊名利,从清朝到民国,数次有人请老先生出山为官,均被老先生拒绝,何况一小小中学主任。只是眼下虽然国难未除,但教育不能荒废,将来逐走倭寇,重建国家,定需大量人才。张某虽然有心致力教育,奈何一介武夫充任校长,实在心有余而力不足,急需德才兼备之人鼎力相助,老先生才高八斗,道德人品更是令人钦佩,张某思来想去,认为还是老先生最妥,所以斗胆前来,望老先生出山。"

他本以为这事一定会费尽口舌,但是林天任早就听说过他,又见他言谈举止很有素养,一开始心里就对他产生了好感,听了他的话以后,慨然说道:"将军爱国之心,令人感动。我虽清静淡泊惯了,但国家危难之时,也容不得推辞,何况这些学生中还有阵亡将士的遗孤。我自当竭心尽力,以助将军。"

张一鸣大喜,想不到一切这么顺利。接下来,两人不再说客套话,针对如何办好学校讨论了一番,林天任说道:"名师出高徒,要想办好学校,得揽请饱学之士来校任教,尤其是德高望重的硕学大师,一定要千方百计,邀请他们前来。"

张一鸣答应了,请他放手去办,自己一定全力支持,并希望他能尽快到任,林天任表示自己把家里的事安排一下就去学校,又邀请张一鸣留下吃午饭,张一鸣欣然答应。吃过午饭后,两人又畅谈了一阵,张一鸣才起身告辞,返回县城。

回到军部,一进办公室就看到桌上放着一封信,信封上那娟秀的字迹非常熟悉,正是白曼琳的。他几步跨过去,将马鞭往桌上一扔,抓起信,迫不及待地将信封撕开,取出信纸来看。

亲爱的表哥:

好容易才把雯雯哄睡了,她一直缠着我给她读童话故事,不读就不睡,我给她读了《丑小鸭》、《白雪公主和七个小矮人》、《天鹅公主》,读得舌头都发僵了,才总算过关。现在已经10点钟了,外面正在下雨,这种天气日本飞机不会来,让大家可以安心地睡个好觉,也让我能够从从容容地写完这封信。

这么久没有我的信,你不会怪我偷懒吧?要是有什么方法能够把我送到你面前就好了,让我可以搂着你的脖子,亲亲你的脸,不用和你解释原因,你也一定会原谅你的琳儿了。(看到这里,张一鸣愉快地笑了)已经两个多礼拜没给你回信了,有好多话想跟你说。其实我一直想抽空写一点,哪怕只有一页纸也好,只是这段时间事情太多,实在没法给你写。现在医院里忙得很,被炸伤的人太多了,每天都有上百架日本飞机到重庆来倾倒炸弹,而且轰炸方式也变了,改成了"疲劳轰炸",飞机从不同方向来,一拨炸完飞走了,下一拨接着来,轮番地来炸,有时竟然连续几天不间断。医生们都忙着做手术,连出去透口气的时间都没有。病人多,倒也学了不少东西,我现在已经可以单独做一些小手术了。想想战争爆发以前,谁要跟我说我会成为一名医生,我会觉得是天方夜谭,根本没有可能。放弃了喜欢的学业我并不后悔,相反我觉得自己的选择是正确的,而且越来越喜欢上了这个行业,救活濒死的生命毕竟是一件让人快乐的事情,虽说救不活的时候也让人悲哀。

　　家里现在一切都好,不过忙乱得很,三嫂10天前生了一个男孩,白白胖胖的,足有8斤重。孩子是在梅园生的,三嫂怀孕7个月时就把她送到梅园去了,姨妈和大嫂带着雯雯一块儿去的,这段时间的疲劳轰炸让姨妈害起了心悸病,也让雯雯常在夜里做噩梦吓得大哭,所以把她们全送下乡了。三嫂分娩的时候敌机正在城里连续轰炸,既没法通知我们,也没法送医院,乡下没有妇产科医生,只有接生婆,她就是由接生婆接生的,还好母子平安。

　　我今天下午才抽空回了梅园,见到那孩子的时候,他刚睡醒,正在摇篮里打呵欠,样子可爱极了。大家都很喜欢这孩子,你将来看到了,也一定会喜欢。他虽然小,但已经看得出来像三哥,眼睛,鼻子,嘴巴,无一不像,简直就是他的翻版。要是三哥还活着,看见这孩子不知道该有多高兴。爸爸给孩子起了个名字叫继豪,希望他能承继他父亲豪迈的秉性,我想他一定会的。三嫂脸上的笑容比以前明朗了,我们都为她高兴,她是个温和柔顺的人,脾气极好,和大家相处也很好,大家都怜惜她,希望她能够摆脱忧伤,尽早快乐起来。过去的几个月里,我有时到她的房里去找她,一推门就看见她对着三哥的照片絮絮私语,开始我还觉得她太自苦了,后来一想,这对于她,何尝又不是一种安慰呢。现在有了这个孩子,她的精神上有了寄托,人看起来也快乐得多了。

　　大表哥现在解脱了,麦雅娴终于来信同意离婚,别字连篇地先把大表哥奚落了一顿,然后得意洋洋地说她要重新嫁人了,对方是汪伪政府财政部的一个什么处长。我不想在这里重复她的话,我只奇怪,怎么世上竟有这般没心没肺、不知廉耻的人。大表哥倒是一点都不难受,能够和她脱离关系,他只觉得高兴,其他的根本不在乎。

表哥,你还记得我跟你说过的话吗?我说过要到你军部的野战医院来,我本来打算5月里来的,因为枣宜战事爆发,湖南局势难料,只能等一等,看看形势再说。如今宜昌失守,水路中断,我恐怕得由陆路来湘了。雷霆、蒙谦和戴杰英也要和我一起来,雷霆的哥哥是飞行员,在保卫武汉的时候阵亡了,他父母双亡,家里还有个妹妹,哥哥死了得由他担负起照看妹妹的责任,没法参军。不过他妹妹下个礼拜就要结婚了,男方是一个飞行员,是他哥哥生前的袍泽和好友,这两年一直在帮助他们兄妹,和他妹妹渐渐产生了感情,终于谈婚论嫁。结婚之后,他妹妹就要随他妹夫到昆明去了。雷霆对他妹妹的归宿很放心,没有了后顾之忧,决定到部队去了。蒙谦和戴杰英是怀着一颗报国之心到前线,他们俩都清楚117军是支什么样的部队,所以决定和我一起来。

我以前没有和爸爸谈过这个事情,担心他不会同意,所以一直到5月才告诉他,刚告诉他的时候,他的表情……表哥,你想象得出爸爸当时的表情吗?他看起来就像遭受了雷击一样,人也好像一下子老了许多。他不断地说:"这简直在剜我的心。"我很难过,真的替爸爸难过。三哥的牺牲一直让他很伤心,这种伤心并没有随着时间的流逝而减弱。现在我又要到军队去,又要让他像以前为三哥提心吊胆一样为我担忧。

尽管爸爸舍不得我走,不过最终还是同意了。他要我等入秋以后,天气凉快些再动身。我为有这样的爸爸感到自豪,同时也有点羞愧,毕竟我到部队来,一是为了抗日,另外还存了一点私心,那就是能够和你在一起。我现在的心情很矛盾,想到爸爸那样伤心,我感到难过,可想到就要和你见面了,我又感到高兴。

今天就写到这里吧,吻你并祝你平安快乐。

你的琳儿
民国二十九年六月二十七日

张一鸣看完信，把信纸小心地折好，放回信封里，一放之下，这才发现信封里还有东西，先前忙着把信纸拿出来，没有发现。他将信封一抖，里面掉出来一朵已经干枯了的玫瑰，他轻轻拿起它，放在鼻端闻了闻，还带着一股淡淡的香味儿。他把它连同信纸一起放回了信封，然后望着桌上白曼琳的照片微笑起来，后者也笑着面对他，他伸出手，轻轻地抚摸着照片上她如花的笑靥。

　　相爱整整三年，也饱受了三年的相思之苦，特别是在最近这段相对平静轻松的日子里，他对她更是魂牵梦绕，常常在梦幻中见到她娇美的容颜和曼妙的身影。他已过而立之年，事业有成，身居高位，渴望结束单身生活，拥有一个温暖的小家，让在战争旋涡中奋斗的他能有一个温柔的港湾可以停泊休息。这种渴望是希望有一个至亲至爱的女人对自己理解与互慰的渴望，像他这种性格刚毅、不容易动真情的男人，一旦动了这种感情，他的渴求会更加强烈。不知有多少次，他痴痴地望着这张照片，回忆两人在一起时的一幕一幕，以度过寂寞难挨的夜晚。现在她来信说要来军队服务，他是非常高兴，毕竟，面对真人和面对照片是截然不同的两回事。而且祁阳现在经过他的一番整治，生活、治安比以前大有好转，民心稳定，相比眼下空袭不断的重庆，这里也要安全得多。

　　他按捺不住心里的高兴，急于找人分享他的快乐。117军中，和他交道最深，最了解他的当然是武天雄。他径直来到武天雄的办公室，武天雄看他喜形于色，问他有什么喜事，听他一说，也替他高兴，笑道："白小姐要来，那太好了，军座，你也该结婚了。我看你现在就得找房子了，好准备新房，房子租好了，这布置新房的事我太太可以帮忙，女人喜欢什么，只有女人才清楚。"

　　"我先考虑给她找间房子，结婚的事等她来了再说。"

　　"军部后院不是有一间屋子空着吗？你给她收拾一下，可以让她暂时住在那里。那里离你的宿舍近，你照顾起来也方便些。"

　　"那里还行，我明天就派人去打扫，再把墙壁粉刷一下。"其实张一鸣也早想到了那间屋子，屋子很大，当中可以用木板隔一下，成为两间，里间当卧室，外间当客房兼书房。屋子前面那块空地也可以整理出来，围上篱笆，种上花草树木，做一个小小的花园。至于房子如何布置，他决定由自己亲自设计,对于白曼琳,他是不会敷衍塞责的。"房间里需要什么东西,回头我去请教一下嫂夫人。你说得不错,女人需要什么,我确实不太清楚。"

"请教什么?跟她说一声就行了。干脆晚上就到我家去吃饭,我那俩小子昨天摸了很多田螺回来,在我老家这玩意没人吃,都是拿去喂鸭子,可是我太太说上海有一道菜叫,叫什么来着,哦,我想起来了,田螺塞肉,味道还不错,她想学着做,她今天还买了一条鱼,说要做鱼丸。我再让她添几个菜,我们喝两杯,你跟她谈谈白小姐的事情。"

张一鸣答应了,武天雄便叫勤务兵回去通知太太,晚上军长要来家里吃饭。张一鸣留在武天雄办公室里继续说话,到了下班时间和他一起离开军部,向他家里走去。他家离军部只有5分钟的路程,房子是个四合院,北面是三间正屋,当中的是客厅,左屋是武天雄夫妇的卧室,右屋住着他们的两个儿子。西面的一间小屋是勤务兵的房间,东面一间是厨房,一间是柴房,堆着柴禾、煤球。院子打扫得干干净净,院中间种着一棵高大的石榴树,已经挂起了青色的果子,南面的墙根下,种着蔷薇、月季、茉莉和栀子花,此时都热闹地开着,散发着浓郁的花香。

当两人走进院子时,武天雄的两个儿子,大的叫振中,9岁,小的叫振华,7岁,正在那里打架,振中已经把他弟弟按翻在地,骑在身上打。武天雄走上前,抓住他的衣领,一把将他拎了起来。他一边挣扎一边大骂,回头见是父亲,这才没有吭声了。

武天雄松开他,喝令他立正站好,骂道:"混小子,一天到晚跟人家打架还不够,连弟弟也打。我叫你给我好好的待在屋里看书写字,你不听,成天的在外头打架惹事,你要再这么着,我不在你这混小子屁股上打上手印我就不姓武。"

那孩子倔道:"我没打他,我们在闹着玩。"

他弟弟已经从地上爬起来了,"呜呜"地哭道:"不是闹着玩,他打我。我抓到一只大蟋蟀,他叫我给他,我不给,他就抢,把我的蟋蟀捏死了,我要他赔,他就打我。"

"混小子,你还敢撒谎。"武天雄抬腿就给了振中一脚,踢得那孩子坐倒在地。振中没哭,从地上爬起来,依然一脸倔强,但死死咬着下唇,显然这一脚踢得不轻,张一鸣暗地里称赞了一声:到底是军人的儿子。武天雄见儿子那副倔强的神色,更来气了,抬腿还要踢,张一鸣见这一脚力道不小,怕把孩子踢出问题,赶快拉住劝道:"天雄兄,跟孩子生这么大气干什么?男孩子哪个不淘气,我们当年不也是这样过来的?"

"又怎么了?一回来就跟孩子发脾气。我跟你说过多少次了,孩子淘气,好好跟他讲道理,说服教育。你这样简单粗暴,对孩子的性格影响不好。"随着说话声,武太太出来了。她中等个子,身体颇为丰满,但和高大魁梧的丈夫一比,依然显得矮小。她的五官端正,但没什么特色,只是皮肤白皙,穿着紫色旗袍,衬得脸越发的白。她没化妆,只在脸上浅浅地敷了一层雪花膏,也没烫头发,梳着溜光的发髻。她虽然相貌平凡,但举止文雅,风度也很好,显然受过相当的教育。张一鸣并不感到意外,他知道武天雄早年家境极为贫困,人又长得其貌不扬,连那些乡下姑娘都不正眼看他,这使他一度不喜欢和女性打交道。北伐的时候,他受伤被送到上海医院治疗,认识了到医院义务照顾伤员的武太太,对这个热情、活跃的女学生一见钟情,不顾一切地追求她,武太太当时正在大学读书,和许多女学生一样,对这些打倒军阀的革命军人十分敬佩,在这个年轻连长爱情炮火的猛轰之下很快就溃不成军,两人陷入热恋之中,武天雄随即向她求婚。但求婚之路却异常坎坷,武太太是上海人,她的父亲是个高级工程师,在一家工厂当技术科科长,家境不错,那位未来的老丈人一见武天雄是个相貌粗豪的军人已经很不满意,再得知他是乡下人,家里穷,连中学都没读过,更是瞧不起他,把前来求婚的他连同他的礼品一起扫地出门。武太太说不通父亲,毅然离家出走,到部队找到武天雄,两人租了一间小屋子,举行了一个简单的婚礼。这些年来,武天雄对太太一直很爱护,也很尊重,虽然两人有时也会因性格、教育上的差异产生龃龉,但总的来说感情还是很好的。

听了武太太的话,武天雄说道:"太太,我不是不听你的,你知道我是急性子,一发脾气就忘了。"

武太太已经看见了张一鸣,不说丈夫了,笑道:"军长来了。"

张一鸣说道:"听天雄兄说嫂夫人晚饭要做田螺塞肉和鱼丸,好久没吃到上海菜了,我就不请自来,叨扰嫂夫人一顿。"

武太太笑道:"说什么叨扰,军长请都请不到。田螺塞肉我也是第一次学做,如果味道不好,军长可不要笑。"一面说,一面请他进客厅去坐。武天雄四岁的女儿芝兰正在客厅里玩她的木偶,看见父亲回来,便跑了上来。武天雄抱起她,笑道:"我的兰儿今天乖不乖?没当小淘气吧?"

"没有,妈妈教我认字,我认得天字了。"

"哦,我的兰儿真聪明,会认天字了。"

张一鸣知道这女孩子是武天雄的掌上明珠,说道:"天雄兄喜欢女儿,真是没话说。"

武太太接口道:"可不是,他看女儿做什么都可爱,儿子做什么都不对。"

武天雄说道:"老实说,女娃娃确实讨人喜欢,我那俩小子,整天打打闹闹,惹是生非,闹得我头痛。"

"我真不明白你们这些男人,"武太太说道,"没有儿子的时候,一门心思就盼着生儿子,真生下了儿子,又嫌淘气,整天不是打就是骂。"

张一鸣问道:"嫂夫人说的这些男人,也包括我吗?"

武天雄说道:"人家军座还没结婚呢,你不要一竿子打翻一船人。"

武太太是随口说出,并没有认真考虑,两人这么一说,她无法辩驳,便改了话题,说道:"真的,军长什么时候结婚呀?"

武天雄说道:"快了,白小姐就要来了,军座要给她准备房间,等打扫干净了,你去帮忙布置一下。"

"这个没问题,我一定尽力。"武太太热忱地说,她以为武天雄要她帮张一鸣准备新房,她很乐意帮这个忙。当初她和武天雄结婚时,房租、结婚需要的东西以及婚礼的花费大部分靠了张一鸣,因为张一鸣知道武天雄是个孝子,参军以来,每个月的军饷几乎都寄回了家,手里没有积蓄,而武太太在家人眼里是和人私奔,当然也得不到一分钱嫁妆,因此预送了一大笔礼金,解决了他们的燃眉之急,所以两人对他一直非常感激。随着武天雄职务越升越高,家里经济逐渐宽裕,两人一直想等张一鸣结婚的时候好好回报他。如今他终于要结婚了,武太太当然愿意尽心尽力地帮助他。

晚饭全是上海菜,除了田螺塞肉和鱼丸,武太太还精心制作了一道八宝鸭,炸了一大盘上海春卷。武天雄开了一瓶茅台酒,和张一鸣一边喝,一边讨论着时局。武太太做完了菜,在丈夫身边坐下,倒了一杯酒陪着他们喝,又同张一鸣谈起新房的事,这才知道他是为白小姐单独准备的。武太太虽然不是富家小姐出身,毕竟在上海这样的大都市长大,眼界开阔,大学时读的又是教会学校,教会学校不乏名门淑媛,对她们的香闺,她不仅见过,也听过了不少。她仔细询问了白曼琳的性格、爱好,心里有了底,给张一鸣提了不少建议,武天雄闻所未闻,张一鸣频频点头,连说请嫂夫人多多费心。

武太太笑道:"军长只管放心,明天我就到房子里看看,需要做些什么,到时候我会详细列一张单子给你看,你如果满意,我就开始准备。"

"那我就先谢谢嫂夫人了。"

第二天,他就叫人开始收拾房子,墙壁抹白石灰,朽烂的门窗全部换掉,刷上油漆,空地上的杂草扯干净,碎石块捡出去扔掉。又抽时间把屋里需要的家具,以及如何布置,很详细地画了图纸交给木匠。

三天之后,林天任到学校正式任职,中学部租的是城郊二里处一个地主的房子,依山傍水,环境优美,张一鸣已经派人把房子修缮了一番,在门口挂了一块"建华学校中学部"的牌子。林天任到校之后,立即和筹备组人员一起,开始安排教师招聘,安排食堂、教师宿舍、学生宿舍,制定各种规章制度。学校定于9月初开学,8月下旬,招聘的教师从湖南各地陆续前来报到,有退休的大学教授,有从外省逃难来的大学、中学优秀教师,还有一些专业人才,师资力量之强,超过张一鸣的预想。

一切都按设想有条不紊地进行着,张一鸣此时总算可以缓一口气了,心情也轻松了很多,可是到了8月底,一封从菲律宾发来的电报给了他一个不幸的消息,电报是卫淑贤发来的,说他父亲因为胃部急性大出血,抢救无效,已经去世了。

接到电报,他的心里非常难过,半年来,他们父子之间频繁通信,了解日益加深,张一鸣对父亲的感情也日渐深厚,他甚至想到战争结束之后,父亲回国,一家人重享天伦之乐的情形。如今父亲去世,一切美好的幻想都成了泡影。

一个月之后,他收到一封从菲律宾寄来的航空快信,是他父亲的律师寄来的,那位律师告诉他,按他父亲的遗嘱,他已经拥有橡胶园20%的股份,另外他父亲还留给他10万美元现金,现已替他存入美国花旗银行。"其他3个孩子每人5万美金,"那位律师在信中说,"你父亲说,这样做是希望能弥补他过去没能给予你的。"

看到这里,张一鸣的泪水夺眶而出,他父亲用自己的方式证明了对他的爱,他后悔没有早点让父亲明白自己也是爱他的,如今,子欲养,而亲不在了。

第四篇 战时重庆

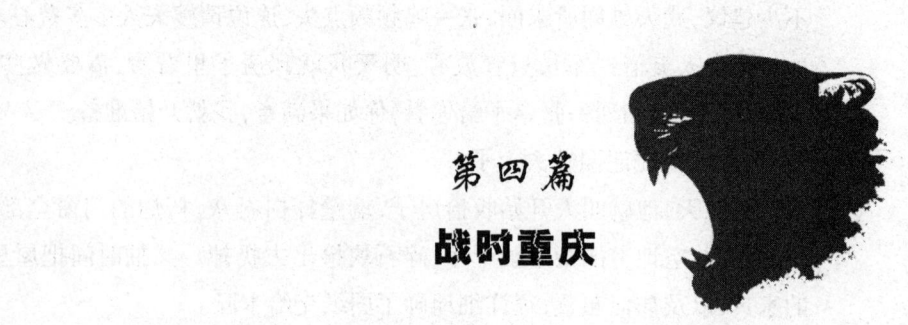

第十一章 遭遇空袭

  重庆的天气,多以阴雨为主,尤其春秋两季,可以一连两三个星期都是连绵不绝的阴雨。这是9月的一天,正是初秋的时节,细雨已经黏滞了十来天不肯离去,这种阴冷潮湿的天气,容易引发人的风湿病。白敬文没有风湿病,但是遇到这种天气,也觉得手臂有点酸痛。他合上面前的教案,轻轻捏了捏胳膊,端起桌上的茶杯喝水。茶杯是空的,他这才想起老校工病了,没来给他泡茶,他站起身,走到另一张桌子去拿暖水瓶。他的办公楼是一幢木质结构的两层小楼,已经破旧不堪,学校又缺乏资金进行修缮,人在上面走动,全楼都有感觉,教员们戏称为"摇台",其中不乏苦中作乐的味道。这里以前是川军的兵营,由于年久失修而被舍弃,白敬文当初挑选这里改建学校,是因为它最初是寺庙,虽然作了兵营,外观上依然保留着寺庙的样子。白敬文认为日本人大多笃信佛教,也许那些日本飞行员不敢轰炸佛像,会对寺庙手下留情,至少到目前为止,学校还没有挨过一颗炸弹,说明他的考虑是正确的。

  他拿了点茶叶放进杯子,倒水泡上,水很烫,暂时还不能喝,他走到窗边,一边轻轻吹着杯里的水,一边望着窗外。雨还没有停,从茅草屋檐下滴下来的水珠,一串串的,像给房子挂上了晶莹剔透的水晶帘子。"水晶帘"外满空都是斜飞的细雨,像洒落的丝线,在微风中飘着,形成的烟水雾气把远处的山和人家,全笼罩了起来,只透露出模糊的影子。对面的一排小山也半被灰白色的云雾所遮掩,从学校后面的平地一直到那排小山的山坡种满了黄瓜、南瓜、西红柿、茄子、豇豆等蔬菜,叶子被洗得绿油油的,衬得西红柿更加鲜红欲滴,茄子也像用紫水晶雕成。那一带原本都是荒地,碎石遍地,荆棘丛生,学校迁来后,因为经费不多,学生的伙食很差,营养不良成了普遍现象。白敬文和老师们商量后,组织学生利用放学和周末休息时间去把石头捡了,砍掉荆棘,开辟出一块块土地,建起了菜园,蔬菜种好了,又到山上砍来竹子,搭起窝棚当猪舍养猪,如今菜园已经完全形成了规模,蔬菜基本能够满足需要,猪肉虽然还是半个月才能吃一次,但分量大增,多少可以让学生们解解馋。

  看着满天云雨,白敬文想起江南现在也应是霪雨时节,此时南京恐怕也是细雨霏霏,连绵不断,既然想起了南京,也就免不了勾起了他的思乡之情,情不自禁地念道:"君问归期未有期,巴山夜雨涨秋池。"

  阴晦的天气容易引发乡愁,音乐室里有人拉起了小提琴,几个声音跟着在唱如泣如诉的《天伦歌》:

人皆有父,我独无;

人皆有母,我独无。

白云悠悠,江水东流。

小鸟归去已无巢,

儿欲归去已无舟。

何处觅源头,何处觅源头?

莫道儿是被弃的羔羊,

莫道儿已哭断了肝肠,

人世的惨痛,岂仅是失去了爹娘?

……

白敬文听了,更添了几分忧虑。"白云悠悠,江水东流",江水可以东流,他却不能顺流而下回到南京。南京经历了那样的浩劫,不知道现在变成了什么模样,他的房子还在吗?如果还在,会不会让鬼子或者汉奸给占据了?几年没人管理,妻子坟头上的草应该很深了吧?有生之年,他还能回去吗?他叹了口气,回家的希望目前看来确实渺茫,眼下的情形实在不容乐观。

宜昌失守后,重庆大门已被打开,日军虎视眈眈,随时准备溯江而上,直扑重庆。整个大后方人心浮动,惊惶不安。一直到了8月底,来自华北的一些消息陆续被各报登载,才人心振奋起来。原来从8月20日晚上开始,中国共产党领导的八路军所属第129师和第123师突然向正太铁路发起全线奇袭,正太铁路是连接山西、河北的重要交通命脉,日军为了保证这条铁路的畅通,不仅在沿线的城镇、车站以及桥梁和隧道附近筑以坚固据点来守备,还经常派装甲车沿途巡逻。自以为安全措施已经万无一失的日军没有料到八路军会突然发起大规模袭击,被打得手忙脚乱,顾此失彼。八路军通过一系列的攻坚战,消灭了不少日伪军,打掉了铁路沿线的不少据点,大肆破坏铁路设施,使其交通完全中断。除破坏铁路外,两个师还彻底破坏了日军重要的燃料基地井陉煤矿,让它半年之内无法恢复生产。为了牵制住其他日军,使其无法脱身增援正太铁路,在袭击正太路的同时,120师也在晋西北袭击同蒲路及其周边的主要公路,给了正太路作战的部队有力的支援。八路军将这一系列战斗称为百团大战,百团大战所获得的显著胜利宛如给抗战意志空前低落的军民打了一剂强心针,使大家重又燃起了希望。

军事上的不利局面虽然暂时得到了扭转,但此时的国际形势却对中国不利。法国投降后,日军见法国国力衰弱,公然进入法国殖民地越南边境,切断了经由越南进入中国的国际援助路线,法国维希政府虽然对日军的挑衅行为极为愤怒,但此时无力顾及远东的利益,只能听之任之。

祸不单行,在欧洲自顾不暇的英国政府为了和日本搞好关系,稳住自己在亚洲的利益,决定牺牲中国,宣布将滇缅公路封闭三个月。中国是个半殖民地半封建的国家,枪炮、武器、弹药等很多战略物资,以及医药、汽油、机械和其他许多工业、民用物资都要依靠进口。日本也清楚这一点,所以抗战开始后就宣布封锁中国的东南沿海,1937年11月,上海沦陷,1938年10月,广州又沦陷,也就是说中国东部和南部的主要港口都沦陷了,中国对外的国际贸易大部分依赖于滇缅公路。英国封锁滇缅公路,对本来就很艰难的中国抗战无疑是雪上加霜。

封锁造成物价飞涨,西药、化妆品、衣料、皮鞋等战前的普通商品如今都已成了奢侈品,价格贵得吓人,普通百姓不敢问津,即使如此,这些东西还是非常稀少,尤其药品,不仅在后方,前线各军队医院也在为缺乏奎宁、吗啡、磺胺、碘酒等常规药品而发愁,很多伤兵因为得不到有效的治疗导致伤情恶化而死。

外交局势严重,民生问题也不容乐观,七·七事变后,日本侵略军陆续攻占了中国沿海和长江中下游一带的富庶地区,这些地区占有中国农业实力的40%和工业实力的92%,是中国政府财政收入的最主要来源地。战前,关税、统税(货物税)和盐税保证了政府开支,尤其是关税,占据了政府全部收入的70%左右,沿海地区沦陷后,关税来源也就断了。加上日军封锁长江,出动飞机不断轰炸铁路、公路和桥梁,严重破坏了中国的交通运输线,造成物品流通困难,商品严重短缺,物价迅速上涨。

同时,由于战争持续不断,前线对兵员的需求一直增加,政府不断地进行大规模征兵,三年内征兵已经多达150万人,加上修建公路、铁路、机场、军事基地和运输军需物资,也需要征集大量的民工,如此一来,造成农村的青壮年劳动力急剧减少,又直接影响到了农业生产,使消费品的供应日趋紧张。连年的战争也使军费大量增加,到了1940年,政府的总支出已经增长了3倍以上,其中国防开支占总支出的73%,政府入不敷出,财政赤字惊人。国民政府以往是依靠发行公债的办法来弥补财政赤字,扩充军费,可现在依靠发行公债已无法满足庞大的开支,便采取了一种剜肉补疮似的办法:大量增加法币的发行量。

法币的大量发行,造成了大后方物价的快速上涨,加剧了投机活动,投机者们纷纷囤积工业原料及其他紧缺商品,转手倒卖以牟取暴利,投机活动加快了物价的上涨步伐,而物价飞涨又使普通民众不敢保存货币,疯狂抢购物品,将钱全部换成实物以保存价值,生怕手里的钱到了明天会变得更加的不值钱,储存粮食和日常消费品已成了大后方的普遍现象。抗战使许多平民沦为赤贫,却产生了一些发国难财的暴发户。投机商和囤积商的推波助澜,使市场的供求矛盾更为加剧,物价进一步上涨,如此一来,便形成了恶性循环。这种情形下，物价上涨的速度明显超过了法币增加的速度。1939年，法币发行指数为305%，物价指数为355%，相差并不很大，而到了1940年，法币的发行指数虽然增加到了560%，但物价指数却猛升到了1276%，增长速度惊人，已经不是普通工薪阶层所能承受的水平。物价的向上飞涨、货币的往下狂贬，使法币对金银和英镑、美金、卢比等外钞的兑换率出现了大幅度的下跌，黄金和外汇的黑市便应运而生，货币的投机使通货膨胀更为加剧，进入了恶性膨胀阶段，人们的生活水平直线下跌，局势迅速恶化。

在这时局艰难、通货膨胀愈演愈烈的情况下，普通民众的生活自然是越来越贫困，而景况最为悲惨的是教师和小公务员，他们单纯依靠薪金生活，而微薄的薪金使许多大学名教授的生活都陷入了困境，普通教员就可想而知了，许多人都不得不咬紧牙关忍受着穷困和疾病的折磨。

通货膨胀虽然严重，但只要还有一口饱饭吃，也勉强可以稳定民心，可这个时候，作为抗战后盾的四川却在闹着粮荒。四川号称天府之国，尤其是称为"川西坝子"的成都平原一带，历来有着"小江南"的美称，是有名的粮仓。可是天公不作美，抗战以来，四川连年干旱，导致粮食大幅度减产，随着越来越多的难民，伤残官兵，政府机关、学校、工厂和其他各种单位的人员不断涌入，加上还要保证在川部队以及前线军队的军粮供给，昔日的粮仓不堪重负，以至于产粮之地吃饭也成了难题。粮食的紧张迫使人们争先恐后地把手里的钱换成粮食，导致米价暴涨，有时甚至出高价也很难买到米。为了稳定后方，中央政府联合四川军阀，联手打击不法粮商，采取强硬手段查禁囤积居奇，并规定所有粮商不许再有囤米，以稳定粮食市场，但是，粮商所囤的米谷并不多，即使这样用高压政策缓解市场粮食紧缺的措施也没能奏效，粮价不但丝毫没有下降，反而比以前涨得更凶了，吃饭成了越来越多的家庭面临的首要问题。白敬文更是忧心忡忡，几千学生的吃饭问题像巨石一样横亘在他的心头，学校存粮已经不够吃10天了，而派出去购粮的庶务科汪主任却至今没有回来，这也难怪，粮价涨了，拨下来的经费却没有涨，为了买到便宜些的粮食，汪主任只能到远离城市的地方去购粮，耽误时间在所难免。

"白校长。"

有人打断了他的沉思，他回过头，只见门口站着一个30来岁的人，穿一件旧蓝布长衫，已经洗得又白又薄，人很瘦，脸色苍白，使他略带了几分病容,这是中文系的副教授李孝谦。白敬文招呼道:"是孝谦啊,你在门口站着干什么?怎么不进来?"

他进来了,嗫嚅着说道:"白校长,你不忙吧?我想打扰你一会儿。"

"我不忙,你坐吧,慢慢说。"白敬文看出他有心事,拖了一把椅子给他,自己在他对面坐下,问道:"你找我什么事?"

李孝谦扯了扯长衫,显出一点局促不安的样子,苍白的脸也有点发红,拿出一封信递给白敬文,说道:"校长,我,我要辞职。"

白敬文一惊:"辞职?为什么突然要辞职?"

李孝谦苦笑道:"还不是因为穷的缘故。我们这抗战打了三年多了,也不知道哪一年才能结束,物价天天在涨,就是我们的薪水不见涨。进商店买点东西,人家看到我们这些穷教员,就连小伙计都敢翻白眼看不起我们,读了十几年书,落到这种地步,想想都觉得不是滋味。其他东西涨了也就算了,我不买就是,可是饭不能不吃啊,米价这么高,再涨下去怎么得了。"

"孝谦,你是个很优秀的教员,我一直很器重你,这你是知道的。我已经给教育部打了报告,提升你为教授,大概就要批下来了,你现在要走,多年的心血付诸东流,不是太可惜了吗?"

"谢谢你,白校长。这么多年,你一直都很关心我,我也一直铭感于心。可是,我实在不能……已经答应了人家,人家现在发信要我过去,我不能够出尔反尔。"

"你要去哪儿?"

"汇金银行。"

银行职员的薪水高,是很多人为之羡慕的职业,要想在银行谋职很不容易,白敬文知道自己留不住李孝谦了。"什么时候去?"

"我明天就不来上课了。"

"明天?"白敬文一惊,"孝谦,你要另谋高就,我不能阻拦你。可是,你能不能把这个月的课上完或者稍微缓几天?我需要时间聘请新的老师,如果太仓促了,请不到好老师,对学生难以交代。"

李孝谦脸上现出羞愧的神色,说道:"我对不起校长,也对不起我的学生们。"

"你真的不能等?"

"我没办法,银行经理要我明天一早就去上班。重庆现在找工作很难,盯着那个职位的人很多,银行方面不会空着位子等我。这份工作对我,不,是对我的家庭,非常重要。校长,我要养活双亲、太太、两个孩子和一个弟弟,按照国家关于公教人员供应平价米的规定,我只有父母、太太和孩子的份额,我的弟弟没有资格,家里还得买一点黑市米,学校这点薪水早就让我捉襟见肘,逃难带出来的一点东西能当的都当了,如今一贫如洗,家里已经好几个月没见着肉了,就连蔬菜也不敢保证能天天吃,我们平时就用盐炒一点辣椒末当下饭菜,如果米价不涨,我还可以坚持下去,可如今米价暴涨,我实在难以支撑了,眼下我太太又有了身孕,我不能不……"

白敬文打断了他的话,"家里这样困难,你为什么不告诉我,我私人可以帮助你。"

"谢谢你,校长。这些年你帮了我很多,我不想再麻烦你,何况照眼下的情形看来,战争近期内恐怕结束不了,我不能一直靠你,"李孝谦本想说施舍,考虑到这么说辜负了校长的一片好意,换了两个字,"帮助我。"

他又叹了口气,说道:"国难时期,我本应坚守岗位,抱持清贫,如今却要与鸡鹜争食,失去了读书人应有的气节,实在愧对校长,也无颜面对我的学生,学生那里,就麻烦校长代我致歉了。唉!"

白敬文知道他为人笃实,听他说得痛苦,倒不好再说什么,反而安慰了他几句。把他送走,白敬文开始考虑新老师的人选,把认识的和听说过的人在头脑里过滤了一遍,他选中了一个人,这人名叫赵信哲,是个颇有名气的老教授,战前就已退休,如今跟着大儿子住在重庆,他的大儿子是一个有名的外科医生,在重庆开着私人诊所,家里条件不坏,他肯不肯出山很难说,但白敬文还是决定亲自去一趟重庆。

他把李孝谦辞职的事通知中文系甄主任,请甄主任暂时代一代李的课,又把自己要聘请赵信哲当教授的事情告诉了副校长,副校长当然赞同,于是他第二天清早就坐了第一班公共汽车进城去了。

到了赵家,他把名片递进去,赵信哲的小儿子接待了他,告诉他因为市区空袭频繁,已把父母疏散下乡了。白敬文问明了地址,便告辞出来,准备到汽车站再坐车下乡。出了赵家,那几个轿夫已经不见了,他只得一面走,一面寻找滑竿。雨昨晚就已停了,此时天气晴朗,天空像洗涤过一般,蓝得格外纯净,几片薄纱似的白云悠悠地飘荡着,耀眼的太阳高挂在天上,将阳光无遮无拦地洒了下来。按照经验,白敬文知道这样晴好的天气,敌人的轰炸机不会不来光顾,他看了看手表,已快到9点钟了,敌机说不定已经出发了,他加快了脚步。

走了两里多路,他突然听到警报器发出了"呜呜"的响声,同时也看到前面的山顶上,非常显眼地耸立着一根挂警报球的旗杆,旗杆顶上横钉着的一根木棍上,已经悬挂了两个红色的大纸球,那通红的颜色,在强烈的太阳光下,分外的刺眼,经历过轰炸的人,神经立刻紧张起来。白敬文呆了一下,挂了两个红球,表明情况是相当紧急的,这一带地方他又不熟,得立刻找防空洞,因为挂了两个球以后,通常不会超过一个小时就要落下来,只要旗杆上的红球一落,敌机一般在10分钟之内就会临头。白敬文在重庆住得久了,知道防空洞大多修在山下,也不犹豫,马上就向那山脚走过去。走到山后,山的另一边坡度较陡,半山腰上,果然开凿出两个防空洞,山上、山下的人都纷纷向洞子涌去,他也快步跟了过去。

山下通往防空洞的是一条石板铺就的人行路,约有两尺来宽,走在白敬文前面的是两个妇女,一个背上背着婴孩,左手拎着小包袱,右手提着小皮箱,另一个肩上挂着一个大包袱,双手抱着一个2岁大的孩子。走了一阵,背着婴儿的那个操着苏白说话了:"快放紧急哉,阿走快些。使本鬼子真格可恶!"

另外一个一边喘着气,一边用京腔回话:"是啊,一大清早就放警报,这日本鬼子真折腾人。我听我家先生说,日本鬼子在广播里宣传了,只要这天一放晴,就要对我们实行疲劳轰炸,天要是晴个十天八天,他们就要来炸个十天八天。张太太你说,这要真炸个十天八天,那可怎么得了?孩子首先就吃不消。战争期间,有了孩子真是累人,早知道这样,就不该结婚。"

"李特特,这话只好摆勒肚皮里面格,说出来勿用,李先生知道末,也勿高兴哉!"

这南腔北调的对话,换了平时,一定会让人忍俊不禁,此刻在大家的耳朵里听来,却感到了一点压力,都怕那北平太太说的疲劳轰炸是真的。白敬文走了一段路,来到了第一个防空洞,洞子门口,站着一个穿了灰色制服的防护团丁,一面监视着洞口的秩序,一面查看每个人的入洞证。他走到洞口,向防护团丁解释,他是路过这里,所以没有入洞证,希望能通融一下,让他进洞躲一躲。防护团丁拒绝了,说洞子的人数是定下了的,没有入洞证,就不能进去。白敬文还想再说,一个老人牵了一条大黑狗要进洞,也被防护团丁拦住了,老人说他孤身一人,这狗是他唯一的伴侣,他舍不得把它丢在外面炸死,希望能带它进去。

但是防护团丁说什么也不许狗进去,老人急得眼泪都出来了:"你们讲点道理行不行?它是一条好狗,聪明极了,忠心极了……"

后面的人有的帮老人说话,认为多条狗也没什么,有人反对说狗会咬人,不能放进去。老人再三恳求:"我可以保证,这条狗性子很温顺,从来不咬人,再说,它也是条命啊。"

白敬文见防空员一心在狗身上去了,把自己忘在了一边,也不敢耽误时间,赶快奔向第二个洞,又把原因向守在洞口的防护团丁说了一遍,防护团丁中有一个40多岁的人,样子比较和气,白敬文后来才知道他是洞长,他见来人气度雍容,倒也没有为难,挥了挥手,让白敬文进去了。

白敬文进了洞,环顾了一下,这个洞子是人工挖掘出来的,洞子里点着几盏菜油灯,用铁丝将灯壶绕住,挂在洞顶的木头横梁上。借着昏暗的灯光,他看见洞子很大,里面整齐地摆放着长凳,躲空袭的人一个挨着一个坐着,已经坐满了人,有的在看报纸,有的在聊天,还有几个小孩子在为铁蚕豆的分配问题大声争论着,这场景很像等待演出开场的剧院。洞子尽头还往里挖着两条窄窄的隧道,顶上也点着菜油灯,右边的角落挖了一个小洞,里面有一张桌子,桌上放着一部电话,像一间小办公室。一个穿着制服的防护团丁,就在办公室外站着,四下张望,他的身边放着两只盖着盖子的大木桶,桶上都写着八个字:清洁饮水,保持卫生。

洞里人多,白敬文只得横着身子,在人堆里挤着,穿过洞子,走进左面的隧道,里边面对面放着两排长凳,也已坐了不少人,很像大城市里的有轨电车车厢,隧道顶上挂着一排铁皮做的菜油灯,像一条火龙似的延伸进去。一个左臂套着红十字袖章,身上背着简易救护箱的人,正由隧道往外走。他侧身让过对方,找了个空位子坐下。

隧道里很快坐满了人,因为紧急警报还没响,大家显得比较轻松,嘤嘤嗡嗡的谈话声不绝,不知道有人说了什么笑话,引起周围的人一阵哄堂大笑,颇有谈笑挥敌的态度。他的左侧并肩坐着两个年轻太太,也在大声地说着话,一个一边用旧毛线织毛衣,一边抱怨警报响得太早,还没来得及买菜,不知道晚上回家吃什么,由买菜谈到做菜,两人交流起了做菜的经验,在谈到如何炖鸡的时候,两人争执了起来,一个认为要先用油煎过,一个坚持不要,争到后来,一个首先笑了起来:"我们两个真傻,真无聊,猪肉都难得吃一次了,还争论怎样吃鸡。"

另外一个也笑了,随即又叹了口气:"想想战前,一个月吃一只鸡不是什么难事,可如今我都快忘了鸡是什么味道了。我最喜欢吃我妈做的凤鸡,香极了,等将来回了南京,我一定请你到我家,让我妈好好做一只给你吃。"

"好,到时候我也请你到济南,我煮一锅咱济南的糁,也是用鸡做的,那味道……不说了,想起来我都要流口水了。"

"馋猫,嘻嘻。"

"是谁先说想吃鸡的?你敢承认你不馋嘴吗?你说呀,敢不敢?"

两个妇女咯咯地笑着,扭作了一团。白敬文暗想,敌人对后方实行轰炸,对前方的军事并无影响,无非是想用轰炸对后方的老百姓实施精神上的打击,摧毁大家的抗日意志,或许日本人以为,抗日意志丧失了,中国人自然会曲膝投降,甘心为奴,眼前这番情形不啻是对日本人的绝大讽刺,想用炸弹来炸服一个民族,是多么的荒谬可笑。

有几个男人在讨论着战局,由国内而转到国外,都奇怪着号称"日不落帝国"的大英帝国和法国这两个世界强国联手,居然打不过德国。"即使打不过,也不应该败得这么快,总该支持几年吧,哪晓得才一个多月就被希特勒给赶下了海,英国佬一向傲慢自大,这下可栽了个大跟头,丢脸丢到了姥姥家。"

"法国更丢脸,还投降了。你们知道投降书是在哪儿签的吗?就在上次大战德国人向法国人签投降书的那节火车车厢里,希特勒这小子还真想得出来。"

这时,只听到洞外响起了"呜呜"的军号声,紧跟着,洞长也吹响了哨子,然后大声喊道:"响紧急号了!大家安静!没坐好的赶快坐好!"

其实不用他喊,大家听到军号声和哨子声,早停止了说话,刚刚还热闹得如同菜市一般的洞子里已变得鸦雀无声。不到10分钟,有人轻轻说道:

"来了！来了！"然后听到办公室里电话铃响了，洞长接了电话后，出来压低声音向大家报告："接到上峰电话，敌机72架，已到了重庆市上空，我高射炮和高射机枪正在射击。"

洞里的人全静悄悄地坐着，泥塑木雕似的动也不动，白敬文看着对面，他的对面坐着一对年轻夫妇，带着一个3岁左右的小男孩，那孩子缩在母亲怀里，两只手死死抓着母亲的衣袖，嘴巴紧紧地闭着，一脸恐惧的神色，脸上带着一副想哭却又不敢哭的表情。白敬文看着，心里不由自主地涌上了一阵愤慨，三四岁的孩子，他懂得什么战争？而日本人却将这无辜的幼童，一起卷入了战火中。不知道那些日本轰炸机驾驶员是否也有孩子，如果有，他们向中国的城市投掷炸弹时，可曾想到过会炸死许多和他们的孩子一样天真无邪的孩童？

过了一会儿，他清楚地听到了飞机嚓嚓嚓的声音，而且不止一架，就在头顶上盘旋，犹如闻到了猎物气味的鹰隼，正在仔细地搜寻猎物的藏身之处。洞子里的人都吓住了，一个个望着洞顶呆若木鸡，做父母的紧搂着自己的小孩子，小孩子也感受到了大人的恐惧，再淘气再好动的孩子此时也紧靠着父母，连大气都不敢出，洞子里一片肃杀的寂静。白敬文的心头也是怦怦乱跳，两个拳头不由自主地紧紧握在了一起。

这个洞子位于市中心，敌机轰炸的目标，主要就在这一带。只听见前后左右，不断传来炸弹的爆炸声，而那嚓嚓嚓的飞机马达声，也始终在头上盘旋，仿佛舍不得离去。也不知道过了多久，一股猛烈的风突然从洞口冲了进来，洞子里的菜油灯顿时被全部吹灭。不少人惊恐地喊叫起来，有些妇人和孩子则吓得放声大哭。洞长嘘嘘嘘地吹了几声哨子，大喊着"镇定"，说道："不要紧，这风是冷风，炸弹落的地方离我们远着呢，大家不要慌，镇定一点，我们这洞子非常坚固，安全得很。"

他一面说着，一面打开手电筒，照着另一个防护团丁把油灯逐一重新点上，人群中也有人帮忙，擦着火柴把自己附近的点燃。就在这时，头顶上传来了更加猛烈的飞机发动机声音，似乎来的是一个机群，恐怕有好几十架，听得洞里的人心惊肉跳，不由自主地连声说"又来了！又来了！"洞长也嘶哑着嗓子说道："镇定！镇定！不要说话，敌机就在我们上头。"

洞子里又安静了下来，大家的神经，都被头上那恐怖的声音绷得紧紧的,有妇女孩子忍不住恐慌,用手蒙着嘴,嘤嘤地哭着,那压抑的呜咽声让人听了更加紧张。大概过了半个小时,突然"轰隆"一声巨响,没等大家反应过来,又是"轰隆"一声,整个洞子剧烈地摇晃起来,里面的人不由自主地往后一仰,有些没坐稳,倒在了后面的人身上,随后一阵狂风夹杂着碎石和沙子,猛地扑进了洞子,洞子里所有的菜油灯,也随即完全熄灭,那嘤嘤的哭声,立刻变成了号啕大哭。

　　白敬文的头在洞壁上狠狠地撞了一下,有点发晕,好一会儿才回过神,回想起这风是热的,还夹带着许多砂石,一定是附近中了弹,心下焦急,身子也剧烈地抖动起来,但很快就明白不是自己发抖,而是坐在自己左面的妇女,她虽然没有哭,但颤动得特别厉害,周身都在发抖,哆嗦得就像秋风中的枯叶一样,把她旁边的人都给带动了。白敬文也很紧张,见她怕得厉害,倒想着要安慰她,说道:"太太,别害怕,炸弹已经炸过了,现在没有危险了。"

　　那妇女抖抖索索地说道:"这风是热风,炸弹落得很近,会不会把我们活埋了?我听说上次在菜市口有个洞子,炸弹落在洞口爆炸,把洞口堵了,里面的人全憋死了。"

　　"不会,你看那边有光,说明洞口还好好的,没有堵。"

　　黑暗中,洞长又在大声喊话了:"镇定!镇定!大家不要慌,这洞子在山下面,上面有很厚的岩石,坚固得很,炸不垮,你们不要怕!要是大家乱动,一拥挤,说不准会出什么乱子,要是人踩人,出了事那才犯不着。大家都坐好!都坐好!不要动!"

　　过了一阵,大家发现确实没有事,也就慢慢恢复了平静,依旧静悄悄地坐着。那哇哇大哭的人,除了一些小孩子和特别胆小的妇人还在低声哼着,其余的也都停止了。可是这一次爆炸过后,敌机并没有就此离去,那沉重的马达声,依然非常清晰地在头顶上响着,似乎还在这里寻找第二次投弹的目标。大家的神经,不仅丝毫没有放松,反而绷得像拉得太紧的胡琴琴弦,几乎快要断掉。不知道过了多久,马达声由近而远,最后终于消失了。黑暗中,只听见有人吁了口气,轻轻地说道:"好了,飞机过去了。"

　　紧接着洞长也说道:"不要紧,敌机过去了,大家镇定!"

　　大家一直悬着的心,这时稍稍放下了些,洞子里的低泣声,也就逐渐消失了。又过了半个小时左右,天空里的马达声,虽然没有再来,但防空司令部的电话却来了,洞长接了电话,照例向大家报告:"敌机还没离开市区,正在磁器口投弹,我高射炮在还击,大家尽管放心。"

大概又过了10来分钟,洞长又报告说:"第一批敌机,已经离开市区,向东飞去。"

洞子里哄然一下,大家不约而同地出了口长气,随即说话声、咳嗽声响成了一片,有胆子大的,干脆走到洞外去透空气,立刻就在洞口惊叫起来:"糟了!糟了!对面山上中了弹了!"

洞里的人基本上都是附近的住户、商人、店铺伙计和小贩,听见对面被炸,在那一带生活或上班的人立刻慌乱起来,不少人站起身就往外走。一个防护团丁赶紧吹起哨子,挥着手喊道:"快回来!不要动!都坐好!还没解除警报,你们不要去!不见得就是你们家被炸了,再说,真要是被炸了,这个时候,也找不到人帮忙,去了也没有用。"

站起的人,大部分又坐回去了,只有几个男人实在不放心,依然出去了。两分钟后,洞口有人喊道:"挂起两个球了,大家可以出来了。"

同时洞长也说话了,"上头通知,第一批敌机已经离开重庆,但是不解除警报,因为第二批飞机,已从汉口起飞。想吃午饭的人,可以回家去吃,不过要快点,不要耽搁太久。"

白敬文听了这话,这才感到肚子饿得火烧火燎似的,嘴里也直冒清口水。他天不亮就起来,忙着坐车进城,没来得及吃早饭,从赵家出来就遇到空袭,更是把吃饭一事忘到了脑后,这时已是中午,怎不饿得难受?按照经验,他知道日机再来轰炸,最少也得在洞里待两个小时以上,得快出去买点东西吃,再饿上几个小时可就经受不起了。

他不敢耽误时间,立即站起身,向外面走去,洞子里也陆续有人往外走。有的是赶着回家吃饭或给家里人拿点吃的,有的是因为对面山上挨了炸弹,心里担心,有的是在洞里待久了觉得憋闷,出去透一透气。白敬文随着他们一起走出洞子,顿时被阳光照得连眼睛都睁不开。防空洞里光线昏暗,在洞子里待久了,就好像在电影院看下午场,完了总以为是深夜,出来才知道天还大亮着。此时正是中午1点钟,烈日当空,射出的光芒十分强烈,让刚从昏暗的防空洞里出来的人有恍如隔世之感。

第十二章　炸弹下的民众

出洞以后,所有的人首先向对面小山上望去,一看之下,都不约而同地叫着"真惨"。对面山腰上是半条小街,说它半条,是因为马路的一边是山坡,一边是吊脚楼似的房子,这种房子是将客厅和卧室建在马路边上,而在后面的悬崖上用竹子和木柱支撑起一间小屋权作厨房。街上挨了两枚炸弹,将十几幢房子,完全炸塌,倒塌的废墟上,不少地方还在冒着白烟,那个撑在悬崖上的小厨房,也全都震垮了,碎瓦片、木板、竹竿落在悬崖上生长着的小树和灌木丛上,像倒了一坡的垃圾。废墟旁边有不少人,有的忙着往冒烟的地方泼水,有的忙着将压在断木碎瓦下的东西拉出来。从洞口到小街的直线距离不到50米,可以很清楚地听见人们咒骂日本鬼子的声音和家被炸了的妇女凄惨的哭声。站在白敬文旁边的一个老人说道:"好险,要是偏一点,就落在我们这里了。"

另外一个人说道:"那里是贫民区,除了破房子,什么都没有,连这也要炸,日本鬼子简直是在发疯。"

又有一个操着川语说道:"你们看,下马路那边好大的烟子,怕是着了燃烧弹,那边的房子,基本上是木头的,点着了救都没法救,这一下怕不烧个精光?"

白敬文朝他指的方向望去,那边阵阵浓厚的黑烟直往上冒,一团团的积在半空里如同乌云一般,看样子有一大片房子被烧,敌人扔下的燃烧弹,决不会是一颗。

有人恨恨地说道:"日本鬼子的心也太恶毒了,对居民区都轰炸得这么狠。"

"鬼子的飞机这么猖狂,想来就来,想去就去,我们的飞机都到哪里去了? 只要有几架战斗机守在这里,日本的轰炸机就不会有这么大的胆子,在上海的时候,我就亲眼看见我们的一架飞机,打下了日本两架飞机。"

"听说我们的飞机已经剩下不多了,连前线都保证不了,还管得了后方?"

"炸就炸吧,不经历这样的轰炸,我们又怎么知道前方的将士,过的是怎样的生活?"

"我们当然不能同前线的战士相比,可我们这样年年月月没完没了地受罪,还真不如到战场上去,要是被敌人的子弹打中,眼睛一闭也就什么都不知道了,不用再为物价上涨、养家糊口伤脑筋。"

"管他呢,我也想通了,日本鬼子真要把我那点破家烂什给炸了也好,反正人到了山穷水尽的时候,什么都顾不上了,大不了我把孩子送到难童院,把太太送到救护队当看护,我自己到前线去扛枪打仗。"

"闲话归闲话,但是不管怎样,重庆现在是抗战首都,怎么也该安排几架飞机作防空之用。"

"前方战事不利,如今连宜昌都丢了,等于重庆的大门,已向敌人完全敞开,就算在重庆增加几架飞机,又有多大作用?"一个穿着长衫,戴着眼镜的30岁左右的男人说道:"政府领导无方,军队作战不力,我们当老百姓的除了挨人家的轰炸,过这种受罪的生活,还能怎么样呢?我已在《渝江晚报》上写了一篇社论,呼吁政府调整军事战略思想,改革军队,加强军人的斗志,提高部队的战斗力,给大后方民众以长期抗战的信心……"

"怎么,挨了敌人一点炸弹,你就开始抱怨,就对抗战失去信心了?"有人愤怒地说道,这是个30多岁的健壮男子,穿着一身旧军装,右边的袖子里空空荡荡的,胸口上还佩戴着"残废军人疗养院"字样的徽章,军装上面虽然没有军衔,但从颜色上看,他以前应该是个军官。他一直站在那里听着,这时忍不住开口了。"我最瞧不起的就是像你这样的文化人、知识分子,抗战之前整日里一副慷慨激昂的模样,到处宣传抗日救国,动不动就骂这个是汉奸,那个是懦夫,可是战争一打响,你们这些人有几个到了抗日前线?鬼子还没打到眼前就吓得屁滚尿流,想尽办法拼命往大后方跑,什么抗日救国,什么民族大义,全给丢在了脑后,就算别人不骂你们,你们也该感到惭愧,该闭上嘴巴才是。你们一天到晚抱怨军队作战不力,那你们为抗日又作出了什么贡献?还要在这里大言不惭地讲抗战信心,我都替你们脸红。"

残废军人耸着鼻子,冷笑了一声,继续说道:"当然了,你们文化人的性命,比起我们这些丘八的性命来要值钱得多。可是眼下国难未除,前方将士还在浴血奋战,你们这些知识分子躲在大后方坐领国家薪俸,享前方将士之福,还要口出怨言,说你们在受罪。你知道什么叫受罪吗?你在满是积水、烂泥的壕沟里待过几天几夜吗？你喝过倒着死尸的臭水吗？你知道受了伤，半死不活的滋味吗？你受过重庆的空袭，可你知道前线日本飞机扔下的重磅炸弹有多厉害吗？一颗就能够炸出一个三四丈深的大坑，把人炸得连尸体都找不到，已经炸成碎片了，上哪儿去找？而爆炸飞散的弹片，可以溅出去几百丈远，只要挨了一片，就足以让人血肉横飞，但是不管敌人的子弹有多密，轰炸有多厉害，只要冲锋的命令一下，就得端着刺刀冲上去。你自己想想吧，你要是处在这种环境，你会怎么样？我看你恐怕只会吓得瘫在地上，动弹不得，而我们的战士，却是长期在这种环境下生活。你不是认为在这里是受罪吗，那干吗不到前线去，同前线战士一样，在炮火连天的战场上流血牺牲，去感受一下什么叫做受罪！"

戴眼镜的人是《渝江日报》的编辑，一向以爱国者自居，至于不上前线是否算得上爱国，他则用政府所作的"抗战勿忘建国，各人应当站在自己的岗位上努力"的宣传来自慰，认为自己不过是一个手无缚鸡之力的书生，扛枪打仗的事还是交给军人去做，自己只要坚守岗位，不做蝇营狗苟之事，也算为抗战尽力了，由此一想，也就心安理得起来。可是残废军官对他的指责，不仅有理，而且说得毫不粗俗，直戳到了他的心上，他觉得无论找什么理由都难以替自己辩解，红着脸悄悄地走开了。

白敬文想起了自己阵亡的儿子和还在前线的准女婿，对残废军官的话深为赞同，问道："先生是在前线受伤的抗战军人吗？"

"抗战军人"这个称呼让残废军官感到满意，和缓了语气答道："是的，我是第33集团军的，"又骄傲地补充了一句："就是张自忠将军的队伍。"

"你的伤可是在枣宜会战时受的？"

"不错，我当时在军部特务营当营副，特务营你知道吧？"

"我知道，"不等白敬文回答，旁边有人插话了，"特务营跟着张总司令在南瓜店作战，全营的人都牺牲了，你一定是在南瓜店之前受的伤。"

残废军官冲着那人点了点头，"兄弟说得没错。我是在襄河作战的时候被日本鬼子的大炮炸断了胳膊，送到了医院，要不然也肯定一起去了南瓜店，现在也一样成了烈士了。"说到这里，他的脸色又转愤怒，"所以一听到那些躲在后方的人骂我们作战不力，我就忍不住要发脾气，他们就知道躲在后方说大话、空话，也不到前线去看看我们打的是什么仗，我们是用简陋的武器与敌人的全机械化部队拼命！我们真要作战不力,这半壁江山能保得住吗？只怕他们连这大后方都没得躲了！我们当军人的,看重的就是军人的荣誉,流血牺牲是我们的责任,但流血牺牲换来的不是荣誉而是指责,这是哪个军人都忍受不了的。老先生,你说是不是?"他似乎很看重白敬文的态度,殷切地问了一句。

"当然是,"白敬文肯定地回答,"我认为我们的军队是英勇的,除了跟着张自忠将军一起牺牲在南瓜店的特务营和74师官兵,其他像这样全旅全团全营同时英勇就义的还有很多,守南口的罗芳珪团,宝山的姚子清营,大场葛家牌楼的秦庆武团,湖南比家山的史恩华营,当然,还有很多我不知道的,他们的勇敢和牺牲精神并不亚于斯巴达的三百勇士。如果说斯巴达三百勇士是希腊民族为之骄傲的英雄,那么他们就是我们中华民族的英雄,值得我们骄傲与崇拜,值得后人景仰与缅怀。"

旁边的人纷纷对白敬文的话表示赞同,有人甚至对那些只会说大话、空话的人表示了愤慨。残废军官伸出剩下的那只手,使劲握住白敬文的手,嘶哑着声音说道:"老先生,谢谢你说得好！我的心里好受多了。"

这时,洞长又站在了洞口,大声地说道:"刚接到防空司令部电话,第二批敌机,已在巴东发现,要吃东西的快点去,飞机一过万县,说不定球就要落下来了。"

洞里躲空袭的有一个小贩,每天挑着担子在附近街上卖点凉面、煮花生、咸鸭蛋之类的维持生计。按照防空规定,担子不能挑进洞,他便把担子放在洞子附近的草丛里藏好才进洞,这时又把担子挑了出来,就摆在洞口卖。洞长的话一完,立刻就有一群人围了上去,白敬文是敦厚君子,年纪又大了,不便去挤,等到他去买时,小贩告诉他其他的都卖完了,只剩几包铁蚕豆,他下意识地摸了一下脸颊,摇头苦笑道:"我这牙离退休已经不远了,这年轻人吃的东西可享受不了。"

小贩说道:"你下山往左走,有一家馒头铺,你到那里去看看,也许还有卖。"

白敬文谢过了他,赶紧下了山,按小贩说的往左走,山下的马路,此时空荡荡的没有一个人,两边的住户,门窗都紧紧地闭着,也不曾传出一点声音,整个城市好像死过去了,沉郁得没有一点生气。白敬文看着眼前的情景,心里有一种梦幻般的感觉,仿佛自己在这里梦游,一切都是不真实的。

往前走了一段,他见到了一家小铺子,门半开着,门口油黑的桌子上放着一个蒸笼,里面还剩了五个洒着黑芝麻的大馒头。他快步走过去,走近了只见那馒头上的黑芝麻竟然动了起来,嗡嗡地绕着馒头飞着,原来全是些大苍蝇,而且那些馒头看起来也是硬邦邦的没有一丝热气,也不知道什么时候蒸的,他的肚子虽然还饿着,也不禁对那些馒头失去了胃口。他又继续往前走了一段路,街道两边的铺子全关着门,唯一看到的一家小饭馆也上好了门板,老板肩上挂着一个包袱,正在上锁,看他那副紧张匆忙的样子,白敬文没有问他,也不敢再往前走得太远,毕竟警报还没解除,心想非常时期,还是将就一下吧,不去管它卫生不卫生了,填饱肚子要紧,又掉转身回到那馒头铺。店门口已经有一个人站在那里买东西,店老板站在门里,一边拿着一张旧报纸包着馒头,一边说:"只有这些了,都卖完了。"

那人摸出钱扔在桌上,接过纸包转身就跑。白敬文心里暗暗叫了一声"糟糕",虽然知道希望不大,还是抱着试一试的心态,向前问道:"老板,还有什么吃的东西吗?随便什么都行,卖一点给我吧。"

店老板埋头收拾着桌上的蒸笼,头也不抬地说道:"没有了,全部都卖完了。你到别处去问吧,我这就关门了。"

他说完,直起身想去拿门板,两人对面一看,都呆了一下,白敬文"咦"了一声,认出他是黄老板,南京的时候,在学校大门的对面开了一家饭馆,自己有时也在那里吃饭,所以认得。他手艺好,待人又和气,店堂也整洁,馆子生意很好,一直踌躇满志地打算着把馆子扩大规模,改成酒楼,不想现在竟沦落到开这种肮脏的小馒头铺,所以惊讶得"咦"了一声,说道:"原来是黄老板,你也到重庆来了?"

"我一家人都来了,到了这里想开饭馆本钱又不够,只好开个小铺子,卖点包子馒头,好歹把一家人的生活维持下去。"他也不再多说,回身从地上提起一个竹篮放在桌上,揭开盖在篮子上的布,拿出一块冷大饼和两根秋黄瓜,顺手拿了一张旧报纸包好,递到白敬文手里,说道:"白校长,馒头确实没有了,这些是我准备给家里人带去吃的,匀点给你。"

白敬文放下纸包就去拿夹在腋下的皮包,黄老板一看他的动作,知道他要拿钱,忙拦住说道:"白校长,这点东西值不了几个钱,就不要拿了。钱这东西,生不带来,死不带去,如今大难临头,说不定一个炸弹下来命就没有了,钱再多又有什么用?出来了这么久,球恐怕就要落下来了,你快回防空洞去吧,我也要关门了。"

白敬文听他这么说,也不和他客气了,道了谢,拿起纸包,赶快往回走。刚爬上山坡,只听到有人大声喊着"球落了",他抬头一看,山顶旗杆上的两个红球果然落下去了。他丝毫不敢迟疑,赶紧三步并作两步跑上了山坡。当他气喘吁吁地走进洞子时,洞里的人员大部分都已经落了座。他穿过人群,依然坐回到原来的座位,把皮包放在大腿上,打开报纸包,开始吃自己的午饭。

对面的一家三口吃的是冷馒头和地瓜,小男孩坐不住,一边啃着地瓜,一边东奔西跑,一刻也不肯停,他父亲追来追去追烦了,大声呵斥起来,男孩不听,他父亲生气了,伸手在他背上拍了几下,他立刻坐在地上,双足乱蹬,放声大哭起来,他母亲心疼儿子,赶快弯腰把他抱起来,一面从手提袋里拿出一小包煮花生米哄他,一面指责他父亲说:"这么大一点孩子,懂得什么?你好好说不行吗?非要用武力来镇压。"

空袭的时候,很多人因为紧张的缘故,心情比较烦躁,男孩的父亲本来心头就郁积了一股无名火,这句话就像冷水倒进了热油里,顿时就炸开了。"我一教训孩子,你就教训我,孩子这么顽皮,全是你给惯的。"

"怎么是我惯的?"太太心情也不好,受到丈夫指责也生气了,声音大了起来,"孩子一淘气,你就怪我。子不教,父之过,你这当爸爸的怎么不把孩子教得乖些?"

"为了养活你娘儿俩,我一天到晚忙得骨头都快散了,我有时间管教孩子吗?"

"你忙,我就不忙吗?家里请不起佣人,买菜做饭带孩子全是我一个人,我轻松吗?"年轻太太看看两边的人都朝自己看,觉得不便在公共场合吵嘴,忍了气道:"算了,我不跟你说了,等空袭完了,我再跟你讲理。"

"你要讲理趁早,待会儿炸弹落下来,万一把我炸死了,你想讲理都没机会了。"

旁边一个老太太赶紧劝道:"年轻人,吵归吵,这种话可说不得,要触霉头的,你快念几声'菩萨保佑'吧。"

小男孩似乎对花生米很感兴趣,坐在母亲怀里认真地吃着,不再乱动,也就将他父母之间的冲突给化解了。

白敬文食量小,吃了大半个大饼和一根黄瓜已经饱了,便把剩下的包好放进皮包里,双手抱着皮包,头往后仰着,背靠在洞壁上,闭着眼睛养神,竟不知不觉地睡着了。迷迷糊糊中,总觉得头顶有嚓嚓嚓的声音,也不知道是做梦还是敌机真的来了,直到外面炸弹落地,才把他惊醒过来。整个下午,敌机一批一批地来了又去,去了又来,根本没有间断的时候,他没有出洞的机会,也就没有办法吃到晚饭,只把剩下的小半个大饼和黄瓜吃了,好在他胃口不大,虽然没有吃饱,但也不觉得很饿。一直到了晚上11点之后,洞长才终于宣布大家可以回家去吃东西,但警报还是没有解除。白敬文知道自己没有办法去弄吃的,也就死心塌地地饿着。他是上了年纪的人,在洞里坐了一天,坐得腰背发痛,好容易等着这个休息的机会,赶紧出去走一下,活动活动腿脚。出得洞来,映入眼帘的首先便是左侧二里以外,不知什么地方燃起了熊熊大火,红光闪耀着直往上冲,染红了天际,同时,燃烧产生的黑烟,一团一团地重叠着,堆在了天空,那里天空的蓝色,完全给浓烟遮住了。白敬文见了,忍不住叹了口气,不知道又有多少家园被毁,多少人在警报结束后无家可归。

他也不敢走远,就在洞口的空地上慢慢地走动。洞里也出来了不少人,三三两两的抽烟、聊天,不少人咒骂着日本鬼子恶毒,这样连续地轰炸,让人吃不上饭,也不能睡觉。

空地上的人越来越多,白敬文停止了走动,看了看自己待了一天的洞子,实在不想再进去,抬头望望洞子上面的天空,除了左面的黑雾,天空是一片澄静如水的浅蓝,连一丝云纱都没有,金色的繁星,簇拥着一轮满月。月光照耀下,山顶上的旗杆清晰可见,那两个红球依然高挂着,始终不肯落了下去。

第十三章　奸商的纠缠

这一晚圆月高照,能见度极高,敌机犹如饿得太久的恶狼,遇到了这难得的觅食机会,便一而再,再而三地光顾。白敬文坐在长凳上,左右都是人,想睡也无法睡，只能靠在洞壁上勉强休息。

　　迷迷糊糊中，他听到了哨子声，睁开眼睛一看，洞长就站在隧道外面，正拿着口哨在吹，这一次口哨吹了很久，长哨声意味着解除警报，他的心里顿时轻松了，情不自禁地说了声："好了，警报解除了。"

　　洞里的人闷坐了近一天一夜，听到这个哨声，都松了口气，纷纷说道："解除了，总算过去了！"有些迫不及待地站起身就往洞外走去。

　　一名四川籍的防护团丁站在洞口维持着秩序，不停地用川语大声喊着："慢点，不要挤！你慌啥子？又没有哪个要留你，慢慢走，那么长的时间都熬过去了，你就着急这一两分钟？"

　　白敬文处在洞子最里面，更不愿意去挤，一直等到洞里的人走得差不多了，才站起身慢慢往外走。出了洞，只觉凉风吹拂，空气特别的清新，忍不住深深地吸了口气，将在洞里呼吸到的浑浊空气换掉，接连呼吸了几口，他感到神清气爽，浑身舒适，抬头看了看天，只见那玉盘一样的月亮，已经偏移到西边去了，东方的天空，也隐隐有些发白了。

　　借着明亮的月光，他看了一眼手表，已经将近凌晨4点钟，这个时候去车站太早了，既没有公共汽车，也叫不到滑竿。他踌躇了一下，决定先找个旅馆暂时休息一会儿，等天亮了再走。

　　他走下山坡，走向他来时的那条街，街上挨了炸弹，倒了一大片民房，许多着火的地方被浇了水，哧哧哧地冒着白烟，有几处还在燃烧，火焰伴着青烟向半空中蹿着。就着火光，他看到离燃烧的房子不远有一台消防水车，消防队员们有的在水箱的摇臂两边奋力揿压，使水箱里的水泵产生高压，将水压入水带，有的站在燃烧的房子前面，举着水龙头向着冒火焰的地方喷水，有的正组织民众用水桶挑，或者用脸盆端，赶紧地往大水箱里加水。在这样严重的空袭之下，消防队员还是照样冒着生命危险挺身出来救火，这让他有些感动，因为这些消防队员绝大多数都是兼职的，有的是小商贩，有的是人力车夫，有的是大学生，有的是机关工作人员，平时各自做自己的工作，空袭时别人躲防空洞，他们则赶着来灭火，把敌人空袭造成的损失尽量降低，不少队员已经默默殉职，他们为抗战所作的贡献，实在堪称无名英雄。

　　他到山下的一家旅馆里要了个房间，虽然在防空洞里坐了将近20个小时，坐得他腰酸背疼，疲惫不堪，但他不敢睡，怕睡着了错过时间，坐不上下乡的车,城里警报连天,留下来只怕又得钻防空洞。

旅馆里没有热水,伙计给了他一壶冷水,他勉强洗漱了,倒在床上。既然不敢睡,他躺在床上,眼望着窗外的圆月,思绪像潮水一样地涌动着。不知道过了多久,月亮西沉,一轮红日悄悄地从对面的山后露了脸。他爬起来,就着壶里剩下的水洗漱了,然后到旅馆对面的饭铺里吃了点包子、稀饭,这是24小时以来,他首次吃到的热东西。

吃完,他走出饭馆,这时天已经完全亮了,天气依然晴朗,空中悠悠地飘荡着几片白云,那云稀薄得就像画家用画笔在蓝色的天幕上淡淡涂抹的几笔,几只白色的鸽子,在头顶上悠然地掠过。

看到这样晴好的天色,他想汉口的日机今天一定会来光顾,说不定现在已经准备出发了,自己还是赶快下乡去吧。他没有犹豫,夹着皮包就往公共汽车站走。

走到车站,那里已经站了很多人,好容易等来了一辆公共汽车,车子早已塞得满满当当,里面的人挤得像沙丁鱼似的,连车门处都站着人,经过车站的时候司机根本不停,径直地开了过去。重庆的公共汽车很少,等车的人这样多,他不敢抱希望,一面等公共汽车,一面也观察着路上的黄包车或者滑竿,但是所有的黄包车和滑竿,几乎都拉着或抬着客人,好容易发现一辆空的黄包车,他快步迎上去,刚开口问价格,另外一个人半路里杀出,抢先上了车,连价格都不问,将脚在车踏板上一顿,连声催促"快走,快走"。白敬文只得让开,好在等了不久又来了一辆空车,他也不问价钱,赶紧坐上车子,说道:"去长途车站。"

车夫说道:"到车站5块钱,要坐就坐,不要讲价。"

这个价格比平时贵了一倍有余,白敬文向来同情这些凭血汗吃饭的下层民众,想到空袭时期,他们挣钱也很困难,涨价也在情理之中,所以没有同他讲价,说道:"5块就5块,走吧。"

那车夫是个壮汉,听了这句话,立刻抄起车把,迈开大步飞奔,脚不停步地跑到了两路口的一条马路上。两路口一带商业繁华,又是许多军政机关的所在地,无可避免地成了敌机轰炸的重要目标。这一条马路,被炸得极为厉害,一眼望去,只见马路两旁的房屋全部倒塌。重庆的房子多为木架结构,屋子一倒,木柱木板横七竖八,重重叠叠地堆在地上,还夹杂着烂瓦碎片,烂瓦木架下面,有裂开的家具,砸坏的陶器瓷器,撕烂的破布片,看上去既像废木料场,又像垃圾堆。马路两边的电线杆也是倒的倒,断的断,上面蜘蛛网似的电线还牵着连着,也跟着垂落到了地上。

车子一路向前,他不时看到电线上挂着人的肠子,或者木料堆里露出一截人腿。他又看到两个人抬着一个死人往一处瓦砾堆走,车子再近些,他看清楚了瓦砾堆旁边就是放尸体的地方,附近有一个小防空洞,防空洞的洞口被炸,塌落下来的泥土石块将洞口封住,有一些市民和穿制服的人,拿着锄头铁铲正在挖掘,已经挖开了一条通道,有人弯着腰,抓着死人的两条腿,使劲往洞外拖,那是两条光溜溜的雪白人腿,一只脚上还穿着紫色的高跟鞋,随后拖出来一具穿浅紫色花旗袍的女尸,也往瓦砾堆上放。那里已经并排放着十几具死尸,有几具残缺不全,看上去极为吓人,旁边胡乱搁着一些棺材,都用薄木板钉成,一些人正把死尸往棺材里抬,其中一具死尸想必是个母亲,双手仍旧紧紧地抱着她已死去的婴儿,有个年轻男人跟在后面,撕心裂肺地恸哭着,不用说丧妻失子的人就是他了。

白敬文向来宅心仁厚,看到这幅人间惨象,当即打了个寒颤,不由自主地发起抖来,同时浑身发软,好像失去了骨头一样,软软地坐不住,只想往座位下滑去。这么多尸体让活人看着,那感觉实在难受,他紧紧地闭上眼睛,不敢再看。那黄包车夫也是身子抖动了一下,随即拉着车猛跑起来,大概想把这惨景赶快给扔到身后去。

过了一会儿,他听见车夫"啊"地大叫一声,声音非常恐惧,同时像被什么东西绊了一下,车子随即往旁边一倾,白敬文还没反应过来,已连人同车一起摔倒在地。他爬起身来,低头一看,顿时吓得"哎呀"一声,接连倒退了四五步,和惊慌失措的车夫撞到了一起,差点两人同时摔倒。原来那让人恐惧的是一具无头尸体,不仅没有头,连双臂也没有,而且由胸到肚子完全裂开了,内脏一览无余。旁边一堵摇摇欲坠的断墙上,喷溅着许多酱油色的痕迹,东一簇西一簇地贴着些猪肝色的东西,乍一看好像西方人的抽象派艺术浮雕,仔细看时,却是许多碎肉、血迹和零块的五脏六腑拼成的地狱图。白敬文一生中连杀猪都没有见过,更不曾见过如此多的人肉、人内脏,一看之下,顿时全身酥麻,两条腿抖颤着直往下蹲,然后胃里一阵翻腾,忍不住"哇哇"地呕吐起来。

把胃里的东西吐了个一干二净,他勉强站起身,那车夫已经拉着车子远远地躲开了,他走过去,车夫面无人色,身体靠着车子,哆哆嗦嗦地对他说道:"先生,你另外找车吧。我手脚都软了,拉不动。"

白敬文看他这样子,并不是假话,也不勉强,并按说好的价给了他5块钱。那车夫没把他拉到目的地,按规矩他不用给钱,不想他竟照价全付,感激之余,连声道谢。

白敬文定了定神,拖着发软的两条腿,继续往前走。这条马路是在半山上,到了一条岔路口,他往右一拐,顺着一条石板路往山下走,走到石级中间,一乘滑竿由坡下上来,领头的轿夫大喊着:"让开!让开!"

白敬文走到路边,让那滑竿过去。滑竿从他身边经过时,坐在上边的人一看见他,立刻大叫道:"怎么,那不是白校长吗?"又用手杖在前面轿夫的肩膀上敲打着,喊道:"放下,快放下。"

轿夫放下滑竿,那人急匆匆下来,走到白敬文面前,弯下腰深深地鞠了一躬,直起身来,又连连拱了几下手,一张脸上满是笑容,挤得眼睛都快要看不见了,亲热地招呼道:"白校长,没想到会在这里见到你,你现在还好吧?几位少爷还有小姐他们也都好吧?"

那人是个中年汉子,身材高大粗壮,皮肤黄黑还满是酒泡,粗糙得像橘皮似的,圆滚滚的柿子脸上,两只眼睛小得几乎成了一条缝,偏又长着一个醒目的大蒜鼻子和一张阔大的嘴巴。他穿着一身墨绿色西服,没有打领带,将衬衣领子敞着,露出一条小指粗细的金项链,西服左胸的小口袋里,也露着一串黄澄澄的金表链,这一身的富贵气使他显得俗不可耐,一望而知是一个发了战争财的暴发户。

看到对方行了大礼,而且又这么熟悉地问候自己,白敬文倒愣住了,他想不起自己的熟人当中,几曾有这样一个人物。看他发呆,那人说道:"白校长不记得我了,在南京的时候,我经常给你家送煤。"

白敬文长长地"哦"了一声,终于想起来了,他是邻街做煤球卖的万二狗,由于长年与煤打交道,脸、手全都染着一层煤灰,黑黑的像来自非洲的黑人,衣服也是肮脏不堪,带着一股汗酸味,而且常常不是缺了一颗扣子,就是露着一条口子,因为家境不好,长相又不入人眼,没人肯嫁他,替他缝缝补补。白敬文本来和他没什么交往,如今他又一身的富贵,与过去那个卖煤球的相比,已经判若两人,白敬文如何会想到是他,听他提醒才认了出来,惊讶地说道:"你是万二狗呀,你不说,我真没认出你来。看你的样子,生活过得很不错嘛。"

万二狗脸上现出得意的神色,嘴上却说:"也不算很好,反正过得去吧。"不等白敬文答话,他又说:"白校长,难得遇到,我请你吃早点,我们好好谈谈。"

"我还有急事,以后再叨扰吧。"

"时间还早呢,就坐一会儿,不会耽误你的事。"

万二狗说完,也不管他答不答应,一把抓住他的手腕拉了就走,白敬文虽然觉得他这种做法太过无礼,心里有点不高兴,但力气不如他,除非和他翻脸,别无他法,又想到跟这种人在大街上拉拉扯扯的不像话,只得跟着他往山下走。他殷勤地摸出一个镶金的烟盒,"啪"的一声打开,递到白敬文面前,说道:"白校长,抽支烟,这可是地道的美国烟,骆驼牌,是朋友从香港带过来的。"

"谢谢,我不抽烟。"白敬文看他那副志得意满的样子,笑道:"士别三日,当刮目相看。你这几年发了不少财吧?"

"发财谈不上,在公路上跑了两年,找了点小钱。"他话虽这么说,但说完立刻就裂开大嘴笑了几声,显然得意之极,表明他找的并不是小钱,而是大钱。他这一笑,露出了满嘴焦黑的大板牙,而在这些黑牙之中,夹着两颗黄灿灿的金牙,让人看了有点恶心。

白敬文问他做什么发的财,他却支支吾吾不肯明说,白敬文暗想:"他既不肯说,恐怕钱的来路不正。"因此笑道:"看你这一身富贵,当然不会是帮人开车的司机了,如今经商最为发财,万先生走的应该是这一条路吧?"

万二狗不回答,从烟盒里取出一支烟,拿出打火机点上,抽了一口,然后低声说道:"白校长,我们老邻居了,我是什么人,你很清楚,我高攀一下,认你做老师,你可千万不要叫我万先生,就叫我万有才吧。我以前叫万二狗,人家说太难听,叫我改成有才,有东西的有,才能的才,你叫我有才就行了。"

白敬文勉强说了句"客气了",心想:"若是改成有财,恐怕更适合一些。"

到了那家江苏馆子,店老板显然对万二狗很熟悉,亲自把他们迎进去,笑道:"万经理,好久不见了,又到哪里发财去了?"

"跑了一趟衡阳,前天才回来。妈妈的,一回来就遇到空袭,差点把老子的命都要了,这重庆简直不是人呆的地方!"

"这一趟又赚了不少吧?"

"货还没出手,赚多少现在还没法说。"

"你就放心吧,现在重庆的物价是天天见涨,很多商家都急于把手里的钱换成货物,你要出手容易得很。"

"我倒不想出手,放一段时间再说,我这批货,重庆现在紧缺得很,周雄他们还在抢购,囤着好抬价。妈的,让他们买去囤,不如我自己囤,等他们把价抬得差不多了,我再卖。等货出了手,我还是到湖南去,再跑两次,我也到乡下修幢房子,娶个年轻漂亮的老婆,舒舒服服地过日子。"万二狗靠走私和囤积发了横财,现在财大气粗,处处受人欢迎,自己也有扬眉吐气的感觉,根本没想到白敬文瞧不起他,还以为白敬文和其他人一样,见自己有了钱就刮目相看了。想到连白敬文这样身份地位的人都瞧得起自己,他更加得意非凡。说完,他又哈哈大笑了几声,然后亲自给白敬文拉开椅子,说道:"请坐。"

白敬文向来讨厌囤积商人,从不愿和他们打交道,想不到今天竟然会和这样一个粗鄙的囤积商人同桌吃饭,心里很不舒服,但在人家盛情之下,也不便立刻就走,只得默然坐了下去,但是如坐针毡,十分难受。

"万经理,"店老板问道,"你今天想吃点什么?"

他指着白敬文,得意地说道:"这是白校长,是我的老师,人家可是大学的校长,有名的大学问家,教出来的学生,比孔子的还多,当大官的那就更多了,省长、部长都有。他说吃什么,就吃什么。"

白敬文听了哭笑不得,心想这家伙大字不识一个,粗俗无礼,认我做老师,简直是笑话,我教得出这样的学生吗。换了别人,他不会当着店老板抹他面子,对这样的人,他顾不得了,当下笑道:"万经理,你我家乡故人,何必这么客气,你还是叫我白老先生吧。"

店老板见白敬文外表儒雅,言谈举止雍容大度,倒也像一个大学校长,这样的人显然和粗鄙的万二狗不会是一路的,也就懂得了白敬文话中的含义,情不自禁地微微笑了一下,他怕万二狗看到,赶紧对白敬文说道:"原来白校长也是江苏人,我们店里有正宗的江苏早点,小笼包子、千层油糕、蛋烧卖、鸡汤三鲜馄饨、春卷,如果吃粥的话,佐菜有云南火腿、扬州酱菜、镇江糖醋蒜。您想来点什么?"

刚经历过血腥的场面,白敬文现在根本没有胃口,只点了一碗粥,一碟镇江糖醋蒜。万二狗说道:"就点一碗粥,老师你这也太客气了,还是我来点,老郭,来一盘云南火腿,一笼包子,一笼烧麦,两碗馄饨。老师,早上没什么吃的,这次不算请客,等轰炸季过了,我请你吃广东馆子,龙虎斗,风腌果子狸,到时候你一定要赏脸,几位少爷还有小姐都一起来。"

伙计把东西陆续端了上来,万二狗再三相劝,白敬文借口胃不舒服,勉强喝了点粥,万二狗狼吞虎咽地把包子、烧麦、馄饨全吞下了肚。吃完,他用手背擦了擦油腻的嘴唇,对白敬文说道:"白校长,我这次到湖南,见到你的外甥张一鸣军长了,当时他骑着马从街上过去,后面跟着一大群警卫,威风极了。听说你的四小姐和他定了亲,是真的吗?"

"是真的。"

他来劲了,把屁股下的凳子拉了拉,离白敬文更近些,低声说道:"白校长,看在我们的交情上,你能不能写一封信,把我介绍给张军长?"

白敬文心想,笑话,我跟你有什么交情,想到万二狗是在湖南和重庆之间做生意,他想和张一鸣认识,多半与他的生意有关,当下故意装作不懂,略带讥诮地问道:"写信给他做什么?莫非万经理立志报国,要到前线去从军了?"

他摆了摆手,毫不在意地说道:"我从什么军啊?跟日本人打仗,死多活少,我好容易挣了点钱,还想娶个老婆生孩子,再活几十年,活到100岁呢。白校长,你我老熟人,我跟你说实话,我到湖南做生意,路上要经过很多关卡,麻烦得很,如果你能把我介绍给张军长,让他给我一个军队的名义,这样经过他的防区的时候没人敢跟我过不去,就是其他的防区,过关也要容易得多。"

白敬文正色道:"万经理,这个信我不会写,即使我写了,我那外甥,他也决不会给你军队的名义。"

他摇了摇头,根本不相信白敬文的话。"那怎么可能,你是他的舅舅,将来又是他的老丈人,他能不听你的话吗?"

"那要看是什么话了,他对于发国难财、做投机生意的人,只要提起,都是痛骂,所以绝不允许有人在他的防区内做投机生意,我做长辈的,能叫他做违背他原则的事情吗?"

他这番话已经说得很严重了,但万二狗把他的话理解成了另外一种意思,胸有成竹地笑了笑,把嘴巴靠近他的耳朵,低声说道:"白校长,我是明白人,你要是帮我把这事办成了,你和张军长那里,我都会有重谢。"

这话对白敬文实在是一种侮辱,他觉得血一下子涌到了脸上,脸皮滚烫起来,无意再和他谈下去,站起身冷冷地说道:"万经理,这事不谈了吧,我还有要事在身,先走一步了。"

万二狗还不死心,拉着他坐下,说道:"白校长,你别急着走嘛,我们再商量商量,要不这么着,你给我弄到名义,就算你到我公司入了股,我给你10%的红利,你看怎么样?"

白敬文心想岂有此理,这家伙把我当成什么人了。恰在这时,外面有人说"挂了球了",他赶紧借此机会,站起身说道:"挂球了,我得走了。"说完,也不等万二狗说什么,拔腿就走。

万二狗还不死心,一边跟着他往外走,一边说道:"白校长,你要嫌10%少了,我们还可以商量,挂球了我不留你,这样吧,我改天到学校去找你,我们好好谈谈。你要去哪里,我叫一乘轿子送你。"

对这样厚颜无耻的人,白敬文连叫他不要再来找自己这句话都不想说了,怕他继续纠缠不休,反正他即使到学校去了,自己也不会见他。"不用了,我要去的地方不远,就要到了。"

摆脱掉万二狗,他直奔长途车站,没走多远就到了一个十字路口,路中间插着一根高高的旗杆,上面果然挂了一个红球。白敬文心想,这还不到8点钟,红球就挂起来了,看来日本人要对重庆连续轰炸的传言并不假。和他一样想法的人不少,他身后就有人说道:"今天敌机来得好早。4点钟才解除,一大早又来,这日本鬼子存心捣乱。"

另外有人接口道:"我家里的东西,已经快要吃光了,要真像日本人宣传的,连续炸个十天八天,又买不到吃的,那可怎么办?让我一家老小喝西北风?"

"我准备把太太和孩子疏散下乡,乡下比城里安全,物价也便宜得多。"

"也只有这个办法了,上班我就去跟科长请假,下乡去找房子。"

白敬文也想赶紧下乡,加快脚步,几乎是一路小跑,重庆的9月,天气一放晴,温度回升得很快,尤其是白天,热得就和夏天一样,他很想再找一辆黄包车,但始终找不到,前进了2里多路,他已经气喘吁吁,感到汗水从额上、腋下、背心不断地往下流,他放慢脚步,摸出手帕擦着脸上的汗水。这时听到有人说"挂了两个球了",他抬头四下张望,看到东南角警报台的旗杆上,确实挂起了两个通红的纸球,他刚经历过地狱一般的恐怖景象,见到这两个红球,一种紧张恐惧的感觉立刻袭上心头。他想从这里到车站还有3里路,赶过去恐怕来不及了,因为挂了两个球,客车为了安全,经常不等发车时间到就出发了。他想起二儿子白少杰工作的银行就在林森路附近,离这里不到2里路,还是到那里去找他,在银行的防空洞里躲一下。

　　他不敢犹豫,立刻前往银行。银行坐落在繁华的市中心,以前那座木质结构的房子在空袭中被烧掉了,在废墟上新建了一座三层的西式砖房,由于防空的缘故,外表没有进行装饰,灰扑扑的并不起眼。他走进大厅,只见厅里乱哄哄的,许多人手里拿着东西,正在往侧门走,楼梯上也有不少人,没有一个往楼上走,全是往下。在鱼贯而下的人群中,他看到了和白少杰同科的女职员,赶快迎上前去,问道:"钱小姐,请问白少杰还在办公室吗?"

　　钱小姐答道:"白科长还在,他正收拾东西,也许就要下来了。"

　　他谢过了她,直奔二楼信贷科办公室。办公室的门大开着,白少杰正把桌上的图章和紧要文件往皮包里放,白曼琳站在旁边等他,手里提着一个网兜,里面装着一个很大的白纸包,一袋饼干,几个水果,还有一个茶杯。看到父亲,她叫了声"爸爸"迎了上来。白敬文没想到会在这里见到女儿,他已经两个星期没见到她了,这时遇到,确属意外之喜,笑道:"你怎么也在这里?医院里没事吗?"

　　"我跟科主任请了假,来看看二哥。"

　　"我可真是受宠若惊,"白少杰一边收拾东西,一边笑道:"爸爸,您相信她是专程来看我的吗?"

　　"我看哪,看你是假,多半是缺钱花了,来找你要钱。琳儿,我没有猜错吧?"

白曼琳只是笑,没有说话。白少杰笑道:"知女莫若父,爸爸您猜得一点没错。"

白敬文问女儿:"才半个月钱就不够了？有什么大的用途吗?"

"我们科室有一个护士,前天晚上家里被梁上君子光顾了,除了钱财,连好一点的衣服鞋子都被拿走了,这一下不但生活面临断炊之虞,甚至出门都几乎成了问题,她的母亲急得差点跳了嘉陵江。科室里的人很同情她,大家商量给她凑点钱,让她暂时渡过难关,我把我所有的钱都给了她。"

白少杰笑道:"这傻丫头,一个钱都不给自己留,连吃饭的钱都没有了。"

"所以今天一早就来找二哥,反正到了银行,还愁没钱吃饭吗?"

白少杰笑道:"你忘了一点,银行的钱可是要收利息的。"

"不愧是银行的信贷科科长,钱一经手出去,就想着回收利息。别人怎么样我不管,至于我,你就不要做梦了。"

"我还敢做梦呢,我已经做好了准备,连本带利一概牺牲。"

说话间,城里的防空警报器和银行自备的手摇警报器,同时发出了"呜呜"的响声。白少杰说了声"快走",将皮包夹在腋下,一手提起桌上的暖水瓶就往外走。他锁好门,领着父亲和妹妹赶快向防空洞走去。防空洞就在银行大楼后面的那座小山下,是银行自己出钱请民工挖掘的。洞门前有一条10级的台阶,上了台阶,从洞门进去是一条弧形通道,穿过通道就是一个大厅样的洞子,可以容纳两百人,洞子对面也有一条通道,一直延伸到山的另一面,那边也有一个洞门。这个洞是个石洞,虽然挖掘的时候很费了些工程,但防炸弹是十二分的保险,加上洞的另一端安着送风机,洞里的空气比较好,不像一些洞子,因为通风不畅,坐久了空气浑浊,让人感觉头脑昏昏沉沉的,胸口也发闷。

进了洞,洞口的通道里没有灯,光线比较昏暗,但顺着弧形一拐弯,眼前却突然一亮。银行的防空洞条件比公共防空洞好,洞里安有电灯,光线比菜油灯亮得多。洞里的条件虽然好,但没有防护团管理,秩序却不大好。它虽然是银行的私家洞子,外人不许进来,但除了自己的职员外,还有不少职员的家属,扶老携幼地也来这里躲避空袭,尽管超出了洞里允许容纳的名额,但作为银行眷属,也不能不让他们进来。灯光下,只见洞子里已经坐满了人,有的坐在洞里预备的长凳上,有的坐在自家带的小凳子上,有的坐在皮箱或者包袱上,有的干脆就在地上铺一块床单,一家人就坐在床单上。白少杰看着洞子,寻找可以坐的地方,洞里有和他同科的职员和其他科里关系比较好的人,见他来了,都拼命挤出空位叫他过去。同科的陈先生和太太也在洞子的角落里铺了一块被单,带了孩子坐在那里,那角落不是垂直成90°角的,而是微微成弧形往里凹进去的,所以还有空间可以坐人,陈先生见白少杰来了,站起身喊道:"白科长,这里来坐。"

白少杰见陈先生那里还能坐下三个人,就答应了一声,带着家人过去。到那边要穿过整个洞子,三人一边在人缝里横行,一边不断地说着"对不起","请让一让",使劲挤着向前走。刚走到洞子中间,电灯突然灭了。重庆防空司令部规定,紧急警报响过五分钟后就关电灯,这就表明紧急警报已响了五分钟了。电灯一灭,洞里顿时伸手不见五指,三人只得在人堆里站着不动。

不一会儿,洞子里有人亮起了手电筒,洞壁旁边的人纷纷燃起火柴或打火机,把挂在洞壁上的菜油灯点燃。三人继续往前挤,到了那个角落里,陈先生已给他们留好了空位,三人道了谢,在被单上坐下了。

到了这时,白少杰才有空问父亲:"现在正是轰炸季,城里警报闹个不停,爸爸怎么进城来了,家里不是出了什么事吧?"

"家里没事,我也不是来找你,我来找赵信哲先生,路上看到挂球了,才到你这里来躲防空洞。"

"您找他什么事?"

"前天中文系的李教授来找我,说他已另谋职业,从明天,也就是昨天开始就不上课了,我得重新聘请一位教授,所以进城来拜访赵先生,想请他出山。"

"那个李教授的做法实在不道德,辞职也应该提前通知您,让您有个准备。"

"他倒不是故意这样做,他跟我说明了原因,话说得诚恳,也颇辛酸,关乎生活问题,我也不好指责他。"白敬文叹了口气,"战争持续不断,物价飞涨,国家拨下来的教育经费却一如既往,教职员工生活越来越困苦,有人坚持不住改行也就不奇怪了。"

他想起了万二狗,声音突转愤怒:"可在这种困难的时候,有人还在昧着良心哄抬物价,大发国难财,实在是抗战之耻。"

他把碰到万二狗的事情一五一十地说了,白少杰说道:"这样的人太多了,在重庆生活,哪天不碰到几个。我们的抗战打得如此艰难,国力不如人自然是主要因素,但汉奸助纣为虐不也是一个因素吗?我所说的汉奸,也包括这些发国难财的奸商。"

白曼琳说道:"是呀,如果国人精诚团结,一致对外,我们即使打不过,也不会这么艰难。"

一旁的陈先生插话了:"如今连汪精卫都投了敌,这抗战更难了,这跑警报的日子,也不知道什么时候是个完。有时候想想,比起日本人来,汉奸更令人痛恨。"

防空洞的左侧挖了一个极小的洞子,放了一张小桌子,一把椅子,桌上也安着电话,看上去像一个小办公室,一个空袭警报联络员就在里面,一直用电话与防空司令部保持着联系,并随时通知大家空袭情况。这时,他就站在小洞的洞口,先吹了吹哨子,然后大声喊道:"安静!大家安静!防空司令部来电话了,从武汉起飞了两批敌机,正向西飞来,第一批已经过了涪陵,第二批到达忠县附近,空袭目标已确定为重庆,大家要做好思想准备,敌机很有可能会接连空袭本市。"

白曼琳说道:"可别又像昨天一样,轰炸一二十个小时。"

白少杰说道:"那很难说,这样晴好的天气,日本人会舍得不来?"

白曼琳皱了皱眉头说道:"日本人真是讨厌,我本来以为早点来可以赶在空袭之前回去,现在回不去了,维尔克斯医生还要我给他当助手,跟着他做一台开胸手术呢。"

白敬文说道:"安心在这里等吧,抱怨没有用,你当了医生,以后有的是机会做手术。"

"爸爸你不知道,这种大手术如果不是人手不够,维尔克斯医生绝不愿意让见习医生给他当助手,这个机会对我很难得。"

"白小姐,"陈先生问道,"警报天医生也要动手术吗?"

"警报天手术更多,送来的都是被炸伤烧伤的急救伤员,不马上动手术怎么行。医院的走廊里都堆满了伤员,医生护士忙得连吃饭的时间都没有。"

"你们不躲防空洞吗?"

"那么多病人,来不及进防空洞的。"

"敌机轰炸怎么办?"

"我们医院是教会办的,院长是英国人,他不仅在医院的旗杆上挂了英国国旗,还在楼顶上也铺了一面很大的英国国旗,日本飞机还是有所顾忌的,目前还没敢丢炸弹。讨厌的是空袭造成停电,在菜油灯下做手术,既不容易看清楚,眼睛也疲劳得快。"

白敬文很担心女儿的安全,他知道日本从未在日内瓦公约上签字,对国际法置若罔闻,丧心病狂地虐杀战俘,残害无辜平民,几时顾忌过国际舆论的谴责?何况英国现在正和德国在英伦三岛上空进行着激烈的空战,竭尽全力阻止希特勒的脚跨过海峡,忙得焦头烂额,日本飞行员如果真往医院楼顶的那面英国国旗上扔一颗炸弹,事后随便找个借口,只怕英国人也只有翻翻白眼的份儿。他想对女儿说注意安全,可话到嘴边还是没有说,女儿是医生,他不能劝她丢下病人去躲防空洞,可不进防空洞,日本飞行员真要对医院轰炸,她又如何保证得了安全。

"诸位安静,"空袭联络员又开始喊话了,"防空司令部通知,敌机二十八架,已到了化龙桥附近。"

大家听了这个消息,心上立刻产生了恐怖的意味,都不再说话,默然地坐着。白敬文扭头看了看女儿,白曼琳坐在地上,双手抱着弯起来的膝盖,下巴放在膝盖上,眼睛闭着,好像睡着了一样。

第十四章　疲劳轰炸

大概过了十几分钟,头顶上响起了一大群飞机的马达声,这些飞机应该飞得很低,那马达声不仅清晰,而且极为沉重,让人产生出一种幻觉,似乎地皮都被它们震动了,处在惊恐之中的人们的心脏,也就不由自主地跟着那"嚓嚓嚓"的节奏跳动。敌机飞临这一带,显然不是毫无目的的,"嚓嚓"声响了不久,外面就接二连三地传来了"轰隆轰隆"的巨大爆炸声。这个防空洞由于处在闹市区,所以两个洞口都面对着街道,其中一条街与林森路相邻,林森路不仅是一条繁华的大街,而且国民政府的军事委员会就设在街西,因为这个原因,敌机对林森路以及与它相邻的街道,都轰炸得非常厉害。现在洞子两面都不断传来炸弹的爆炸声,声音从两面钻进洞里,在狭小的空间里面回旋,形成吓人的声浪,压迫着人的神经。在炸弹爆炸声的间隔里,则是日本飞机的马达声,我方高射炮的轰鸣声和高射机枪的射击声,在洞外半空中奏响了一曲战争交响乐。白敬文感到自己的心跳,已经和这交响乐合了拍,有时是随着有节奏的"嚓嚓"声跳动,有时是随着高射机枪的枪声乱跳,有时又随着高射炮的轰鸣声猛烈地大跳一下。这一番折腾,还没等到天空中的交响乐奏完,他已经感到自己浑身发软,两只手心里满是冷汗,冰凉而黏湿,心下暗想,人们常说紧张得捏一把冷汗,大概指的就是这种情形了。

与洞子外面的那份嘈杂相比,洞里则异常安静,里面的人或闭着眼,或垂着头,都悄悄地坐着不做声。菜油灯还亮着,灯光昏黄暗淡,看着人一动不动地挤在一起,活像一群泥塑的雕像,只是与真正的雕像相比,这些人反倒缺乏活力与生气。

突然,洞外传来"轰"的一声惊天动地的巨响,好像就在洞口爆炸一样,震得人头脑里嗡嗡作响,还没有回过神,一阵滚热的狂风夹着沙石猛地扑了进来,打得人头脸生疼,洞子里顿时惨叫声和哭喊声响成一片。白敬文在飞沙走石劈头盖脑的冲击之下,首先顾念着女儿,第一个反应就想去护着她,不想一粒小石子飞来,重重地打在他头上,他立刻身子一偏,昏了过去。不知道过了多久,他睁开了眼睛,但人还没有完全清醒,迷迷糊糊中,他仿佛听见了女儿的哭声和儿子的呼喊声,却不知道发生了什么事情。大概过了两三分钟,他的知觉才恢复过来,发现洞子里漆黑一片,呛人的硫黄气味儿直往鼻子里钻,自己躺在地上,头还有点发痛,他情不自禁地抚摸了一下头部,检查是否受了伤。受伤的地方摸上去已经肿起了一个大包,很痛,但并不湿,没有出血,他放了心,大概伤得并不重。

这时,"嚓"的一声,有人划了一根火柴,火光中,他看见儿子拿着火柴,焦急地望着自己,女儿更是眼泪汪汪,急得脸都白了。见他醒了,白少杰问道:"爸爸,你怎么样?"

"我没事,头上大概被飞进来的石子打了一下,就打了一个包,没事。"

白曼琳问道:"胸口觉不觉得闷,想不想吐?"

白敬文望着女儿微笑了一下,表明自己没什么大碍,好使她放心。"别担心,我不想吐,没有脑震荡。"

他挣扎着想起来,白曼琳忙扶他起来坐好。这时白少杰手里的火柴已熄灭了,洞里的油灯却陆续点燃了,他往洞里看了看,昏黄的灯光中,只见洞子里烟雾弥漫,洞顶上还在不停地往下落着碎石和沙土。这让他明白了,一定是洞口旁边落了炸弹了,不知道银行大楼被炸了没有。洞里不少银行职员也担心这个问题,有几个人站起身向洞子口奔去。白少杰也想去看看,白曼琳拉住他,说道:"二哥你不要去,警报还没解除,这个时候出去很危险。"

白少杰说道:"我不出去,就在洞口看看。"

说着,他挣脱了妹妹的手,向洞口走去。此时洞里烟雾腾腾,已看不清洞口在哪里,他看见前面隐约有一个灰色的光圈,好像是洞口,就朝着光圈挤了过去。到了洞口往外一看,本来晴好的天气似乎突然转成了大雾天,眼前白茫茫的一片,所有的东西都是模模糊糊的看不清楚,有几个人在白雾里面走动,就像鬼影似的晃着。他也不去分辨那些人影子是谁,只是一迭连声地问道:"是哪里被炸了?是哪里被炸了?"

白雾中有人答了话,他听出是保卫科吴科长的声音:"隔壁茂丰茶业公司完了,我们银行也受到了震动,震坏了不少窗子,还有没有其他损失还不知道,我现在也不敢过去看。"

白少杰虽然听到头上的飞机声已逐渐远去,但也不敢冒险到街上去看,就站在洞口和银行里的职员说话,直到有人喊"挂休息球了",才飞快地冲了出来,他看了看街道,远远地望去,街道上烟尘滚滚,一股股浓厚的黑烟向着空中飞腾,在半空中连成了一片,把天空染得漆黑。一眼望去已看不出哪些地方挨了炸弹,因为所有的人家,都被黑色的浓烟和红色的火光罩着。

他放开步子向银行走去,见那幢三层楼房依然矗立着,并没有什么变动,但走近了就发现不仅窗户被震落了不少,那楼顶上铺的青瓦更是全部被震了下来,弄得满地都是瓦砾。看到银行楼房大体完好,他又过去看茂丰茶业公司的情况,还没走到就已经感觉热气逼人。走不多远,一截电线杆带了蜘蛛网似的电线倒在路上,正好挡住了去路,他怕触电,站住了脚,再向茂丰茶业公司的那幢二层小楼看过去,小楼在猛烈地燃烧着,火光被滚滚的黑烟裹着直往上蹿。房子的二楼是用木头加盖的,已经烧垮了,一楼也只剩下了几堵墙壁,全都烧成了金红色,砖块、瓦片、烧得通红的铁质窗格子和一些小半截黑糊糊还在熊熊燃烧的木柱、木门全部堆在了楼下。废墟的旁边,消防队员正用水龙对着火焰喷水。

白少杰见茂丰茶业公司的经理梁国栋也在那里,因为平时有信贷上的来往,彼此还算是熟人,赶紧过去安慰道:"梁经理,这太不幸了,我真不知道该怎么安慰你。"

梁国栋惨笑道:"炸了就炸了吧,没关系,只要我这条命还在,还可以再拼。"

"再拼?你拿什么拼?"梁太太就站在他身边,看着白少杰,眼泪成串地滚落下来,"白先生,你看看,炸得真惨!我们这茶叶,碍着日本鬼子什么事了?大老远地飞来炸。"说着就哭了起来。

梁国栋焦躁地说道:"别哭了,你就是哭死了,那日本鬼子也不会来赔偿你。好在一家老小还平安,战争期间,能够活着就算不错。"

"是呀,梁太太,事已至此,你得想开些。"白少杰劝道,"只要一家人平安,这比什么都好。"

梁太太哽咽着说:"我也知道这个理,只是我们抛掉了大半个家业,吃尽千辛万苦,才把这点产业千里迢迢地从浙江带到重庆,大老远地带来给鬼子炸,实在让人接受不了。"

这时,陆续又来了几个人,向梁氏夫妇表示慰问,白少杰见插不上话,便回身往防空洞走去。还没到洞口,远远地看到父亲和妹妹站在那里,正焦急地朝着这边张望,赶快跑过去。白曼琳问道:"二哥,你到哪里去了?怎么去了这么久?我和爸爸担心死了。"

"我去看看银行有没有挨炸,碰到了隔壁茶叶公司的梁经理,茶叶公司被炸了,我不能不安慰他一下。"

白敬文没有开口,儿子平安回来,也就没有必要再说什么了。

洞口有人叫道:"外面的人早点进来吧,我们刚接到防空司令部通知,说是第二批敌机,已经飞过了万县,快要到涪陵,说不定红球马上就要落下来了。"

为了安全起见,三个人回到了洞子里,依旧在被单上坐下。张先生的儿子这时叫了起来:"妈,我饿了。"

"他这一提醒,我也觉得饿了。"白曼琳说着,抬手看了一下表,笑道:"难怪,已经是中午1点半了,平时早就吃过了,空袭的时候一点时间概念都没有。"

张太太一面从身边的篮子里拿出一个面包,一个咸鸭蛋递给儿子,一面接口说道:"可不是。昨晚警报解除得迟,今天一大早就起床,忙着收拾东西,准备吃食躲警报,从进洞到现在,我一直都在打瞌睡,也没觉得饿,还真不知道已经到了中午。"

张先生说道:"不经历这样的轰炸,你能想象得到前线将士经受的是什么吗?"

白曼琳想起自己在淞沪战场上的所见所闻,说道:"前线将士所受的,比这厉害多了,他们能躲防空洞吗?"

空袭联络员又站在了办公室门口,大声说道:"大家注意! 敌机36架,已经到了重庆上空,在沙坪坝投弹,我防空部队正用高射炮还击。"

白曼琳说道:"沙坪坝是流亡学校集中的地方,都是些穷教员、穷学生,什么都没有,鬼子还不肯放过。"

坐在她对面的一个老头"嘘"了一声,低声说道:"小姐,你不要大声说话呀,日本飞机就在上头,鬼子要是听见你说话,就知道这下面有人,就要丢炸弹来炸,那还得了。"

白曼琳啼笑皆非:鬼子又不是顺风耳,我说话他们怎么听得到。但她知道空袭的时候人的神经特别紧张,什么小事都看得很严重,以至于抱婴儿的父母因为孩子的哭闹而受到别人责骂的事情经常发生,她虽然知道老人的话不合情理,可是见他白发苍苍的,年纪比自己的父亲还要大,不好反驳,便不说话了,拿起一块薄饼干,埋头吃了起来。此时洞里又安静了,静得只怕掉一根针在地上也听得见,她嚼饼干的声音在自己听来,也觉得分外的响。

这次在洞子里一待就是四个小时,因为电线已被炸断,洞子里一直点着菜油灯。白敬文昨夜一夜没睡,头脑昏昏沉沉的,又没有地方可睡,只能坐在地上,迷迷糊糊地打瞌睡,中途虽然受了炸弹好几次惊骇,终于还是睡着了。一觉醒来,他觉得肩上沉沉的,扭头一看,女儿将头靠在自己肩上,已经睡着了,儿子歪在一个皮箱上,也在睡觉。他又看看洞子里的人,都是七歪八倒地打瞌睡，没有谁是端端正正地坐着。

到了休息时间，一家人出洞去透气。到了洞外，只见太阳已经偏西，落到对面的山头上了。晚霞对于还处在空袭中的人来说，已经不再是往日美丽的金红色，而是变成了刺眼的血红色，很是可怕。

到了晚上，白敬文更疲倦了，一直处在半梦半醒的状态，天上的飞机马达声来了又去，炸弹在前面还是在后面爆炸，洞子里的人在惊叫或哭泣，这个晚上一共受了几次惊吓，他全都知道，只是像做梦一样，并不太清晰。半迷糊中，他的头脑里依然有一点清醒之处，那就是迟迟没有听到解除警报的声音。

好容易听到办公室里的电话响了，他一下清醒了过来，看了看手表，已经是深夜2点钟了，他以为应该是解除警报了，却听到接电话的人说道："只是挂球休息，还不解除，有一批已经出发，好，我知道了，这日本鬼子今天简直是在发神经病。"

洞里的人听了这话，都深感失望，知道这一关尽管暂时过去了，可是又来了一关，还不知会不会再有。大家你望着我，我望着你，都是一脸无奈的苦笑。白曼琳对面的老人嘟囔了一句："这小鬼子还有完没完啦？"

洞子里的人纷纷往外走，白家人也准备出去，白敬文坐了这么久，觉得浑身酸痛，尤其是腰部，刚站起身时痛得几乎直不起来了。两个儿女扶着他，缓缓地向洞子外面走去。到了洞口，一阵微风吹来，顿时浑身都感到一阵清凉，那空气呼吸起来特别的舒适，人也完全清醒了。一眼望去，正好看到高高树立的警报杆上，依然挂着两个大灯笼，在黑烟缭绕中，那血红的颜色让人产生的联想实在不愉快。在洞口透气的人，不管是来回走动的，还是抽烟聊天的，都是无时无刻不望着那个挂着灯笼的旗杆，盼着那红色能够换成绿色。

但那灯笼直到上午都不曾换成绿色，白敬文到了这时，已完全没有过去两天的精神了。这样没日没夜地躲空袭，少吃少喝，加上洞子里拥挤不堪，空气极浑浊，又无法躺着休息，就是年轻人也受不了，何况他是即将60岁的人了，两晚没有睡觉，不管是身体上还是精力上都吃不消了。他觉得头昏脑涨，浑身都瘫软了，坐在地上，闭着眼睛，将身体斜靠在儿子身上，就是休息他也不想出去，赶紧在别人留出的空地上躺一会儿。不只是他，到了这个时候,洞子里其他的人也都是前仰后合,东倒西歪,不是靠在洞壁上,就是靠在皮箱包袱上,或者靠在别人身上休息。白曼琳将两腿弯曲着,俯着身子,双手放在膝盖上,将头枕着手臂打瞌睡。

洞子里突然传出了女人痛苦的呻吟声,开始还很压抑,可是声音越来越大,最后变成了凄厉的尖叫,在寂静的山洞里听起来有点吓人,打瞌睡的人全惊醒了,纷纷问道:"怎么了?出了什么事?"

一个男人的声音又惊惶地传了开来,把这个问题的答案揭晓了:"天哪!我太太要生了,这里哪位太太懂得接生?请帮帮忙!快来帮帮忙!我的天哪!"

张太太说道:"好像是袁先生的声音,我去看看,是不是袁太太要生了,她的产期好像就在这个月。"

说着,她站起身朝声音方向挤过去,不一会儿又挤了回来,对白曼琳说道:"白小姐,你是医生,你去看看吧。是袁太太要生了,这个时候生孩子,可真要命!而且又是头胎!"

张先生说道:"洞子里这么多的人,连转个身都困难,怎么能够在这里生孩子?得赶紧想法子送医院。"

"还没解除警报,这个时候送她去医院太危险,碰到鬼子的飞机怎么办?白小姐,你先去瞧瞧,警报一解除就送她去医院。"

白曼琳立即站起身来,说道:"我这就去,不过我只是个见习医生,而且见习的是外科,接生的事我没有什么经验,你们最好再找一个懂得接生的。"

"这时候上哪儿去找?你再没经验,总是学过的,来吧,我带你去。"

白曼琳跟着她,穿过人丛往洞子对面走去,一面走,一面极力回忆产科学上的内容。走到洞子的另一边,只见许多人的眼睛,都在向一个角落里张望。那里放了几条长凳,坐了一些妇女,用身子围成了半个圈,并将一条被单牵开,形成一道屏风,完全遮住了那个角落,呻吟声就是从里面传出来的。一个年轻男人脸色惊慌,无头苍蝇似的在圈外转来转去,大概就是袁先生了。一个在银行打杂的仆役挤到他面前,说道:"袁先生,我倒是找着了几个抬滑竿的,开始还要来,可一听说是抬产妇,都不肯了,多加钱也不行,说抬了产妇不吉利,要触霉头,警报连天的,不想拿命开玩笑。"

白曼琳忍不住说道:"笑话!谁说抬产妇要触霉头,难道他们不是女人生的？"

　　张太太皱了眉头说道："这些愚昧无知的人，跟他们计较什么？即使他们愿意，也不能去，眼下警报可还没有解除。"

　　袁先生搓着手，六神无主地说道："这可怎么办？这可怎么办？"

　　张太太安慰他说："你不用担心，这位白小姐是正规医院的医生，她会去给袁太太接生，你放心好了，一切都会顺利的，你就安心等着当爸爸吧。"

　　张太太带着白曼琳从被单下钻了进去，只见地上摊着一条床单，袁太太佝偻着身子躺在上面，她的头发蓬松着散在了脸上，脸上满是汗珠，将头发粘住了，衬得脸色更显苍白。旁边蹲着一个中年太太，正一边安慰她，一边给她擦汗。她的嘴里咬着一块毛巾，正闷声呻吟着，一双手捧着肚子，看样子肚子已经疼得非常厉害了。

　　张太太说道："袁太太，我给你找到医生了，生孩子的时候是很痛，你坚持住，很快就过去了。"

　　白曼琳紧张得手心出了汗，但她知道医生的紧张会让产妇更加恐惧，极力镇定下来，柔声说道："袁太太，我是医生，你放心，你和宝宝会平安的。"

　　袁太太看着她，点了点头，随即又是一阵剧痛，痛得身子都痉挛起来。张太太是个热心人，等休息时间一到，立刻和袁先生出去弄了一个面盆，一把剪刀，两暖水瓶开水，一叠草纸和几块毛巾来。

　　可是那孩子闹腾着就是不肯出来，袁太太痛得拼命咬着毛巾，翻来覆去，不住地打滚、挣扎，汗水把衣服、头发以及身下的床单都湿透了。白曼琳也是汗水直冒，随着时间逐渐过去，孩子始终没有出来，这让她紧张之外，又多了一层担心，如果难产怎么办，她可只是一个从未接过生的见习医生。

　　当她终于把孩子接下来，把一切都按产科学上的要求处理完时，她才彻底松了一口气，同时感到浑身酸软，双腿因为跪得太久已经麻木，站不起来了，只得无力地坐在了地上。这时袁太太已经睡着了，经过了那一番痛苦的折磨，她的精力已经掏空了。张太太正把那个红通通的、挥舞着小手哇哇大哭的小家伙擦干净，用一块毛巾包好。白曼琳坐了一会儿，那麻木迟钝的感觉渐渐消失，却感到肚子开始闹意见，嚷嚷着要吃东西了，她来这里接生到现在，还没有吃过一口东西，喝过一口水。她从被单下钻出去，刚站起身，袁先生直扑了上来，着急地问道："医生，怎么样了？"

白曼琳疲惫地微笑道："恭喜你,袁先生,是个男孩,母子平安,你现在可以进去了。"

袁先生又惊又喜,赶紧钻了进去。白曼琳回到父兄身边,白敬文关心地说道："吃点东西吧,你一整天没吃东西了,少杰买了凉面,给你留了一些,你要不要吃？不爱吃的话还有茶叶蛋。"

"一整天？"她惊讶道："现在是什么时候了？"

"已经是晚上九点了。"

她越发感到饿了,胃里有种火烧般的感觉,白少杰把茶叶蛋拿出来,说蛋完全冷了,倒点开水烫一下,她等不得了,将冷蛋就着开水一口气吃了两个,又吃了一点凉面。吃饱了,倦意也就来了,她把头枕在哥哥身上,沉沉地睡着了。

到了深夜两点过,防空联络员宣布这一批敌机返回基地,但是下一批敌机已起飞,所以不解除警报,只是挂球休息。大家已在洞里待了差不多三天三夜了,都感到疲惫不堪,听了这个消息,无不痛骂日本人,骂归骂,毕竟不能阻止日本飞机的到来,还是得抓紧时间出去走动一下,为下一轮空袭作准备。大部分人出去了,空出了不少地方,白少杰扶着妹妹,轻轻往下放,想把她放到地上躺着休息。不想这一动,却把白曼琳惊醒了,她睁开眼睛,问道："警报解除了？"

"没有,挂休息球了。"

她看了一下表,皱了皱眉,说道："已经深夜了,还不解除,这样下去,爸爸可受不了。"

白敬文说道："别担心,你爸爸还没有那么老朽,我躺一会就行了,你们出去换换新鲜空气吧。"

兄妹俩走出洞,就在洞口慢慢地来回走动,白曼琳望着天上高悬的那一轮满月,突然叹了一口气。白少杰笑道："你看着月亮叹什么气？明月千里寄相思,是不是想表哥了？"

白曼琳没有理会哥哥的玩笑,说道："二哥,你忘了,还有几天就是中秋节了。以前在南京的时候,中秋节我们一家人在花园里吃着月饼赏月,多么高兴呀,如今再也不可能了。"她想起了阵亡的三哥白少琛。

白少杰敛去了笑容,"是啊,人生就是这样,得失谁也无法预料,尤其是感情。琳儿,有时候我真羡慕你和表哥。"

"二哥,你又拿我开玩笑。"

"我没有和你开玩笑,"白少杰抬头望着月亮,叹道:"我是有感而发。"

白曼琳看着他,心里有点明白了,说道:"二哥,你回国已经一年了,别人给你介绍女朋友,你总是推诿不肯见,我就疑心你在英国已经有了,你既是有感而发,那么我的猜想是正确的了。"

白少杰摇摇头:"既正确也不正确。"

"这是什么意思?"

"很简单,我在英国确实有个女朋友,但那已是过去式了。"

"可你还对她念念不忘。她是什么样的小姐?英国人还是华侨?"

"是个英国人,名叫丽贝卡·道格拉斯。人长得很清秀,有一双漂亮的绿眼睛,那绿色纯净得就像绿宝石一样。她的性格开朗,气质也很好,带有一种英国淑女的风度。"

"你们是同学吗?"

"不是,丽贝卡学的是历史,我们是前年年底认识的,那时候她在学东方历史。当时我们在剑桥大学的图书馆看书,就这么面对面坐着,她在看中国明史演义,正好遇到一些东西不太明白,知道我是中国留学生,就问我,我给她解释了。几天过后我们又在图书馆遇到了,她又问了其他问题,我也作了详细说明,还答应帮她查找一些资料,翻译过来给她。她为了表示感谢,请我喝下午茶,我们坐在康河边的露天咖啡馆里一边喝茶,一边聊天,我告诉了她很多中国的文化和历史故事,她听得津津有味,然后也告诉我一些她的事情,她说她的父亲是个海军军官,曾经在香港驻扎过,她就是在香港出生的,后来又跟着父亲到了上海,直到10岁才随父亲去了新加坡,所以对中国的事情很感兴趣。她12岁的时候母亲死了,海军军官一向以四海为家,她父亲无法照管她,就把她送回英国跟着伯父生活。总之,我们聊了很久,什么都谈了,家庭、兴趣、爱好,谈得很投机,她说她从来没有和一个男人谈过这么多,其实我还不是一样。"

白少杰停住了话头,望着天空,脸上带着一抹微笑,似乎沉浸在了回忆中。白曼琳问道:"后来呢?"

"后来我们就经常见面了,一起去图书馆看书,到康河边散步或者喝茶,有时候我也请她到中国饭馆吃中国菜,那段时光是我这一生最快乐的时光。"

"你爱她?"

"我非常爱她。"

"那她呢?她也爱你吗?"

"是的,她也非常爱我,这是她亲口对我说的。"

"可是你为什么从来没有提起过她?"

"从一开始我就清楚我们之间很难走到一起,所以我想如果真的能够成功我再写信告诉家里,不幸的是,我的希望破灭了,正如我心底清楚的那样,我们之间确实很难走到一起。"

"为什么?"

"因为我是中国人。"白少杰说道,"英国人向来傲慢自大,瞧不起弱小民族。她的伯父听说侄女和中国人谈恋爱,简直吓坏了,好像我是个吃人肉、喝人血的野蛮土著,坚决要求她和我断绝来往,丽贝卡告诉他我的家庭是接受过西方文明的,我父亲和哥哥都是在美国一流大学获得的博士学位,我本人也正在剑桥攻读经济学,准备获取博士学位,不是那种蒙昧不开化的愚民。可是不管她怎么说,她伯父就是不同意。这也难怪,她的伯父是那种典型的英格兰乡绅,傲慢、保守、固执己见,他并没有真正和中国人接触过,对中国的了解仅限于报刊杂志上的宣传,而这些宣传有时是带有偏见而且夸张的,但他深信不疑,在他眼里,中国人全都是愚昧、肮脏、残忍的野蛮人,丽贝卡不能说服他,想让他和我见见面,亲眼看看我是不是他想象的那样,他又不愿意。丽贝卡急了,一气之下冲口说这是她自己的事,她就是嫁给我,也与他无关。没想到她伯父随后就给她父亲寄了航空快信,道格拉斯上校接到信立即请假,从新加坡赶回了英国。"

"我想,他父亲也是不同意的喽?"

"是的,只是表达方式不同而已。道格拉斯上校毕竟在中国待过,看法要客观一些。他回英国之后,和我见过面,以军人的坦率直截了当地告诉我,他认为我是个不错的青年,但尽管如此,他仍然不会把女儿嫁给我,哪怕女儿暂时会恨他。因为道格拉斯家族是约克郡北部一个很古老的家族,已经有200多年的历史,那一带的人都很保守,有着强烈的门第观念,他如果让女儿嫁给一个中国人,将会给家族带来难堪和耻辱。我当时很愤怒,对他说:'上校,我本来以为你真是为了丽贝卡着想,原来你不过是为了你和你的家族所谓的名誉才反对我们。丽贝卡爱我,我也爱她,我绝不会放弃的。'"

这时,洞外的人又是一阵骚动,纷纷嚷着"球落了",向洞口涌去。白曼琳抬头一看,警报旗杆上的红球果然降下来了,她经历过炮火连天的战场,并不感到害怕,说道:"二哥,我们继续谈吧,听到飞机响再进去也来得及。"见白少杰同意,又问道:"你说绝不放弃,道格拉斯上校怎么说?"

"他说我应该明白,我和丽贝卡不是同类。丽贝卡太年轻了,她还不懂婚姻的真实意义,她如果嫁了我,将来肯定会后悔。作为英国皇家海军驱逐舰舰长的女儿,嫁给一个中国人,在别人眼里等于自甘堕落,要被摒弃在上流社会之外,他奋斗了二十几年,到头来让自己的女儿沦为下等公民,这是他绝不允许的。如果我真的爱丽贝卡,就应该为她的将来着想,放弃这段不切实际的恋情。我说丽贝卡可以和我去中国生活,我的家族在中国是很有名望的家族,她会受到尊重。他冷笑说,中国正在和日本打仗,即使丽贝卡愿意到那种落后野蛮、兵灾不断的地方去,他也绝不答应。谈话最后只能是不欢而散。"

"丽贝卡呢?她的态度怎么样?"

"她和她父亲据理力争,上校是个固执的人,坚持不肯让步,直到丽贝卡威胁说要和我私奔,这才把他吓着了,因为私奔更让他丢脸。他做了一点让步,就是让丽贝卡离开英国,和他到新加坡去生活两年,如果两年之后她还愿意嫁给我,他就什么都不管了。他这样做的目的既是把我们分开,也是让丽贝卡到殖民地去生活一段时间,切实感受一下白人和有色人种之间的地位差异,因为这种差异在殖民地更加明显。"白少杰停了一下,脸上闪过一丝痛苦的神色,"他赢了。我上个礼拜收到了丽贝卡的来信,她承认她父亲是对的,不管是在新加坡还是在其他殖民地,和东方人结婚的英国人和具有东方血统的英国后裔都会被白人俱乐部拒之门外,等于被拦阻在白人的社交圈之外了,如果她嫁了我,她和将来的孩子都得遭受这种待遇,这是她接受不了的。她请求我原谅她,她改变不了这种种族间的歧视,只有逃避了。"

"那你打算怎么办?"

"除了接受事实还能怎么办?我已经给她回了信,说我理解,也尊重她的选择。"

白曼琳叹了口气,轻声说道:"可怜的二哥。"

"别可怜我,其实我早就有心理准备了,最近几个月来,她的信越来越少,我就知道我们之间完了。爱情这东西,在现实面前真的很脆弱,不堪一击。这件事我憋在心里太久了,和你说了好受多了。琳儿,这事你知道就行了,别告诉任何人,就当是我们兄妹的一个秘密吧。我不想再有人知道,因为人家知道了会来安慰我,这是我受不了的,我不愿意再提这件事,我心里的伤我自己会慢慢治疗。"

白曼琳理解他的心情,说道:"我知道了。你放心,我不会说出去。"

白少杰点点头,不再说话,抬头望着天空,只见天空里有一个圆圆的发光的小球,很像一个水晶球,这个水晶球慢慢地在膨胀,越来越大,越来越亮,晶光四溢,亮得如同中秋节的满月,这是敌机打出的照明弹。接着,空中又陆续出现了五颗照明弹,长大之后,整个重庆上空宛如挂了六个圆月亮,亮得如同白昼一样,"月光"倾泻下来,把整个市区照得清清楚楚,那敌机一架架地开始向下俯冲,同时肚子下面落出了一连串黑色的东西。

这时,一架敌机绕了半个圈,向着这个方向来了,白少杰叫了声"不好",赶紧拉着妹妹飞跑进洞。那敌机来得很快,刚进洞两米深,外面就响起了爆炸声,目标就在他们这洞子附近,震得洞子摇撼起来,两人站不稳,一起倒在了地上。

轰炸又持续了十来个小时,这时候一些老人、小孩还有身体虚弱的人已经经受不起了,陆陆续续地有人生病,有的是感冒发烧,有的是因为在空气混浊的洞里呆得太久引起头晕胸闷,有的是吃生冷的东西吃坏了肚子。银行的防空洞是私家洞子,条件虽然比公共洞子好,但管理却不如公共洞子,既没有卫生员,也没有药。在绿色球没有挂出来之前,谁也不敢出洞去买药,何况这个时候也不会有药店开着门。大家都焦急地等候着防空联络员宣布警报解除的声音,可那声音始终不来,倒是头上的飞机马达声不停地响着。

白敬文在洞里坐了几天几夜,其他的不说,首先他的腰,已经痛得直不起来了,只能佝偻着,头脑里也是一片混沌,什么也想不起来,只昏昏沉沉地闭着眼睛。不知道又过去了几个小时,洞子里忽然喧闹起来,同时听有人在说:"解除了！解除了！"

他睁开眼睛,只见洞子里的人有的忙着收拾东西,有的已站起身向外走去,看来确实解除了。白家兄妹拿好东西,扶着父亲,慢慢走出洞来,这才明白为什么解除警报了。虽然头上还是蓝天,可西北面已经是灰蒙蒙的,深灰色的云完全遮住了天际,正随着猛烈的风向这边伸展,洞口左侧的那丛竹子的竹竿全被吹得弯下了腰,像一把把拉开了的弓,叶子窸窣作响。山坡上的野草,也随着风势,一起向下倒着。

白曼琳笑道:"好了好了！原来是老天爷来解了围,这下鬼子不会再来了,可以放心睡一觉。"

白少杰说道:"你也看天说话？"

"弱国之民,不靠天说话,还能靠什么？"

白少杰叹了一口气,说道:"什么时候中国才能恢复汉唐雄风,不再任人宰割？"

没有人回答他,他望着天边,那乌云越聚越多,越来越浓厚,随着飞沙走石的狂风,翻涌着压了过来。整个天空更加阴沉了,他觉得自己的心也是沉甸甸的,沉甸甸的。

第五篇
勇赴前线

第十五章　空中惊魂

到了9月下旬，天气逐渐转凉，白曼琳和几个同学开始办理旅途事宜，准备出发前往湖南。需要的各种手续和证件很多，四个学生奔走了半个多月才办完，到湖南前线去，路上随时可能遇到检查，战争期间，要是手续不齐被当做日本间谍就麻烦了。

接下来就是如何到湖南的问题。从重庆到祁阳，主要有两条路：一是水路，从长江坐船到三斗坪，然后步行穿过深山峡谷到津市，到了津市再坐船沿溇水、穿洞庭湖经湘江到祁阳，从三斗坪步行到津市要十几天，徒步固然艰辛，安全却更难保障，那一段路在宜昌西面，最近的地方离敌占区不到十里，危险随时都会降临，而且过洞庭湖的时候也很难说会不会遭遇敌人的舰艇；二是陆路，从重庆坐汽车经川黔公路、湘黔公路到怀化，再从怀化到祁阳，川黔公路和湘黔公路是为了抗战需要，赶筑出来的，路面崎岖不平，从重庆经贵州一直到湘西都是峰峦起伏的大山，公路在高入云际的群山里弯来绕去，很多路段就建在绝壁上，加上道路又很狭窄，汽车几乎沿着悬崖边上行驶，稍有不慎就是车毁人亡，其险峻不亚于滇缅公路，此外，湘西历来匪患猖獗，杀人越货的事件层出不穷，又给这条路加重了一层危险。其实这两条路，无论哪条路都很艰险，家里人谁也不肯让白曼琳去冒这个险，决定让她乘飞机到衡阳，再从衡阳坐火车到祁阳。

不过要想坐飞机不是一件容易的事，中国的飞机本来就不多，空军在战前勉强从各国拼凑来的300多架又老又旧、被戏称为"万国牌"的飞机，真正能够上天作战的也不过100来架，经过数次空战，尤其是武汉空战后，几乎损失殆尽。民航也不乐观，中国航空公司是中美合资企业，1930年由中国交通部与美国飞运公司合资经营，1933年飞运公司将其股份转给了美国泛美航空公司，日本战斗机驾驶员对这些毫无防卫能力的客机或者运输机没有丝毫怜悯，也不顾中航有美国人的股份，飞机上还有美国驾驶员，一旦碰到，根本不理会还有国际公约这回事，都是毫不手软地将其击落。到了1940年，无论是军用飞机还是民用飞机都已不多，要想乘飞机旅行非常困难，白曼琳等人本来就没有坐飞机的资格，加上又是四个人，票更加难买，已经在外交部当处长的白少飞在军委会与航空公司间奔走了一个多月也毫无结果，白曼琳等急了，决定不坐飞机由水路走，家里人一致反对，说什么也不放她走，她只得放弃这个计划。到了11月中旬，白少飞的多方努力总算得到了回音，一个在航空委员会任职的朋友给他们找到了一个搭乘运输机的机会。

出发之前，白家忙得天翻地覆。白敬文给女儿准备了一大笔旅费，此外还有几件金首饰，战争期间，路上会不会发生变故谁也说不准，带点金子以备不时之需。因为手上的钻石戒指太惹眼，也许会招来祸患，白曼琳虽然舍不得，也不得不把它取下来，像金首饰那样缝在衣服里。她本来不想多带行李，怕路上累赘，家人总认为她去的地方偏僻，将来缺什么不好买，给她收拾了一大堆东西，装了一口大皮箱，一个手提箱。另外还有她的皮包，装着手枪、现金和证明文件，一个网兜，网兜里面装着一本路上用来消磨时间的书，以及饼干、水果、肉干等吃的东西。除了行李，家人还千叮咛、万嘱咐，给她装了一脑子关于路上应该当心的事情。

运输机定于晚上十点起飞，由于丧失了制空权，中国飞机尽量夜航，小心翼翼地躲避日本的战斗机。七点过，白少飞送妹妹去机场，一家人都围着她，痛苦地跟她道别，叮嘱着已经不知道说了多少遍的事情。最难受的当然是白敬文，简直就像生离死别似的觉得天昏地暗，孩子长大了就像鸟儿一样，终归要离巢飞走，尤其是女儿，他明白这一点，他不怕她飞走，就怕她像老三一样，飞出去就再也回不来了。

"琳儿，"白敬文说道，"记着爸爸跟你说的话，路上诸事小心。到了部队之后马上给我发电报，让我放心。部队不比家里，一定要学会照顾自己。还有，记得以后多给我写信，免得我担心。"

"我记住了。"看着父亲黯然的神色，白曼琳一阵难过，拉着他的手说道："爸爸，您也要保重身体。等战争结束以后，我回来好好陪您，一个月之内我连门都不出，就在家里陪您，您想要我做什么，我就做什么。"

白敬文勉强笑道："好，好，你有这个心就好。你回来了，我也不要你陪我一个月，让你在家里呆一个月，你还不憋出毛病来。"

苏婉约把儿子继豪抱来了，那孩子越长越像他没见过面的父亲，一天到晚咿咿呀呀地呢喃，谁逗他一下，他就望着人家快乐地直笑。此刻，他睁着一双小眼睛，好奇地东张西望，小小的心里大概在奇怪这些大人怎么都哭丧着脸。白曼琳把他抱过来，在他的小脸上亲了一下，恋恋不舍地说道："乖宝贝，姑姑要走了，不知道什么时候才能再陪你玩，等姑姑回来，你已经认不得了。"

那孩子望着她，挥动着小手，张开没牙的嘴，跟她咿咿呀呀地呢喃。苏婉约说道："你也知道姑姑要走了，跟她道别了吗？我们祝姑姑一路平安，祝战争早点结束，姑姑平平安安地回来。"

跟大家一一道了别，兄妹俩上了车，白曼琳隔着车窗和家人含泪挥手。"再见。"

白敬文含着笑向她挥手，目送着汽车转过街角不见了，顿时觉得身上乏力，双腿软得站不住，伸手抓住了白少杰的胳膊。

到了珊瑚坝机场，雷霆和戴杰英已经到了，等待他们的林焕生上校告诉白少飞，飞机不能准时起飞，请他们到他的办公室里去坐一坐，等候通知。白少飞问他要等多久，他回答道："现在说不准，他们要坐的那架DC-3从昆明飞过来的时候，半路上遇到了日本战斗机，遭到追击，很多地方被打坏了，正在抢修。"他叹了口气，"还有一架DC-2，被日本飞机追到贵州境内就没消息了,多半已被击落了,那一带全是高山,不可能迫降。"

他把他们带到他的办公室,给他们泡了一壶茶,说道:"你们在这里等着,到时候我会通知你们。"

这一等一直等到了深夜3点半钟,白曼琳已经趴在桌子上睡着了,正梦见自己到了衡阳机场,机场上黑乎乎的,见不到一个人影,四周寂静得令人恐惧,她孤零零地一个人在黑夜里乱走,却怎么也走不出机场,而且总觉得黑暗中有什么东西在窥伺着她,试图将她抓了去。她害怕极了,拼命奔跑,那些东西紧追不舍,她直跑得气喘吁吁也摆脱不掉,正在紧张绝望的时候,一匹白马飞驰而来,马背上的王子不是别人,就是张一鸣,他伸手揽住她的腰,将她抱上了马背。那马飞奔着,越跑越快,越跑越高,竟然冲上了天空,在连绵的云海上驰骋,她快乐得直笑……

"琳儿,醒醒。"白少飞在推她了。

她醒了,脸上犹自带着一丝笑容。林中校说道:"飞机可以起飞了,大家跟我来。"

他把他们带到机场跑道上,一架飞机孤零零地停在那里,大家走近以后,借着机舱里灯光看清楚了飞机的外表,那模样着实让人吃了一惊。飞机的机身锈迹斑斑,到处都是补钉,几个小洞没有补上,舱里的灯光从那里透出来,格外的显眼。从外表看,它活像是飞机中的老人,已经到了退休年龄,因为眼下飞机短缺,只好拖着风烛残年的身躯,勉为其难地继续工作。

白少飞一看,心里暗叫了一声"my god",担心地问:"焕生,这架飞机真的能起飞吗?"

林上校说:"放心,飞机没有问题,那几个洞是机枪眼,被日本战斗机打出来的。因为机枪眼太多了,修补的材料不够,只能到衡阳去了再补。"

白曼琳和哥哥告了别,登上了飞机,机舱里拥挤不堪,除了满舱的货物,还坐着五个军人和一个年轻女郎。那女郎约有二十四五岁,身穿淡紫色旗袍,外罩深蓝色呢大衣,椭圆形的脸,剪着短发,左面的头发用发卡别到耳朵后面,右面的则任其遮住小半张脸颊,棕色的皮肤有着健康的光泽,五官不漂亮,但也不难看,眼睛里闪动着爽直的目光。她看着白曼琳,微微露出惊异的神色。白曼琳见她打量自己,就冲着她微笑了一下,她也回了一笑。舱里没有座位,只摆放着小木凳,她在身边的木凳上拍了拍,说道:"小姐,这里没有人,到这里来坐。"

白曼琳坐下了,她手里拿着一个小纸袋,向着她递了过来,笑道:"来,吃点瓜子。"

白曼琳正想找个女伴,见她热情,也不客气,伸手抓了一些,说道:"谢谢。"

"不客气。百年修得同船渡,我们能够同机,也算有缘。"

这样一来,两人便亲切了,白曼琳也把自己的吃食拿出来给她,还请那些军人一起吃。那些军人包括带队的少校在内全是年轻人,见有这么一个漂亮小姐同行,都很兴奋,又见她大方,更是高兴,机舱里的气氛顿时活跃起来。那个少校中等身材,健壮结实,风吹日晒的脸庞黑里透红,有些粗糙,但他胸章上的名字却很文雅——邹仿儒,人如其名,他的言谈举止并不粗鲁,当白曼琳递给他一个苹果时,他欠身接过,彬彬有礼地说了声"谢谢"。

那女郎一边嗑着瓜子,一边问白曼琳:"你这是去哪里?"

"祁阳。你呢?"

"衡阳。"

"是出差还是探亲?"

"算探亲吧。"

"不算探亲,应该是安家。她就要当新娘子,和我们军部的李参谋结婚了。"邹仿儒插了话,又望着那女郎笑道:"嫂子,我提前叫你一声嫂子可以吧?我敢说,李参谋现在是望眼欲穿,只怕连做梦都在梦着当新郎官。"

其他的士兵都笑了起来,女郎的脸上泛起了一点红晕,还是大方地告诉了白曼琳,她叫叶兰馨,是中国战时儿童救济协会的干事,这次去衡阳,确实是去和未婚夫结婚的。她是个健谈的人,不用别人问,自己说道:"结婚以后,我就留在衡阳,不回重庆了。不过我和他说好了,即使结了婚,我还是要到儿童救济协会衡阳分会去做事,继续照顾孤儿,战争中的孤儿太可怜了,而且我也喜欢孩子。你呢,看你的样子,应该是学生吧?"

"是的。"

"是到湖南去读书吗?"

"是去实习,我是医学院的学生。"她指了一下雷霆、蒙谦和戴杰英,"他们是我的同学,我们一起去。"

叶兰馨看着她，觉得她年纪很轻，不像快要毕业的大学生。"你多大了？"

"二十。"

"真看不出来。"叶兰馨一面说，一面仔细地打量着她。一般说来，女人看女人眼光总是挑剔的，但她却觉得她无懈可击，确实美到了极处。更让她羡慕的是，她已经二十岁了，那张娃娃脸看起来却依然只有十七八岁，而且娇弱得让人心疼。叶兰馨怎么看也觉得她不像医生。"重庆的大医院不少，你们为什么不在重庆实习，跑那么远去祁阳？"

"前线需要医生。所以我们决定到野战医院实习，毕业以后就留在那里当军医。"

听到这里，一个士兵笑道："小姐，到哪儿当军医都一样，何必非要到祁阳。到我们部队去吧，我们那里也需要军医。"

白曼琳笑道："我去祁阳是因为我在那里有亲戚。"

"是为了爱情去战地医院吗？"叶兰馨问道。她见她和三个男生同行，以为她必定是和其中一个恋爱，为了爱情才跟着他去军队。

"也有这个原因。"她见叶兰馨眼睛直往雷霆他们三人看，知道她误会了，忙说："不，不是他们。"

"这么说，你也有一个恋人在前线喽？他也是军医吗？"

"不，他是军官。"

邹仿儒忍不住插话了："他真够幸福的，有你这样漂亮的小姐为他去参军，他周围的弟兄们可要羡慕死了。怎么就没有人为我参军呢？"

白曼琳笑道："别急，会有的。"

随着手杖"噗、噗"的点击声，进来了一个中年男人，他是个极肥的胖子，肉嘟嘟的大圆脸上，一双眼睛被挤得快成了两道缝，滚圆的大肚子活像一个怀孕七个月的妇人。他外罩一件黑呢大衣，里面是白衬衫，灰色毛衣，打着蓝色斜条纹的领带，戴着时髦的黑色盔形呢帽，手里拿着一根手杖，腋下夹着一个公文包，看样子是个政府官员或者银行高级职员。他的身后跟着一个年轻人，穿着半旧的藏青色西装，双手提着行李，大概是他的秘书或者助手。两人放好东西，在木凳上坐了，年轻人摸出烟盒，抽出一支烟递给中年人，拿出打火机还没点，几个军人已经朝着他齐刷刷地喊了起来："不许抽烟！"

"不准点火，不想活了是不是？"

邹仿儒说道："先生，飞机上装着武器弹药，为了安全，你们不要抽烟。"

年轻人吓了一跳，赶紧关上打火机，把它放进了衣袋里。

巨大的轰鸣声响了起来，飞机开始慢慢滑动，随即机舱里的灯灭了，里面一片漆黑，大家不再说话，白曼琳闭起眼睛，靠着舱壁打瞌睡。飞机飞行到贵州上空突然遭遇恶劣的天气，强大的气流把飞机变成了一只如同在汪洋大海中随波逐流的小船，一会儿把它高高抬起，一会儿又让它急剧坠落。机身剧烈的颠簸抖得舱内的人几乎都在晕机，白曼琳是第一次坐飞机，本来就感到头晕胸闷，这时再也忍不住了，哇哇地呕吐起来。叶兰馨拿了一片晕机药给她，但她吃下去马上就吐了出来。她吐得昏天黑地，胃里的东西早吐得一干二净，连黄水都吐完了，最后什么都吐不出，只是不停地干呕。她痛苦极了，盼着飞机能尽快到达衡阳，可这一段航程似乎分外的长，几个钟头过去了，飞机毫无着陆的迹象。

"这到底是怎么回事？"那个中年男人掏出怀表，用一把小手电迅速照了一下，说话了，"时间早就过了，怎么还不降落？"

没有人回答他，但他的话已经使大家不安起来，隐约感到肯定有什么事发生了。终于，飞机的副驾驶员来到了机舱里，对邹仿儒说道："机长让我告诉你，我们现在遇到了麻烦，你得把一些货物扔下飞机。"

"出什么事了？"

"飞机的方向仪坏了，天太黑，机长看不到下面的地形，无法判断方位，只能在天上盘旋，等待天亮。为了节省油料，机长要你们把不重要的东西丢了。"

邹仿儒沉默着，过了好一会儿才开口，黑夜里看不清他的脸色，但听得出他的声音很沉重："不重要的东西？我们运的全是武器弹药，都是从国外进口的，我们盼了很久了。就这点分到各个部队也没有多少，你叫我扔哪一样？扔哪一样你都不如干脆把我给扔了。"

他稍稍停了一下，接着说道："请你们再想想别的办法吧，前线太缺这些东西了。我们大老远的把它们运来，就是为了扔掉吗？哪怕扔一箱我也舍不得啊。再想想办法吧，算我求你们了！"

一个士兵也说道:"是呀,长官,想想法子吧。没有炮,没有重机枪,叫我们怎么打仗?"

飞行员沉吟了一下,说道:"我和机长商量一下,看他还有没有别的办法,如果没有,请执行命令。"

他返回驾驶舱和机长商量了一阵,然后来到机舱,对焦急地等候他的邹仿儒说道:"机长答应暂时不扔东西,他准备尝试一个方法,这也是唯一的办法,就是关掉一个发动机,单用一个发动机飞。不过这样做非常冒险,飞机负重太大了。大家都把降落伞背好,如果有什么问题,我们会立刻通知大家跳伞。"

白曼琳的心怦怦乱跳着,就像三年前到罗店救治伤员,被日本飞机追逐投弹时一样。关掉一个发动机,负重的飞机很容易撞上大山,那时候连跳伞的机会都没有,即使跳了伞,要是落到人迹罕至的大山里,不饿死也得被野兽吃掉,还不如一头撞死。她感到死神已在她头上阴冷地俯视着,正等待时机伸手把她攫去。她想到了她的家人,她要死了,他们该有多伤心,还有表哥,他会怎么样呢,是否真的终身不娶?

她在心里胡乱猜测,身子却不断地在抖动,开始以为是飞机的颤动引起的,很快就感觉到是坐在自己旁边的叶兰馨在不停地发抖,她把手放在叶兰馨的腿上,轻轻拍了拍,刚想说话,那个中年男人已经大叫起来:"尝试?人命关天,怎么可以尝试?没有绝对的把握不能干!你们马上把东西丢出去,东西没有了还可以买,人命没了可就完了!"

"你他妈说什么?丢出去?"邹仿儒失掉了他先前的彬彬有礼,狠声狠气地喝道:"你再说一声丢出去,老子先把你丢出去!"

"你们,你们这些当兵的真是粗鲁,一点教养都没有,简直蛮不讲理!"

"妈的!"一个士兵骂道:"跟你这种人有什么好讲理的?人家两个小姐都没说话,你一个大男人叫唤个啥?他妈的胆小鬼!"

中年人站起身,拿起手杖往舱板上重重一顿,说道:"我是中央银行派到湖南的专员,你们是哪个部队的?竟敢这样污辱我,我要告你们!"

这句话像捅了马蜂窝,士兵们被惹恼了,顿时破口大骂起来。一个士兵哗啦一声拉开枪栓,吼道:"告我们?不要说中央银行,就是中央来的又怎么样?老子连日本鬼子都没怕过,还怕你?你他妈的再不闭嘴,老子以妨碍军务罪毙了你!"

另外一个士兵也骂道:"毙了他浪费子弹,还是把这头猪丢出去,正好减轻重量!"

"大家不要吵了,该怎么飞机长说了算。"飞行员转身对着专员,很严肃地说道:"先生,你应该清楚这些军火从缅甸运过来有多难,我们机长是美国人,连他都愿意冒险,身为中国人,你不该这么说。"

面对着枪口,专员不敢再说了,只坐在那里瑟瑟发抖,不过不是愤怒,而是害怕。飞行员又说道:"大家放心,机长是美国空军的退役飞行员,在泛美航空公司又干了四年,有十六年的飞行记录,夜航经验很丰富,不会有事的。"

他开始教大家背降落伞,然后逐一检查是否背好。在检查白曼琳的降落伞时,他安慰她说:"小姐,别害怕,机长的飞行技术一流。我向你保证,你用不着降落伞。"

"我知道你在安慰我,不过还是谢谢你。"

"你真这么想?"

"当然,你是不是认为我该尖叫,或者号啕大哭?"

"你要那样也很正常。遇到这种情况,就是男人也会害怕。"

"你也害怕吗?"

"你真会挑字眼,小姐。"飞行员笑了起来,"我说的男人是指普通人,不包括我们这些专业人员。"

天渐渐亮了,霞光透过舷窗的玻璃照进了机舱,一直处于紧张状态的人们终于放下了一颗悬着的心。飞机平稳地飞着,经过几个小时的呕吐与紧张,白曼琳觉得胸口非常难受,身体也发软,像害了大病一样,虚弱地靠着舱壁养神。突然,飞机的机头猛地向前一栽,直往下俯冲,她"啊"地尖叫一声,不由自主往前直跌下去,倒在了舱板上。机舱里的人也在惊叫着跌倒,伴随着东西落下的声音。舷窗外有火光闪过,还有着恐怖的"当当"声,那是机枪子弹打在铁板上的声音,舱里很快弥漫着一股刺鼻的火药味。飞机急剧俯冲,机舱里人的尖叫声、哭喊声、东西的撞击声,响成了一片。白曼琳感到身体在不断地下坠,但心好像坠得更快,似乎已经脱离了身体。她情不自禁地尖叫着伸手往空中乱抓,想抓住什么东西,但什么也没抓到。飞机一直躲进了厚厚的云层才拉平机身,白曼琳头脑一片空白,闭着眼睛静静地躺着,过了好一会儿,那颗失落的心才慢慢地回落到了胸腔,重新和她的身体复合。朦胧中,她听见有人哭,腿上也好像压着一个沉重的东西,挣扎着坐起来一看,压着她的是叶兰馨,正在那里哭喊:"我被打中了,快救救我!"

她使劲想抬起她的身子,好把自己的腿抽出来,但她抬不动,只得大喊:"雷霆,戴杰英,快来帮我一下,她受伤了。"

邹仿儒过来了,说道:"我来帮你,他们在抢救伤员,还有人受伤。"

他把叶兰馨从她身上抱开,平放在舱板上,白曼琳飞快地爬起身来看她,只见她的左腿处鲜血淋漓,她把她的旗袍下摆拉起来,发现里面的长统棉线袜已经被血浸透了,她拉下棉袜,只见大腿上的一个弹孔还在大量地往外冒血,她暗叫一声糟糕,问邹仿儒:"有急救包吗?"

他拿出急救包递给她,她撕开急救包,取出纱布拼命按住伤口,但出血太厉害,纱布很快就浸透了,她说道:"快给我一根带子,我把她的腿绑起来!"

"我没有带子。"

旁边一个士兵问道:"绑腿可不可以?"

"可以,快给我。"

那个士兵飞快地解下了绑腿,她让他用它使劲勒住弹孔上方的大腿,试图减少出血。叶兰馨此时已不像先前那样惨呼,她的脸色惨白,呼吸急促,浑身不住地哆嗦,虚弱地说道:"我好冷,怎么会这么冷?我是不是要死了?救救我,我不想死。"

白曼琳安慰她说:"你不会死,只是皮肉伤,你挺住,会好的。"

但她挺不住了,她的大腿主动脉被打断了,几分钟之后,她死了。见她死了,白曼琳松开手,无力地坐到了舱板上,邹仿儒递给她一块毛巾,说道:"小姐,擦擦手吧。"

她机械地接过毛巾擦着手上的鲜血,说道:"她本来是去当新娘的,日本人把这一切都毁了。"

邹仿儒说道:"她死了什么都不知道,倒也没有痛苦了。真正痛苦的是活着的人,可怜的李参谋,他还等着办喜事呢,现在变成丧事了。不要难过了,小姐。你不是要当军医吗?等你将来当了军医,这种事情你会见得很多,习惯了你就麻木了。"

她把毛巾还给他,站起身看了看机舱,只见蒙谦坐在舱板上,雷霆和戴杰英正在救治他。她走过去一看,蒙谦的右臂挨了一枪,戴杰英使劲抓住他的手臂,雷霆正在处理伤口,因为没有麻药,痛得他大声惨叫。雷霆安慰他:"没有伤着骨头,暂时给你包一下,等到了机场,再用点药就没问题了。"

飞机一直在云层里穿行,十分钟后,他们被告知由于躲避日本战斗机的袭击,飞机远离了航道,由于油量不够,只能降在最近的贵阳清镇平远机场,等加了油再飞往衡阳。到了清镇机场,飞机降到地面,开始在跑道上滑行,突然头顶上一阵机枪声响过,刚站起身准备拿东西的西装青年随即倒了下去,正好倒在专员的面前,他的头被打破了,鲜血和着脑浆一起往外流,专员被这番惨象吓得魂不附体,像挨了打一样,拼命地大声喊叫。雷霆跑过去想救他,但他的头被打掉了一块,已经断气了。

副驾驶从驾驶舱内伸出了头,大喊道:"有敌机!大家准备好,飞机一停马上下去!"

机舱的门打开了,那个专员立刻抢先站在门口,身子还哆嗦得像暴风雨中的树叶。邹仿儒不客气地一把将他拖开,把白曼琳推到前面,吼道:"抢什么抢!让小姐站前面!还有那个受伤的同学,你也到前面来!"

大家按他的指挥排队等候,飞机还没完全停稳,白曼琳听见他喊了声"跳",赶紧跳了出去。一落在坚硬的地面上,震得她双腿发痛,她站稳身子,恰好看见远处有一架日本零式战斗机转了个弯,正对准这个方向飞过来。她拼命往前跑,惊恐中听见跑道外面有人在大喊:"离开跑道!不要顺着跑道跑!快离开!"她转身就往跑道外面跑,清镇机场的跑道全由碎石铺成,当时没有施工的机械,完全按照原始方法,由成千上万的民工开山取石,把石头打碎铺成硬路面,再拖着沉重的石碾来回滚动压实路面,所以跑道粗糙,并不十分平整,她又穿着高跟鞋,慌乱中右脚的高跟鞋踩在了一个微微凹陷的小坑中,往旁边歪了一下,鞋跟顿时断了,她试图甩掉鞋子,情急之下怎么也甩不掉。在她身后的邹仿儒见此情形,顾不得什么,赶紧越到她前面,身子微微往下一蹲,伸手抱住她的双腿,把她整个人往上一送,扛在了肩上,继续往外飞奔。她仰起头,只见那架日本战斗机的机头已经冒出了火光,不过不是对着运输机开火,而是对着还在跑道上跑动的人开火。那个专员因为太胖了,跑不快,落在了最后,只见他双手在空中挥舞了几下,好像要抓住什么东西似的,然后重重地倒了下去,同时另一个士兵也打了个趔趄,栽倒在地。白曼琳闭上了眼睛,不敢再看,料着自己这一次恐怕在劫难逃。

恐惧中不知过了多久,她听见机枪声停了,然后邹仿儒站住了,把她放了下来。她睁开眼睛,发现飞机已经飞过去了,不禁抓着他的手,一迭连声地说道:"你救了我!是你救了我!谢谢你!谢谢!"

他的脸通红,一面喘着气,一面急促地说道:"别说了,你快把鞋脱了,我们得找个地方躲一下。敌机还会回来,这里离我们的飞机太近了,不安全!"

她顺从地脱下鞋子提在手上,跟在他后面跑,一直跑出机场,躲在一个破旧的石碾后面,石碾很大,足有一人高,看样子是当年修机场用的,修完之后丢弃在这里。她伸出头去望机场,很清楚地看见空中有五架日本战斗机正和三架中国战斗机在厮杀,另一条跑道上两架中国战斗机正在滑行起飞,前方的停机坪上一架客机、一架战斗机正在爆炸燃烧,还有一架运输机和一架战斗机停在那里,两个飞行员正在登上它们。飞机一架接一架地轰鸣着,开始陆续升空。

另外两架日本战机在空中转了个弯,向着跑道上的中国飞机飞了过去。机枪、机关炮接连不断地响了起来,最后一架战斗机刚刚拉起机头脱离跑道,来不及躲避,被敌机打断了翅膀,轰地落到了地面。剩下的飞机在空中缠斗着、追逐着……

袭击过他们的那架日本战斗机已经掉过了头,对着停在跑道上的DC–3疯狂开火,突然间,只听一声巨响,机上的弹药被引爆了。冲天的火光中,不断有流星似的东西射向四方。

白曼琳赶紧缩回头,转过身,将背紧紧靠着石碾,然后扭头去看邹仿儒,只见他也是背靠石碾,双手紧握成拳头,两眼直愣愣地望着天空,脸上现出死人般的苍白,牙齿紧紧咬着下嘴唇,嘴唇已经被咬得出了血,在下巴上流出一道血痕。

第十六章　挽救不幸的少女

衡阳机场。

面对机场的一间屋子里,张一鸣坐在椅子上,微微弯着腰,两只手肘支在大腿上,双手十指交叉握在一起形成了一个拳头,他埋着头,额头抵在拳头上,一动也不动。在他面前的茶几上放着一包香烟,一只打火机,一个陶制烟灰缸,烟灰缸里面装满了烟头,旁边还有一个揉成一团的空烟盒。昨夜,他满腔喜悦来机场接白曼琳,却被值班员告知飞机在贵州上空遇到风暴,飞行员在通知塔台方向仪失灵后不久就与机场失去联系,现在情况不明。听到这个消息,他觉得脑袋轰的一声,头顶像挨了个炸雷似的,震得全身发木。值班员极力安慰他,说资深飞行员没有方向仪照样能够判断方位,他也强迫自己相信,可是随着时间一个小时一个小时地过去,他的信心开始动摇了,恐惧像一只蜘蛛从他心底开始结网,慢慢地网住了全身。他一生遇到过无数生死攸关的场面,但从未灰心绝望过,越是艰难,越能激发出他强烈的斗志,越要竭尽全力争取胜利,可是这一次他是真的六神无主了,他知道这场战斗不是他能够打的。

赵义伟坐在他旁边的椅子上,看着他这个样子,知道他内心的焦急不安已经到了什么程度。他很想安慰他,又不敢贸然开口,怕安慰话反而证实了希望的渺茫,只得陪他坐着,闷闷地吸烟。

残月西沉,东方渐渐发白,天色由淡白转为浅红,而最终变成胭脂色。天空中出现了一架双翼飞机,机头对准了跑道,正在徐徐降落,飞机的背部让绯红的朝霞给抹上了一层柔和的、朦胧的红光,像一只传说中的火鸟。

听到飞机的轰鸣声,张一鸣条件反射似的跳起来,大踏步走到窗边,等到看清那不是运输机,而是一架霍克-Ⅲ型战斗机时,神色立刻黯淡了下去。他呆呆地看了一会,转身慢慢地往回走,脚步很沉重,仿佛非常疲惫。坐回到椅子上,他拿过烟盒,抽出一支烟,赵义伟赶紧拿起打火机给他点,第一次发现军长拿烟的手有点发抖。

机场又有两架飞机降落,但都不是他等的那架,站在窗边,看着高悬在天空的红日,张一鸣只觉得一颗心在不断地往下沉,往下沉。

门外响起了急促的脚步声,随后"吱呀"一声,门开了,有人走了进来,叫道:"张军长,有消息了。"

他猛地转过身,见是机场值班员,忙问道:"她在哪儿?"

"贵阳。"

"她没事吧?"

"张军长,我得跟你说实话。"值班员迟疑地说,"他们坐的那架飞机在贵阳机场降落的时候,正好遭到日本飞机袭击,被炸毁了。"

仿佛有寒流袭来,张一鸣只觉得脊背一阵发冷。"她还活着吗?"

"现在还不知道,贵阳机场很乱,还在清理,暂时还来不及查清死者身份。"值班员同情地看着他,安慰说:"张军长,不要担心,也许他们已经下飞机了。"

"但愿如此。"

而这个时候,白曼琳刚从惊恐中解脱出来,却又陷入了悲伤之中。因为轰炸过后,四个学生变成了三个,五个军人也变成了四个,戴杰英和一个士兵被打死在飞机附近,飞机爆炸后,跑道上只剩一个深深的大坑,两人连尸骨都找不到了。

飞机被炸,机场里一片混乱,几个人好不容易找到机场调度,邹仿儒问他机场什么时候能通航,通航以后能不能安排一架飞机送他们去衡阳。那调度正在焦头烂额,听到他的话大发雷霆:"飞机!我上哪儿去给你弄飞机?天知道它们还能不能飞回来?"

"那我们怎么办?"

"我怎么知道,我还不知道那些飞机怎么样了呢?"

白曼琳问道:"它们会被日本人打下来吗?"

对着年轻小姐,调度的态度稍稍好了些,"会有几架被打掉的,没办法,日本飞机先进啊。小姐,你们不要等了,另外想办法走吧,即使机场开通了,你们也上不了飞机,航程早满了。"

这时有人在大声叫他,他抛下他们走开了。大家明白已不可能再乘飞机,只能从贵阳坐汽车辗转前往湖南,经过这番劫难,三个大学生和四个军人已经成了患难之交,决定继续结伴前行。商量好了,大家离开机场前往贵阳城里,去长途车站看看什么时候有到湖南的车。清镇机场距离贵阳二十八公里,机场被炸,一时找不到交通工具,大家只能步行前往贵阳。一路上,大家心情郁闷,都不说话,默默地往前走。

经过一处农家的时候,邹仿儒看见茅屋顶上冒着炊烟,厨房门大开着,他走进去,里面一个农妇正在灶下烧火,灶上一口大锅盖着锅盖,热气腾腾的蒸汽沿着锅盖四周往外冒,传出一股煮玉米的甜香。他说道:"大嫂,我们是过路的,有什么吃的卖点给我们。"

农妇说道:"只有煮苞谷。"

他给了农妇一点钱,把锅里的玉米全买了,那农妇揭开锅盖,把玉米捞起来,放在一个竹箕里,邹仿儒叫大家进来拿。白曼琳没有进去,和蒙谦坐在门口的小木凳上,雷霆拿了三个出来,递了一个给蒙谦,又递一个给她,她摇摇头不接,他说道:"吃一个吧,填填肚子,到贵阳还得走半天,也不知道路上还有没有吃的。"

白曼琳说道:"我吃不下。"

邹仿儒也出来了,问道:"白小姐还想着你那位同学?"

"能不想吗?几个小时前我们还在一起说说笑笑,讨论到军队以后的生活,突然一下就消失了,而且消失得干干净净,连骨头都没剩下一块,实在让人难以接受。"她想哭,可是喉咙仿佛被什么东西噎住了,没有哭出来。

"把他忘了吧?这也是没办法的事,你要参军,就得学着让自己心硬。"邹仿儒说道:"白小姐,你不要认为我是冷血动物,我打了几年仗,经历得实在太多,已经麻木了。"

一个士兵接口说道:"可不是,我刚参军的时候,看到班里有人被打死了,难受得饭都不想吃,现在不会了,就是坐在死人旁边,我也照样吃得下去。"

白曼琳说道:"我知道,我上过前线,也在死人旁边吃过饭,可是这一次,实在太突然,太出乎意料了,让人难以接受。"

"白小姐上过前线,"邹仿儒问道:"在哪儿?"

"上海战场。罗店、大场我都去过。"

邹仿儒睁大了眼睛,"这两个地方打得可都激烈啊!"

"所以我也在死人旁边吃过饭,你现在信了吧?"

"你在那里做什么?"

"我是红十字会的救护队员,在那里抢救伤员。"

"我也到过罗店,上去不到两个小时就被鬼子的坦克炮弹炸伤了,那是我第一次看到坦克,没有经验,还拿重机枪去打,根本就打不穿,反而挨了一炮。我身上中了十几块弹片,当场就昏了,等我醒过来已经在后方医院了,听说是被救护队的人救的。白小姐,说不定就是你救了我。"

白曼琳摇摇头:"我去罗店的路上就被日本飞机炸伤了,根本没来得及救治伤员。"

"是吗?"邹仿儒显得有些失望。

"是的。"白曼琳答道,她想起了从昏迷中醒过来时,看到的张一鸣那张惊惶的脸,他那样的人死都不怕,却为自己受伤感到惊恐,她的嘴角情不自禁地泛起了一丝微笑。

邹仿儒觉得莫名其妙,受伤有什么值得笑的地方吗?但他很快就明白了,或者自以为明白了,她是在嘲笑日本飞机,表明自己的勇气。他确实佩服她的勇敢,一个女孩子能到那种尸山血海的地方去,实在不平凡。

吃完,大家继续往前走,一路上经过不少农舍,尽是草顶的泥巴房子,许多房子没有窗户,门也没有上过漆,历经风吹雨打,已经变成了灰色,有的房子看起来很有些年岁了,变得歪歪斜斜,说不定哪天就在一阵狂风或者一场暴雨中轰然倒塌。路边的田野上,不时见到拿着锄头在锄地的男人,背着背篓割草的女人和孩子,偶尔也有人牵着牛犁田。这宁静平和的景象让人很难想象就在几里外的机场,几十分钟前还爆发过你死我活的战斗。

走了不到一半路程,白曼琳就后悔不该穿高跟鞋。由于左脚的鞋跟断了,她索性把右脚的鞋跟也敲掉,以求平衡。没有鞋跟的鞋子穿在脚上极不舒服,走起路来感觉一步一个坑,整个人都在往后仰,如果不是因为公路是凹凸不平的碎石路,穿着鞋走在上面都嫌硌脚,她早把鞋子脱掉,赤脚走路了。

走了大约十公里,白曼琳的脚已经开始发痛,走得东倒西歪。受了伤的蒙谦更是脸色发青,雷霆紧紧扶着他。好容易到了一个三岔路口,旁边的公路上过来了一辆马车。邹仿儒走到路中间,伸手把马车拦下了。赶车的是个头发花白的老头,瘦小干瘪,脸色蜡黄,样子虽然带了三分病态,精神却很好,他吁了一声,停下车,问道:"老总,有事吗?"

"你这是到哪里去?"

"到省城拉货。"

"我们也要到省城,你可不可以让这位小姐搭你的马车,还有这个学生,他受伤了。"

"可以,反正是空的。"老人爽快地答应了,"你们上来吧。"

大家把白曼琳和蒙谦扶上了马车,老人吆喝了一声,马车又继续前行。

到了城里,他们谢了老人,带着蒙谦去医院疗伤,好在只是皮肉伤,医生给他缝合了伤口,上药包扎,听说他们是路过贵阳,又给了他们一些纱布和酒精,让他们以后自己换药。出了医院,白曼琳就在旁边的鞋店里买了一双平底皮鞋,然后直奔车站。雷霆到售票处打听前往湖南方向的客车情况,售票员是个三十多岁的妇人,满脸的不耐烦,甩了一张客车表给他,让他自己看,看清楚后,他们决定先到怀化。售票员告诉他们到怀化的车每天只有一班,早上七点钟开,明、后天的车已经满员了,他们只能坐大后天的。

邹仿儒等四个军人按规定不必买票,等三个学生买好了票,一起走出车站,旁边有一家铺子,招牌上标着卖肠旺米粉和肠旺面,店老板听到他们的外省口音,热情地招呼他们进去吃饭,说卖的是贵州特产,大家好奇,决定进去尝尝。白曼琳点的是肠旺米粉,其他的全点的是肠旺面。店老板很快就将米粉端了上来,放在白曼琳面前,顿时一股扑鼻的辣味,碗里辣椒多得吓人,连汤汁的颜色都变红了。白曼琳在飞机上就把胃吐空了,早上又没吃饭,这辛辣的东西刺激得她更加饥肠辘辘。她拿起筷子一尝,原来那肠就是猪大肠,旺是生猪血,米粉是水发的干粉条。肠和粉的味道很好,只是太辣,她是天主教徒,不能吃血,把猪血全剩在了碗里。一碗肠粉吃完,辣得她眼泪都快出来了。

吃完又去了邮局,邹仿儒给部队长官拍了封电报,报告飞机出事,死亡一人,四人现在贵阳,正设法归队。白曼琳则分别给家人和张一鸣拍了电报,内容完全相同:"飞机因故降在贵阳,将乘汽车入湘,平安,勿忧。"

当时途经贵阳前往四川的人很多,旅馆大多客满,他们在贵阳转了一阵,好不容易找了一家旅馆住下,白曼琳住的是四人间,里面已住进去了一对母女,还带着一个女佣,说是从上海来的。白曼琳用上海话和她们攀谈,三人听到她的口音很高兴,那母亲说她们是上海人,准备前往重庆,八·一三之后，她的丈夫带着大儿子随机关到了重庆，她因为婆婆身体不好，不能远行，就带着小女儿留在上海陪伴婆婆，如今婆婆病故，她就带着女儿坐海轮到香港，取道桂林，再经贵阳前往重庆，和丈夫儿子团聚。大家谈起了旅途上的事，那上海太太抱怨内地的旅馆条件不好，"猪圈一样的，还收高价"，又抱怨内地交通太差，内地人野蛮不讲道理，她们一路上坐了不少黄鱼车，那些司机"简直就是敲竹杠啦，和土匪差不多"。白曼琳也听说过黄鱼车，抗战时，因为客流量大增，而后方客车又严重短缺，造成交通困难，一些不允许搭载乘客的军车和货车趁机私下招揽乘客，乘客只需要按司机的要求给钱就可以搭顺风车，还有不少客车的车主或司机也在载乘人数的定额之外加客，乘客不需要进站买票，只需给钱就上车，虽然要价有时甚至高过车站的票价，但很多人考虑到滞留下去花费更多，只得掏了腰包。由于超载严重，车上的人一个个挤得像黄鱼干似的动弹不得，所以这些乘车者被谑称为黄鱼。听了上海太太的话，白曼琳知道未来的漫漫长途吃的苦不会小，而雷霆和蒙谦家境都不好，带的旅费不会很多，如今旅程改变，旅费也就成了未知数，她担心路上费用不够，悄悄从衣角里取了一枚金戒指出来，准备第二天去找一家金铺把它换成现钱。

　　飞机在机场遭袭时，白曼琳除了手提包一直随手提着，所以拿下了飞机以外，其他的行李全留在了机上，跟着飞机被炸，雷霆和蒙谦的行李更是一件也没抢出来，损失得干干净净。所以第二天她让蒙谦在旅馆休息养伤，自己拉了雷霆上街，找了一家金店把那枚金戒指换成了法币，然后在街上逛了一阵，买了一个小手提箱，一些衣物和洗漱用品，贵阳的物价远比重庆便宜，开销比她预计的要小得多，雷霆也买了一个藤箱和一些必需品，还帮蒙谦带了一些回去。第三天，一行人无事，白曼琳坐不住，约着大家去贵阳郊外的花仡佬河游玩，那一带居住着苗、布依、仡佬等少数民族，她想去看看这些民族的传统服饰和生活习俗。他们见到的民族中，仡佬族的打扮最有特色，不管男女，下身都穿的是筒裙，女子上身穿绣着鳞状花纹齐腰短上衣，颜色分为青、红、白三段，外罩前短后长的青色无袖长袍，头缠青布头帕。男子上身的服装为对襟短衣，头缠青布或白布长头帕，男女服饰都美丽花哨，白曼琳看了很喜欢，很想买一套做个纪念，可那一带根本没有成衣铺。中午，他们在一个仡佬族人开的路边小店里吃了一顿仡佬风味的饭菜，白曼琳也有了收获，她和老板娘聊了一阵，买到了一套崭新的仡佬服，这是老板娘的女儿准备出嫁穿的衣服，她费了一番口舌，又出了三倍的材料钱才将它买下了。

第四天一早，一行人提前赶到车站，汽车已经停在了站口，周围很多人等着。等了十多分钟，车门打开了，人们蜂拥而上，向着车门挤去。因为行李已随着飞机被炸掉，空着手几个男人很容易就挤上了车，白曼琳也被他们连拉带推地带了上去，找到了一个靠窗的座位。

乘客上齐之后，司机下车去叫检查员，因为车要等检查员检查过后才能开。战争期间，各车站都设有检查员，负责盘查过往旅客及携带的行李，以防日伪奸细混进来。

等了好久，终于上来了一个中年男人，穿着黄军衣，手里拿着一本登记簿，鼓着蛤蟆眼睛，一张马脸拉得老长，好像在和谁生气，又好像手里拿的是账簿，他本人是来催债的，有人低声说他就是检查员。他一上车就冲着门边一个外表老实、木讷的乡下人大声喝问："你，干什么的？"

那乡下人是第一次坐车，没见过这种气势的人，畏畏缩缩地回答："走亲戚。"

他没听清楚，厉声喝道："走什么？"

乡下人吓了一跳，愣愣地回答："不走呀，我坐车。"

满车的人都笑了，他感到受了屈辱，环顾车厢怒吼道："笑什么？有什么好笑的？再笑把你们全扣起来。"

这句话让车上的人都感到压抑、不满，但又不敢得罪他，真让他给扣下来可不是闹着玩的事。登记完了乡下人，他又指着一个穿着半旧黑呢大衣、戴着近视眼镜的年轻人。"你叫什么名字？"

"区辰，我是《贵阳日报》的记者。"

他不屑地瞪了他一眼。"记者，记者又怎么样？你们这些文人都是废物，嘴上说得好听，打起仗来，一点用处都没有！"

区辰满以为自己的职业会让他有所顾忌，没料到会听到这样一番话，他可接受不了。"你这是什么话？不是污辱人吗？"

"侮辱你又怎么样？我看你这样子就像个汉奸。我还扣了你！"

"你敢！"区辰受不了汉奸这个罪名，呼的一下站了起来。

"你看我敢不敢？我就把你扣下来。"

两人大声吵了起来。区辰的同伴忙赔笑劝道:"算了算了,国难时期,大家都不容易。"一面拉着区辰坐下,一面又向检查员连连拱手,说了不少好话,总算平息了这场风波。

检查员气势汹汹、骂骂咧咧地一路搜查过来,看到白曼琳时,他呆了一下,随即几步跨到她面前,问道:"你叫什么名字?"

"白曼琳。"

"干什么的?"

"学生。"

"证件呢?拿过我看看。"

她拿出证件递给他,他仔细看看她的学生证,又看看她本人,他看的时间过久,让人疑心他是在察看证件的真伪呢,还是在欣赏美女。他看完了她的学生证,又问道:"你要到哪里去?"

"湖南祁阳。"

"到湖南干什么?"

"参军。"

"为什么要参军?"

"我是学医的,去当军医抢救伤员。"

"把你的包给我,我要检查。"

她把手提包递给他,他打开一看,立刻双眼发光,如获至宝似的掏出那把勃朗宁手枪,直递到她面前,问道:"这是什么?"

"手枪。"

"废话,我当然知道这是手枪,你既然是学生,为什么会有枪?"他得意地说道:"我看你根本就是奸细,老老实实跟我走,别耍花样,不然的话,别怪我不客气。"

"我不是奸细!这枪是我带着路上防身用的,我有证明。"

她拿出证明递给他,他接过去并不看。"枪是哪来的?"

"那上面不是写着吗?"

"少废话,我问你什么,你就说什么。"

"先生,"雷霆忍不住插话了,"和人家小姐说话,你就不能客气一点吗?"

他把蛤蟆眼睛一瞪,"你少管闲事,不要看她漂亮就想帮她。我告诉你,漂亮的女特务我可见得多了。"

"你含血喷人!"白曼琳气得话音都变了,"我有合法的证明,你凭什么说我是特务?"

"证明可以伪造,哪个特务身上没有证明。少废话,跟我走一趟。"

"我不去,没有证据,你凭什么抓我?"

邹仿儒忍不住了,说道:"不就是个小检查员嘛,耍什么威风,有本事上前线打鬼子去,欺负姑娘家,什么玩意儿?"

"刚才的话是哪个说的?"检查员像一条被踩着了尾巴的蛇,立刻恶狠狠地回过了头。

"是我说的,"邹仿儒满不在乎地说道,"你那么凶干什么?想把我也扣起来?"

"他敢,我们去砸了他的窝。"其他几名士兵也发火了,都在那里跃跃欲试。

检查员的脸色很难看,像一块酱腌过的猪肝,眼睛直盯着邹仿儒,大家以为他要破口大骂,但他还没疯狂到那种地步。这是枪杆子的年代,军人统治的世界,他还没有那么大的胆量去惹前线军人。何况他也不是真的要把白曼琳带去审问,他从一开始就看出她不是奸细,不过见她长得美,故意找茬,想让这个美人儿向自己赔笑脸、说好话,哀求一番才放她过关。邹仿儒一插手,他不敢再刁难她了,可是这么僵着不说话似乎又下不了台,一转眼看见旁边有个小贩模样的人在那里笑,他的怒气马上找着了目标,立即对着那小贩大声喝骂起来。"不准笑!你再笑,你再笑看我怎么收拾你!"

小贩不敢笑了,心里不服气,嘴里小声地嘀咕:"不就是个破检查员嘛,神气什么,看哪天我收拾你。"

检查了1个多小时,他终于下车走了。司机开始轰轰地发动引擎,车身剧烈地抖动起来,大声地喘了一阵,突然猛地往前一蹿,开动了。汽车出了城,车速加快了。公路路面粗糙,崎岖不平,汽车一路蹦蹦跳跳地前进,不时弯来绕去,避开一些讨厌的大坑,或者在路上游荡的猪和家禽,颠得人头昏脑涨,走了十多里路后,有人开始晕车呕吐。车子离城市越来越远,行人和畜禽渐渐稀少,偶尔会碰到军车以及民间的运货卡车扬起厚重的灰尘驶过,更多的则是驮着麻包、木箱的骡马成群结队地在路上不疾不慢地走着,脖子上的铜铃随着走动发出清脆的叮当声,战时汽车短缺,所以古老的驮运又得以兴旺发达。

这辆客车是一辆改装过的木炭车,整个车子已经被炭烟熏得漆黑。抗战以来,由于日军的封锁,汽油严重匮乏,迫于情势所逼,中国人发明了酒精车和木炭车,顾名思义,就是以酒精和木炭替代汽油作为动力驱动引擎,到了1939年的时候,除了军车使用的是汽油或者酒精,民用汽车基本上已经改成了木炭车。这种由汽油车改装的木炭车,车箱的前方侧面,都装有一个体积庞大的木炭炉,驾驶室内装有一个连接炭炉的鼓风机,木炭点火后通过鼓风机把炉子烧旺,使炉内木炭燃烧产生煤气,煤气再通过两个"存气筒"储存、过滤后输入化油器点火。客车的车厢内不仅装载乘客,还得装载路上添加的木炭。

坐木炭车旅行不是一件愉快的事情,木炭车动力不足,遇到陡坡的时候,车子往往爬不上去,车上的人得下车步行,甚至帮着推车。车厢里的空气沉闷,一路上热热的炭灰和炭烟直往车厢里灌,呛得人不住地咳嗽,也热得人不停地冒汗。

白曼琳摸出手绢擦了擦脸上的汗水,一看手绢变黑了,对雷霆说道:"等晚上到了旅馆,洗脸恐怕得洗下半斤炭灰来。"

到了黄平天已经黑了,司机让大家下车投宿,明早七点出发。黄平是贵州东部的一个大县,县城依山而建,抗战以后,成为两广和湖南前往四川的一个必经之地,频繁过往的军队、机关学校、商旅和难民使住宿颇为紧张,一行人问了不少旅馆,都报客满。最后在西南大旅社找到了住处,因为该旅社是黄平最好的旅馆,要价较高,所以还有空房。

找好了住处,大家出去吃饭,这里和许多山区县城一样,建筑古旧,街道狭窄,没有人行道,没有百货公司,没有电影院,没有广告牌,因为城里没有电力,所以也没有路灯,除了偶尔经过的汽车以外,看不出现在已经是二十世纪。

城里没有什么娱乐,一行人吃完了饭只能回旅馆。白曼琳住的是四人间,她回去以后,发现又住进来了两个人,一个二十多岁的少妇带着一个中年女佣,那少妇操着一口难懂的官话同白曼琳攀谈,白曼琳仔细听了半天,勉强听明白了她们从福建来,准备去昆明,其余的全然不懂。因为语言不通,交流不便,谈了一会,彼此都觉得兴趣索然,没有再谈下去。白曼琳在贵阳买了笔和日记本,准备记下沿途见闻,这时便将笔记本打开,就着菜油灯写起来。一会儿,只听见左侧房间的四个商人回来了,大概还带了酒和吃食回来,他们进去后,大声喊来茶房,让他给叫两个女人来。茶房果然给他们叫来了两个女人,很快隔墙就传来划拳声,男女淫亵的调笑声,他们一边吃喝,一边用胡琴伴奏,唱起了流行歌曲,热闹非凡。旅馆的墙壁是木头的,不隔音,白曼琳受不了,用被子蒙着头,但是也没用,那打情骂俏的笑闹声依然直往她耳朵里钻。闹了一阵,一个男人带着酒意唱了起来,粗嘎的嗓音难听至极,"紧打鼓来慢打锣,停锣住鼓听唱歌。诸般闲言也唱过,听我唱过十八摸。老板听了十八摸,不花银两摸不着。老头听了十八摸,浑身上下打哆嗦。小伙子听了十八摸,抱着枕头喊老婆。一摸呀,摸到呀,大姐的头上边呀,一头青丝如墨染,好似那乌云遮满天。哎哎哟,好似那乌云遮满天。"他一路唱下去,歌词越来越淫秽,越来越下流,而且他似乎一边唱,一边还动手动脚,只听一个女人嘻嘻地笑着说"啊哟,不行,不行,哥哥,你好坏呀。"

白曼琳是大家闺秀,虽然不是亲眼见到那种场面,光听就已经把她羞得面红耳赤,这时又听见唱起了这种不堪入耳的下流曲子,实在难以忍受,她一个年轻姑娘,自然不便亲自去制止,就来到对面几个同伴的房间,敲了敲门,叫道:"邹长官。"

邹仿儒出来了。"白小姐,有事吗?"

"我隔壁的房间太闹了,闹得不像话,你能去制止一下吗?我不好意思去。"

那间房里的情形,邹仿儒也听得一清二楚,见她满脸红晕,自然明白她的意思,笑道:"好,好,我这就去。"

他立刻走过去,用力敲了敲房门,大喊道:"开门!"

门开了,一个三十多岁的男人出来了,满嘴喷着酒气,问道:"老总,什么事?"

"你们闹得太不像话了,这里有年轻女客,你们注意一点。"

那男人显然已经醉了,脚步有些趔趄,将背靠在门框上才勉强站稳了身子,然后迷糊着一双血红的眼睛,说道:"我们只是喝、喝酒,唱歌,又没干、干什么,用得着大惊小怪吗?"

邹仿儒眉头一皱,说道:"你们那唱的是什么歌?也太下流了吧?让人家姑娘听见了,算怎么回事?"

那男人说道:"我们这是风、风流,不是下流。男人不……风流,枉在世上走。老总,干脆你也进来喝、喝两杯,我们一块儿乐一乐,这两个婊、婊子还不错。"

邹仿儒气红了脸,说道:"谁要进去?你们要乐,换个地方去乐,这里是旅馆,不是妓院,不要妨碍别人休息。"

"我们又没……犯法,在哪里乐,你管、管不着。"

邹仿儒的军人脾气发作了,拔出手枪对准他,"哗啦"一声拉开枪栓,说道:"我管不着,我这把枪总管得着。"

那人虽然醉了,但看到黑洞洞的枪口对着自己,还是吓得呆了。房里另外一个男人还比较清醒,见此情形,赶紧过来赔笑说道:"老总,他喝醉了,胡说八道,得罪莫怪,我们这就完了,不打扰你休息。"

邹仿儒拔枪只是威胁,见他们答应不再闹了,就坡下驴,把枪收了回去。那几个商人果然不敢再闹,把妓女打发走了,熄灯睡觉。旅馆里安静下来了,白曼琳躺在床上,却怎么也睡不着,想到如果不是飞机出事,此刻她已经到了祁阳,回忆起张一鸣那强有力的臂膀,温暖的怀抱,她觉得脸上有点热烘烘,同时心里更加着急了,现在还远在贵州,不知道得过多久才能到得了祁阳。

第二天,汽车一路走走停停,中午快两点钟才终于到了一个小镇,司机把车停在一个小饭馆门口,喊道:"车子停一个小时,要吃饭的赶快啊,前面不停了。"

饭馆老板是个三十多岁、黑黑瘦瘦的矮个子男人,见有客人来,忙拿火钳捅开灶火,烧汤炒菜。老板娘比丈夫小得多,大概二十来岁,一张黑里透红的圆脸,厚厚的嘴唇,健壮结实,个子也比丈夫高半个头,她的手里抱着个婴儿,所以只负责招呼客人。店里另外还有一个十四五岁的少女,模样与少妇相像,但要瘦弱得多,她一面麻利地切肉、切菜,一面把老板炒好的菜端上桌。客人里有一对中年夫妇,男的看起来像个地方官,两人在黄平上的车,说是要到玉屏做客。他们点了一份炒猪肝,就在那少女把炒好的一碟猪肝给他们端过去时,意外发生了。一条跑到店里觅食的野狗正在桌子底下搜寻丢弃的骨头,给那对夫妇淘气的小儿子使劲踹了一脚,那狗被踢痛了,嗷嗷叫着往外一窜,正好绊到少女脚上。她被绊得往前一扑,一盘菜全扣在那太太身上了,灰色的毛呢大衣顿时一片狼藉。那太太大声惊叫,站了起来,少女慌得手忙脚乱,赶紧拿毛巾替她抹掉菜肴、擦拭油污,老板娘也赶快过去帮着擦,可是红色的辣椒油已在衣服上留下了大片清晰的痕迹,将来就是洗也洗不掉了。

那太太对少女怒目而视:"你看你干的好事!"

少女吓得说不出话,老板娘一迭连声地道歉。那太太怒道:"对不起?对不起有什么用?你知不知道这种衣服现在值多少钱?我都是出门做客的时候才穿,现在被你们弄成这个样子,说声对不起就想了啦,哪有这么便宜的事!"

老板娘赔笑道:"太太,你把衣服脱下来,我给你洗干净。"

"你是傻瓜还是瞎了眼?你自己看看,沾上这种油,洗得干净才怪!什么也别说,赔我的衣服!"

老板也过来了,一张黑脸变得更黑了,嘶哑着嗓子说道:"太太,你要赔多少?"

"500。"

老板呆住了。500,对于他来说,和500万没什么区别。老板娘怯生生地说道:"我们哪有这么多钱,我家里就80块……"

"80块,还不够加工费呢。我跟你说的还是去年的价,现在物价涨得这么快,500块说不定连衣服料子都已经买不到了。"

"你这个扫把星、害人精!"老板指着少女破口大骂,"我就知道,你到我家来我准得倒霉!"他愈说愈气,暴跳如雷,突然对着少妇劈头盖脑地打过去,边打边骂:"你这个败家精!我跟你说不要把这扫把星带到家里来,她克死了你爹你娘,还克死了她男人,你就是不听。我,我打死你!打死你!"

少女拼命拉着他的手,哭喊道:"大姐夫,不要打我大姐,祸是我闯的,你要打就打我吧!"

老板伸手重重给了她一巴掌,打得那少女半边脸都红了:"扫把星,你来就不会有好事,你闯的祸你自个儿解决。"

"不要演戏了,"那太太不耐烦道,"你们这号人我见得多了,快赔我的衣服。"

"太太,钱我没有。"老板指着少女对她说:"你把她带走,是卖还是留着使唤,随你的便。"

"她也值500块?你拿我当白痴?"

"那你说怎么办?500块钱,你就是把我杀了,我也拿不出来。"

"你要横啊?"先生开口了,"好,好,你不赔是不是?我在县里当了这么多年的局长,你这种刁民,也见得多了,你不赔就给我到警察局去,到那个时候你就有钱了。"

老板知道遇到了县里来的官,他怕官,只得央求道:"我不是不赔,实在是赔不起,我就是把房子卖了,也值不了这么多钱。"谈到卖字,他突然想起了什么,一把把那少女拉过来,说道:"各位客人,我这小姨子很勤快,洗衣做饭,挑水种地,样样能干,吃得又不多,买去做老婆、做丫头都不亏。"

那少女吓得哭了起来,央求道:"大姐夫,不要卖我,我以后听你的话,我好好做事……"

"不卖你,拿什么赔人家?"老板打断了她的话,"难道卖你姐?"

白曼琳惊得目瞪口呆,这人真做得出来,当众卖自己的姨妹。那少女看样子逆来顺受惯了,站在那里没有走,只是埋着头,呜呜地哭着。500块对于重庆的富人来说,还不够一顿酒席钱,可是山区小镇经济落后,居民贫穷,500块可以让一个平民百姓倾家荡产,还可以改变一个少女一生的命运。乘客里虽然有单身或者好色的男人,可是见那少女模样并不漂亮,觉得不值500块,又想起老板骂她时说她克夫,就更没人开口了。

过了一会儿,一个男人说话了:"500块太贵了,300块我就要。"

白曼琳一看,说话的是个四十多岁的男人,瘦得像只猴子似的,黝黑的皮肤,尖削脸,两只眼睛深深地陷了进去,显得那通红的酒糟鼻子越发的高,鼻孔越发的大,焦黑的牙齿全露在了外面,嘴唇想遮也遮不住,他正用市场买牲口的眼光,上上下下地打量那少女。白曼琳一看之下,心里立刻就生出了一股厌恶。

和他一起的另外一个男人说道:"老刘,你买她,不怕回去你老婆拿擀面杖打你。"

那瘦猴笑道:"我那么笨,会带回去?我长期跑这边做生意,再安个家不行吗？喂，老板，怎么样？300块。"

老板说道："500，一分不能少。"

看他们讨价还价，那少女大哭起来，看她哭得凄惨，白曼琳动了恻隐之心，这少女虽然不美，但也不至于跟这样一个老丑的男人，何况还是毫无保障的外家，随时都会被遗弃。好在前天卖了戒指，500块钱暂时还不至于让她旅途为难，当下摸了出来，并不递给那老板，而是递给那少妇，说道："拿去吧，我替你们赔。"

那少妇以为白曼琳买了妹妹当丫头，接过钱给了那太太之后，就把妹妹拉到白曼琳面前，哽咽道："幺妹，你跟着小姐去吧，好好听小姐的话，做事勤快点。"

白曼琳见两姐妹哭作一团，说道："你们误会了，我不是买丫头，说了这钱是替你们赔的，这个妹妹不用跟我走。"

那少妇惊得睁大了眼睛，问道："小姐，你说的是真的?"

"当然是真的。你们尽管放心，我不会把你们姐妹分开的。"

那少妇看着她，突然说了一句："小姐，你真是好人，就像个观音一样。"

老板也过来了，对着她千恩万谢，又催促着两姐妹赶快去给小姐做几个好菜。雷霆和邹仿儒等人也都称赞她做得漂亮，白曼琳被大家夸赞着，心里也很高兴，一张俏脸笑得如春花绽放。

吃过饭，白曼琳走出饭馆，准备上车，那少妇带着少女突然追了上来，白曼琳见那少女手里提着一个小花布包袱，以为她们要送东西给自己，说道："不用了，我长途跋涉，带着东西不方便。"

那少妇说道："不是的，小姐，我让幺妹跟你走。"

白曼琳诧异道："我说过了，我没有买你的妹妹当丫头，她不用跟我走。"

那少妇说道："小姐，你真是个好人，我一辈子都不会忘记你，我去拜菩萨的时候，也一定会求菩萨保佑你。小姐，我幺妹命苦，十二岁嫁人，妹夫比她小六岁，还没等到圆房就病死了，她婆婆怪她克死了男人，把她赶出了婆家。我爹娘是死了的，她只能来找我，我男人不高兴，为这事经常打我、骂我，也骂她。今天闯了这么大的祸，我男人怕是更不能留下她了，说不定哪天就背着我把她给卖了。我想过了，反正都是卖，不如让她跟着小姐，小姐心肠好，不会虐待她，跟着小姐，我也放心。"

白曼琳为难道："你妹妹的遭遇我很同情,可是我要到湖南去参军,不能带着她。"

"那就让她跟着你去参军,我这妹妹是在苦水里泡大的,什么活都能干,什么苦都能吃,你带着她,不会给你添麻烦。"

白曼琳还有些犹豫,蒙谦把她拉到一边,低声说道："你就带她走吧,她在这里有克夫的名声,在这种蒙昧不开化的地方要想找个好点的丈夫很困难,一生基本上已经没有什么指望了。带她到军队去,对她的人生也许是个挽救。"

白曼琳觉得有理,答应把那少女带上。因为白曼琳是外乡人,两姐妹觉得也许一生再没有相见的机会,抱头痛哭了一阵,这番姐妹分离的惨景,让很多人都为之动容。白曼琳再三向那姐姐保证,一定会善待她妹妹。直到那司机见时间耽误太久,笛笛笛地按起了喇叭,那少妇才依依不舍地让妹妹上了车。车子开出去了,还看到那少妇站在路旁,望着车子哭着,那少女也回头望着大哭,直到看不见人影了,才回过头来,用袖子擦着眼泪,低声呜咽。

第十七章　艰难的旅程

汽车开出去了很远,那少女还在低声呜咽,白曼琳轻轻拍着她的背,安慰着她,等她平静些了,才问道："告诉我,你叫什么名字?"

"丁幺妹。"

"丁幺妹。"白曼琳念了一遍她的名字,摇摇头："这个名字不好听,你要是不介意,我给你改一个吧,你姓丁,不如就叫丁香,你觉得怎么样?"

"好,小姐说什么就是什么。"

白曼琳拉住她的手,温和地说道："不要叫我小姐,你就叫我琳姐姐吧,你不是我的丫头,知道了吗?"一拉之下,她觉得丁香的手非常粗糙,手心里满是硬硬的茧子,根本不像一个少女的手。

"知道了,小……琳姐姐。"丁香并不笨,学得很快。

"你多大了?"

"十五了。"

"十五?"白曼琳见她那么瘦小,有点不信,"我还以为你才十三岁。"

一路上,白曼琳问起了她家的情况,得知她出身于一个贫苦农家,父亲死得早,因为家里穷,姐姐被迫嫁给了身材过于矮小、三十岁都没有娶到媳妇儿的姐夫,她还有一个哥哥,十四岁就跟着马帮上云南,按马帮的行规,最初两年只包吃包住,没有工钱,如有天灾人祸、病死残废之类,概不负责。不幸的事发生了,她的哥哥跟着马帮去云南买货,在翻越一处悬崖的时候,牵的马失了前蹄,滑下了悬崖,将他一并拉了下去,十四岁的少年,一瞬间就这么无声无息地完掉了。消息传回来,她母亲受不了这个打击,哭得人都傻了,整天恍恍惚惚的,最后失足掉到池塘里淹死了。埋葬了母亲,她一贫如洗,只能投靠姐姐,姐夫见家里平白无故地添了一张嘴,很不高兴,为此经常打骂她姐姐,也打骂她。十二岁那年,姐夫就把她嫁了出去,她的"男人"只有六岁,她每天不仅要照顾小丈夫,还要帮婆婆挑水、做饭、洗衣、喂猪,婆婆很厉害,只要她做错了事,不仅拿竹竿子打她,拿缝衣针刺她,还不许她吃饭。过了两年多,她八岁的小丈夫得痢疾死了,婆婆骂她克死了她的男人,一顿扁担将她打出了家门,连一件衣服也没让她带走。

听了她悲惨的身世,白曼琳很怜悯她,叹息了一声:"可怜的妹妹。"

前往玉屏的路上依旧不顺利,那辆破烂不堪的汽车一路上老是抛锚,司机三番五次下车修理,最长的一次足足修了一个小时,耽误了行程,不能按时赶到玉屏。黄昏时到了一个不知名的小镇,司机把车停下了,大声说道:"大家都下车,今天不走了,各人找地方歇一晚,明天早上七点钟到这里上车,晚了不等啊。"

有人问道:"为什么不走了,天还早呢。"

"早什么?你没看到马上就要黑了吗?"

"黑就黑嘛,大不了晚一点到玉屏,把我们丢在这里,算怎么回事?"

司机不耐烦道:"你以为我想在这里啊,这破车万一半路抛了锚,黑灯瞎火的怎么修?在荒郊野地里待一晚上,你不怕遇到强盗?"

这是一个偏僻的山区小镇,镇里不仅没有汽车站,街道窄得连汽车都开不进去,车子就停在镇口,留一个负责添加木炭的小工看守。镇上也没有旅馆,各人得自己去找人家住宿,车上有两个生意人,因为身上带有巨款,在这样的小地方住宿,心里始终有点惴惴,见这几个学生和军人一路,觉得跟他们一起比较安全,就主动搭讪,领着他们到一户熟悉的人家投宿。那户人家前面是一栋临街的二层木质小楼,后面有两间小屋,一间小厨房,还有一间很大的猪圈。主人并不住在小楼里,而是住小屋,楼下是杂货铺,把二楼留给前来求宿的人当临时客栈。一行人跟着男主人上了楼,楼上只有一个房间,并不是很大,却放了六张小床,拥挤得像轮船的四等舱。因为雷霆是东北人,个子高大,和另外一个身材魁梧的军人各自单独睡一张床,剩下的四张床,只能两个人挤一张了。

吃过晚饭才八点钟,几个军人无聊,拿了一副扑克牌出来,打牌解闷。白曼琳坐在床上,取出日记本,把本子放在腿上写。床上的被褥又硬又脏,还有一股强烈的酸臭味,这股酸臭味加上窗外不时飘进来的猪粪味儿,几个军人的烟味儿,混合成了一种难以形容的怪味,熏得她难受。写完了,见丁香坐在一旁看着自己,问道:"你会写字吗?"

她摇了摇头:"不会。"

"我教你怎么样?"

"我不想学,学了也没有用。"

"谁说没有用?"

"我妈说的,我们那里没有女人会写字,那是男人的事。我妈说,女人只要勤快,会洗衣、做饭、割草、喂猪、挑水、砍柴、种地就行了。这些事情我全都会,我还会做鞋,就是不会做衣服,琳姐姐你的衣服做得好漂亮,你教我做衣服行吗?"她羡慕地看着白曼琳身上那件紫色的海勃绒大衣,大衣裁剪合体,显得飘逸大方。

"我不会做衣服,这衣服是买的。"

"你的毛衣呢?"

"是我三嫂替我织的,她的手巧极了,编织、绣花样样在行。"

"琳姐姐你呢?"

"我不会。"

"那你在家里做什么呢?挑水做饭喂猪吗?"

"挑水、喂猪,"白曼琳被她逗笑了,"这些我就更不会了。"

丁香吃惊地睁大了眼睛,冲口而出:"琳姐姐你什么都不会,将来怎么嫁人啊?"

屋子里的人先是一愣,随即爆发出一阵哄堂大笑,雷霆和蒙谦笑得直不起腰,那四个打牌的军人也笑得手里的牌落了一地,雷霆勉强止住笑,对白曼琳说道:"听到没有,赶快学会挑水做饭喂猪,不然将来嫁不出去。"

丁香看他们笑成这个样子,又见雷霆取笑白曼琳,知道自己说错话了,可是又不知道错在哪里,惶恐地说道:"琳姐姐,我不是故意的。"

白曼琳第一次被人当众说嫁不出去,羞得满脸通红,但她知道丁香出于无心,在车上的一番谈话,她已了解丁香和许多山区农家少女一样没有上过学,加上家里穷,十二岁就嫁给人家当了童养媳,每天不仅要照看年幼的丈夫,还要承担繁重的家务和农事劳动,迄今连县城都没去过,更不用说见识外面的大千世界了,闭塞的大山所造成的信息不通和教育的缺失使传统的观念在当地根深蒂固,这个少女认为嫁人是女人一生的唯一目标也就不奇怪了。

白曼琳压下了羞涩,羞涩帮助不了丁香。"丁香,这个哥哥开玩笑的,不要理他。我不会挑水喂猪,一样嫁得出去。"

丁香羞惭地说道:"我刚才随口乱说的,琳姐姐这样漂亮,比年画上的仙女还漂亮,怎么会嫁不出去。"

"你知道吗,如果我像你说的那样,只会洗衣做饭,挑水喂猪,也许才真的嫁不出去。"

丁香看着她,摇了摇头:"不会的。"

"我没说清楚,我说的嫁不出去是指不能嫁给,嫁给你未来的姐夫。"

"琳姐姐有婆家了,姐夫是干什么的?"

"他是个军官,虽说是个职业军人,但文化修养不错,人长得也很帅,想嫁给他的漂亮姑娘很多。所以我说,如果我不会读书写字,只会做饭洗衣,即使我长得再漂亮,他也不会要我。"

"我不懂。"

"丁香,你一直在山里生活,不了解外面的世界。读过书的男人很多都不希望女人只会洗衣做饭,希望她会读书写字,因为读书可以使人眼界开阔,可以让人变得更聪明,更知理,更有气质。"白曼琳知道这种理论上的东西空泛深奥,也许她听不懂,选择了她能够接受的浅显和实际的思想耐心地解释:"其实,从另一面来说,女人如果读了书,尤其是读了大学、读了专科学校以后,还可以像男人一样到社会上工作,自食其力。"

"完全不要男人养活吗?"

"当然不要,她们能够自己挣钱养活自己,甚至还可以养家。"

"能够自己挣钱养活自己,"丁香有点向往,"那就不会受姐夫的气了。"

"那当然了。你现在要学认字了吗?"

她点了点头,白曼琳将日记本倒过来,在最后一页上写了一个"人"字,她看了,说道:"这个字我认得,是个人。"

"原来你上过学?"

"没有,我男人在镇上的小学上过学,我每天接送他,有时候去早了,还没放学,我就站在窗子外面看,也认得了一些字。"

"你听我说,"白曼琳正色道,"从现在开始,不要再提什么男人啦,什么嫁过人啦,统统忘掉,就当没有发生过。"

"可是,我确实嫁过人呀,婆婆说我克夫,把我赶出来的。"

"你没有嫁过人,那种乡下童养媳的所谓婚姻是不能算数的,克夫更是封建迷信,是害人的东西。听我说,从此以后不要再去提那件事情,把它忘掉,你是丁香,你应该开始自己新的生活。"

丁香第一次听到童养媳、封建迷信这些词,根本不懂是什么意思,但她更加佩服了白曼琳:琳姐姐懂得真多。

此后的旅途中,她一面教丁香认字,一面也给她讲一些城市见闻、科学知识,耐心详细地加以解释。丁香从未听过这些东西,完全像听天方夜谭,但她年轻,听得多了,也逐渐接受了一些东西,慢慢地,如同一股春风吹进了这个农家少女贫瘠的心田,一些新的观念开始破土发芽,这个被人遗弃的姑娘,性情变得开朗了一些,脸上也露出了笑容,她的笑容里带着一点娇憨,给她平凡的相貌增添了几分可爱。

第二天接近中午的时候,汽车已经进入了湖南芷江县境内,离怀化只有40多公里了,不想车子突然在路上抛了锚,司机鼓捣了一阵,说是车轴断了,车上没有备件,得到怀化去拿,要车上的人到前面的小店里住着等他,他明天中午就能赶回来,然后拦了一辆车走了。车上的人没法,只好沿着公路往前走了五六里路,到了一个路边小店住下。黔东和湘西一带是中国有名的穷乡僻壤,集镇和公路旁边的旅店大都是小本经营,设备简陋,住宿和饭馆合二为一，特别是一些"过路店"、"鸡毛店"，前面卖饭，后面建起两三间四面漏风、顶上漏雨的草房，就是所谓的"客店"了，这种"客店"的客房里绝大多数是统铺，卫生条件很差，被子肮脏发臭，甚至还有臭虫，也有的连床都没有，更没有被子，只在地上铺一大堆干草，人走进去，直接钻进草堆里睡觉就是了。而且这些"客店"的房间不是在猪圈或者鸡笼旁边，就是与马厩或者牛舍相邻，那种强烈的膻秽臭气，使人欲呕。而他们所住的地方，恰恰就是那种只有统铺的小店。

中午吃过饭，一些乘客闲着无事，聚在店堂里掷骰子赌钱，几个学生对赌钱不感兴趣，约着进山里看风景，邹仿儒本来也在赌钱，见他们要进山，便跟了上来。白曼琳笑道："邹长官也要去看风景？"

"当兵的人，什么风景没看过。我是保护你们，湘西的土匪是出了名的，你们的胆子也太大了，四个人就敢进山，而且还有两个是女人。"

"这里也有土匪？"

"说不准，他们来也不会事先跟你打招呼。"

他这么一说，大家不敢走远了，只在附近转了转。一路上，优美的风景让他们赞叹，但山民们穷苦的生活，却让他们触目惊心。那一带人烟稀少，道路两旁偶然见到的农舍都是低矮的木板或者竹编的茅草房，房檐下挂着一串串金黄色的玉米或者红色的干辣椒，房子只有门，没有窗户，房内阴暗潮湿，家畜家禽和人混在一起，可以看到屋子里畜禽的粪便，肮脏不堪。有人路过时，屋里的人听到声音，往往走出来，站在门口望着，不管是汉人还是苗民，都是赤着双脚，身上的衣服补丁叠补丁，破烂不堪，人人面黄肌瘦，神情呆滞。那些小男孩多数穿着大人的衣服，这样的天气也没有裤子，露着光溜溜的黝黑的小腿，脚上也没有鞋，女孩子只多了一条裤子，也是光着两只小脚丫，蓬着一头乱发。这些孩子和大人一样，都是脸无表情，呆呆地看着路过的行人。

丁香告诉白曼琳，山民的生活很苦，每天吃的主食是煮玉米或者玉米糊，喝的是盐水汤，菜就是干辣椒。他们喂的鸡也不是养来杀了吃的，而是收集鸡蛋，等赶集的时候提到镇上去换点盐和最基本的生活用品，生活非常困苦。

晚上，由于房间里没有油灯，只靠着火塘里燃着的木材照明，光线过于昏暗,白曼琳没法教丁香认字,早早地睡下了。半夜里醒来,她觉得身上奇痒,一摸之下,身上已经有了不少小疙瘩,冬天不会有蚊子,她又是和衣睡的,那肯定是虱子了,顿时吓得大叫一声,跳下了床。因为担心这种孤零零的路边小店不安全,乘客们都不分男女,自己一起的人睡在一间房里,白曼琳这一叫,屋里的人全被惊醒了,邹仿儒跳了起来,拔出手枪问道:"出什么事了?"

白曼琳带着哭腔说道:"有虱子。"

"你吓我一跳,我还以为土匪来了。"邹仿儒把枪插回去,说道:"睡吧,这种地方没有虱子那才叫怪了。"

"我不敢睡,我最怕这种东西了,听说虱子很难清除,我身上要是长了怎么办,那不羞死人了。"

丁香说话了:"琳姐姐放心,我有办法,你先睡,明天早上我帮你弄。"

白曼琳不敢睡,坐在火塘边烤火,但身上依旧奇痒难忍。她听到屋里不断发出噼啪的拍击声,还有人的咒骂声,看来被虱子咬的人不止她一个。她坐了很久,渐渐地,睡意盖住了奇痒,她想反正身上已经有了虱子了,还是去睡吧,等到了明天再想办法。

第二天天刚蒙蒙亮,大家还没有醒,丁香就起来了,到厨房里烧了一大锅开水,找了一个木桶烫洗干净,和了一桶热水,把白曼琳叫醒,让她去洗澡,好除掉身上的虱子。乡下洗澡的地方都是在猪圈里,白曼琳只得忍住恶臭,把衣服脱下,将全身连同头发一起用肥皂洗过。丁香把她的衣服用一根粗木棒狠命地捶打了一阵,还怕有未死的虱子,又拿手指沿着衣服的褶皱仔细捏了一遍,这才放心地让她穿上,然后将自己如法炮制,做了同样的灭虱手续。

第二天中午,司机果然回来了,将断了的车轴换掉,继续前行。晚上到了怀化,一行人找了一家旅馆住下,第二天一早,几个男人去车站打听到邵阳的汽车,白曼琳带着丁香上街去买东西,她想给她买身衣服,那女孩子穿的棉衣棉裤不仅破旧,还又长又大,一点都不合身,穿在身上连身形都没了,脚上的布鞋不仅褪了色,连鞋底都快要磨穿了,问起来说都是她大姐的。

怀化位于湖南西部,西靠贵州铜仁、黔东南,南连广西桂林,东部和西北部与省内的邵阳、娄底、益阳、常德、吉首等地区接壤,是湖南的西大门,也是是华北、华中、华东通往西南的主要通道,抗战爆发后,东南沿海、华北、华中的许多党政机关、学校、企业、伤兵医院和难民取道怀化向大西南撤退,有相当一部分就直接在此地落脚。战前偏僻落后的城市成了战时的大后方,经济一派繁荣,加上频繁过往的军队,此时的怀化热闹非凡。丁香生平第一次看到这样大的城市,街上来往的黄包车、偶尔驶过的小汽车、熙熙攘攘的人流,各种小摊上的吃食或廉价小商品,妇女们头上的发型、身上的衣服,已经让她目不暇接,进了一家大商店,里面琳琅满目的布料、衣服、鞋子以及日用品让她看得眼花缭乱,忍不住惊叹起来。

白曼琳说道:"这里不算什么,和重庆、成都的大商场相比,差得远了,与上海的更是没法比。我这么跟你说吧,这个商场和上海的商场相比,就像你镇上的杂货铺与这个商场相比。"

丁香连惊讶都无法表示,她实在想象不出上海的商场究竟大到什么模样。白曼琳带着她在商店转了一圈,选了一件浅红色的绣花棉袍,一双长统毛袜,一双咖啡色的平底皮鞋,当她叫丁香试一试鞋子时,丁香吃惊地问道:"琳姐姐,这是给我买的吗?"

"是的,这些都是给你的。"

"还没过年呢,琳姐姐,我们乡下人只有过年才穿新衣服新鞋子。"

"你就当现在是过年好了。"

"不,琳姐姐。"丁香看着这一大堆东西,脸上露出了欣喜的笑容:"这比过年还好,我过年也难得穿一次新衣服,还有这种鞋子,我从来没有穿过。"

回到旅馆,白曼琳逼着丁香把衣服换了,把她以前破旧的脏衣服扔掉,那女孩舍不得穿新衣服。她又向老板娘借了一把剪刀,把她的头发剪短些,编成两条辫子,辫梢上用红丝带扎成蝴蝶结。然后,她把她拉到镜子前,让她看看自己。丁香目瞪口呆地看着镜子,一经打扮,她完全变成两个人了。

在怀化还算运气,当天中午,一行人出去吃完饭回旅馆的时候,邹仿儒碰到了自己部队汽车营的车队,带队的方营长认识他,从车上伸出头大声招呼他,邹仿儒问他干什么,他说他的车队到芷江拉东西,正要回衡阳去。邹仿儒说自己也要回衡阳,请求搭车,他同意了,还答应把这几个学生也一起捎到邵阳。大家赶紧回到旅馆,拿了东西上车。

军车的车况比客车好得多,烧的又是汽油,不是木炭,动力足,速度自然快了很多。军人又不害怕遇到土匪,晚上连夜开车,第二天上午就到了邵阳。这几个学生下了车,向方营长道了谢,又同四个军人握手告别,告别的时候,邹仿儒直言不讳地对白曼琳说:"白小姐,你是我这一生见过的最好的女人,你要是没订婚,或者不是和军人订的婚,我一定会追求你。告诉那位仁兄,他能够娶到你,一定是前世修来的福。"

白曼琳笑道:"好的,我一定记着告诉他。"

"再见吧,说不定将来我们会在战场上碰到。"

"也许,但不要在医院。"

他笑了,"你真是个不平凡的女人。"

邵阳离祁阳很近了,白曼琳打算把旅馆找好后就给张一鸣拍电报,让他到邵阳来接她。不想到了旅馆之后,她觉得浑身乏力,头脑昏昏沉沉的,以为是坐了一夜汽车没有睡觉的缘故,就在床上躺下,想休息一会儿就去电报局。不想这一躺竟然睡着了,等她醒来,发现屋里亮着油灯,窗外的天已完全黑了,丁香正坐在旁边的桌子上,拿着一个小本子在那里写字。她依然觉得头脑发晕,浑身软软的没有一点力气,挣扎着坐了起来,丁香看见了,忙放下笔,过来问道:"琳姐姐你醒了,感觉好点了吗?"

白曼琳问道:"我怎么了?"

"你病了,有点发烧,雷哥哥给你买了药,喂你吃你都不知道。"她说着,把桌上的暖水瓶打开,拿了杯子倒上热水,又拿了一个纸包过来,说道:"雷哥哥说,等你醒了,就把这些药给你吃。"

她打开纸包,里面是几颗西药药片,她把药片放到嘴里,就着热水吞了下去。这时,门外响起了叩门声,她问道:"谁?"

门外传来雷霆的声音:"是我。"

"进来吧。"

雷霆推门进来了,看她坐着,问道:"你怎么样?还发烧吗?"

白曼琳摸了摸自己的额头,说道:"已经不烧了。"

"你明天能走吗?"

"明天有车吗?"

"是这样的,我到车站问了,到祁阳要三天后才有票,还不知道买不买得到。这家旅馆的老板听说我们要到祁阳,跟我说他认识一个司机,明天跑郴州，要经过永州，永州离祁阳很近了，即使没有车，坐滑竿也能到，问我们愿不愿意搭车。我想先来问问你，看你能不能走。"

白曼琳当然愿意，离祁阳越近，她越心急了，如果明天一早出发，中午就能到达永州，再坐滑竿也许下午就能赶到祁阳了。"没事，我能行。"

第二天，老板六点半就来叫他们，把他们领到长途车站外面，那里果然一溜停着四辆卡车，车门上都标着"中央信托局"的字样。四辆车都是木炭车，车厢没有车篷，里面堆满了货物，货物上面坐了不少人，大人的怀里抱着孩子或者行李。走了这些天，他们终于见到了闻名已久的黄鱼车。

旅馆老板把他们交给司机，司机让他们赶快上车。雷霆和蒙谦先爬上车，然后把白曼琳和丁香拉上去。车子出发以后，他们才意识到坐这种车有多难受，人坐在高垒的货物上，周围无遮无拦，冷风呼呼地往人身上扑，吹得人脸色青紫，浑身哆嗦，拼命缩成一团也不行，当车子转弯的时候，还随时有被甩下去的危险，而且车上严重超载，遇到上坡的时候，往往爬不上去，乘客还得下来一起推车，出了一身汗水之后，再上车去吹凉风，真是苦不堪言。

汽车在山路上抖动了两个小时以后，天色越来越昏暗，淅淅沥沥的小雨飘了下来，夹在风里将人裹住，靠在车头后面的人，还可以挡挡雨，可是坐在当中的人，则毫无躲避之处，只得死心塌地地任由风雨肆虐。

快到永州时，车队翻越一个山峰，从很高的山坡往下滑行。由于坡陡路滑，道路又狭窄，司机放慢车速，小心地向前行驶。突然，中间一辆车发出"砰"的一声巨响，大概是轮胎爆了，随即车头一偏，直往公路外面冲去，一头栽下了山坡。前后的人大声惊呼，三个司机也把车停下了，人们纷纷下车，跑到路边去看那辆翻倒的汽车。

这条公路是之字形的，卡车冲出去，正好落在了下面的公路上，翻倒在地，车头摔扁了，车厢里的人和货物散了一地，凄惨的哭喊声、呻吟声沸反盈天，有的人躺着一动不动，鲜血混着雨水顺着公路往下流着。

几个学生都是见习医生，当即飞快地跑下去。雷霆跑得最快，首先冲到车头，只见驾驶室已经完全变形，里面的人声息全无，已经全部死亡。坐在车厢里的十几个人，有一个当场死亡，两个重伤，其余的因为落在公路边的泥地上，只受了不同程度的轻伤。

另外三个司机也来了,看到这番情景,皱着眉头直说"倒霉",其中一个说道:"喂,老吴,怎办?"

"有什么办法,先把老罗拉出来,到前面给他买口棺材,把他拉回重庆去,这车已经报废了,好在货不怕摔,尽量挪到我们的车上去,把还能用的零件拆下来带走。"

"那这些人怎么办?"

"管他呢,等货装好了我们就走,人不管了,让他们自己走。"

"这不太好吧。"

"你脑子进水了啊,我们是私自载客,死了人得自己赔钱,我们找的钱还不够赔。趁他们不注意,我们三十六计,走为上。反正天高皇帝远,他们哪知道我们是谁,还能到重庆去找我们?"

那几个司机果然把自己的车开下来,让搭车的人帮着把散在地上的货物抬上车,自己忙着拆掉坏车的零部件。那两个重伤的人全都昏迷不醒,他们的家属只受了一点轻伤,急于把亲人送到医院抢救,见他们只管货物,不管伤者,急得上前叫住领头的吴司机:"师傅,先把伤员送到医院,重伤员需要立即抢救,耽误不得。"

吴司机说道:"把货搬上去就送他们走,耽误不了。"

那几个人一看货物那么多,全搬到车上至少也得半个小时以上,急道:"那怎么行,人命关天,怎么能等,得马上送走。"

"这里到永州只要十几分钟,急什么?我又没说不送。"

那些人急了,和司机争执了起来,旁边的人看不过,也纷纷帮着他们说话,指责司机。司机发狠道:"怎么着,要是把老子惹恼了,老子还不走了,有本事你们自己开车。"

白曼琳生气了,她不愿以权压人,但现在顾不得了,对于这种人,只能采取威胁的办法。"你最好马上送,要是不送,出了什么问题,你休想离开永州,我会叫人把你扣下来。"

"是吗?你凭什么?"那司机看着她,在她面前捻了个响指,轻佻地笑道:"就凭你的脸蛋长得漂亮吗?"

"凭永州督察专员是我未婚夫。"

"哈哈,那湖南省主席还是我干爹呢。"那司机根本不信她的话,也难怪,在他看来,永州督察专员的未婚妻不可能乘坐黄鱼车。

白曼琳懒得再和他啰唆,当即从大衣的内口袋里摸出她和张一鸣的合影亮给他看。这个司机长期跑湖南,永州也来过很多次,对张一鸣还是清楚的,一看照片,当时就怔住了。白曼琳继续给他施加压力:"就算你跑出了永州,你们中央信托局局长我也认识,只要告诉他,一样可以查处你。"

那司机尝出厉害了,心里暗暗诅咒她,但也不敢再起逃逸的念头,当即答应让伤员集中到一辆车上,让那辆车的司机赶快送到永州的医院里去。

因为车祸的耽误,等白曼琳他们到永州的时候,已经是快下午五点了。大家在车站附近下了车,白曼琳看见雷霆和蒙谦的身上全是泥土和木炭灰,经雨水一和,已经牢牢地沾在衣服上,脏得像叫花子一样,脸上也蒙了一层,变得几乎成了黑人,只剩了眼睛里的两点白色在转动,明白自己肯定也和他们一样的狼狈,便掏出手绢擦了擦脸,一看,手绢都染黑了。

白曼琳不想在永州过夜,决定到专员公署去打听一下,她知道张一鸣很少在永州,但还是希望能在那里碰到他,万一他正好在呢,如果不在,她也可以打电话给他,她现在恨不得长出一对翅膀,立即飞到祁阳去。她按路人所指的方向朝公署走去,经过一个大院的时候,白曼琳看见门口有一个士兵在站岗,他身后的一块白木牌上写着几个清晰的大字"国民革命军新编第 25 师",顿时高兴起来,新 25 师的高级军官她大部分都熟悉,她更愿意去找他们。恰在这时,从大门里走出了几个军人,领头的少将正好就是陈子宽,白曼琳上前叫了声:"陈师长你好。"

她脸上的炭灰被她用手绢一擦,没有擦干净,反倒变成了花脸儿,衣服又脏,完全就是一副难民模样,何况他们已经有三年没见过了,陈子宽根本没想到会是她,愣了一下,问道:"你是?"

她笑道:"陈师长不认得我了?我是白曼琳呀,我曾经跟着新 25 师一路从上海到南京,我们经常见面的。"

陈子宽这才认出她,惊讶道:"原来是白小姐,你怎么会在这里?怎么变成这个样子了?"

"一言难尽。"

"军长呢?"

"我们没在一起,我就是从重庆来找他的,这两个是我同学。我们本来计划今天就赶到祁阳,可是坐的汽车太破了,一路抛锚,现在才到永州。"

"军长知道你到了永州吗?"

"不知道,我还没来得及通知他。陈师长,你能不能安排一辆车送我们去祁阳。"

"行,没问题。你要不要给军长打个电话,告诉他一声?"

"当然要。"

陈子宽把他们领到自己的办公室,接通了军部的电话:"喂,我找军长……不在,去哪儿了……我是陈子宽,你是哪位……哦,是赵副官,你转告军长,白小姐来了……还能是哪个白小姐,当然是他的未婚夫人……对,她现在就在我这里,我很快就派人送她过来……嗯,好的。"

放下电话,陈子宽说道:"军长现在不在办公室,等他回去,赵副官会告诉他的。你们先到我家里去休息一会,洗洗脸,吃了晚饭我就安排车子送你们。"

白曼琳也不想这副模样见张一鸣,心想先到陈家去梳洗一下也好,答应了陈子宽,"好的,谢谢你。"

"跟我客气什么。"

陈子宽的家是跟当地人租的房子,从黑漆大门进去就是一个院子,沿墙脚种着十几株修竹,还有一丛芭蕉,当中是一株老柏,此时叶子已经落尽,越发突出枝干的屈曲苍古。一条卵石铺就的小路直通向客厅,厅外的走廊上还摆放着不少盆景,越发显得清幽。客厅的布置也很文雅,不像军人之家,倒像读书人的寓所,陈子宽早年上过大学,虽然从军,倒也没有完全失去书生本色。客厅摆着一张古色古香的红木桌子,桌上放着一瓶馨香袭人的黄色菊花,两边各摆着一排红木的太师椅,椅子上放着绣花坐垫。四周的墙壁上挂着一些山水小条幅,中堂挂着一幅字,是岳飞的《满江红·登黄鹤楼有感》:

遥望中原,荒烟外、许多城郭。

想当年,花遮柳护,凤楼龙阁。

万岁山前珠翠绕,蓬壶殿里笙歌作。

到而今、铁骑满郊畿,风尘恶。

兵安在？膏锋锷。

民安在？填沟壑。

叹江山如故，千村寥落。

何日请缨提锐旅，一鞭直渡清河洛。

却归来、再续汉阳游，骑黄鹤。

看到那熟悉的字体，白曼琳微笑起来，再一看落款，果然是张一鸣写的，心想人没见到，倒先见到了他的字。

陈子宽热情地招呼他们坐下，又叫女佣去请太太出来。勤务兵端上茶，白曼琳一杯茶还没喝完，陈太太出来了，一个娇小玲珑的柔弱美人，娉娉婷婷，颇有林黛玉之态，得知是未来的张夫人，陈太太只是娴静地含笑点了点头，显然是个沉默寡言的人。陈子宽叫她带白曼琳去洗洗脸，她微笑道："白小姐，请跟我来吧。"

她把白曼琳和丁香带到自己房里，让女佣打来热水让她们洗脸，又拿出雪花膏和胭脂香粉之类，说道："白小姐，这些都是我的，不怎么好，但绝对没有传染病，你凑合着用吧。你把大衣脱下来，我给你刷刷，皮鞋也脱了，让吴妈拿去上点油。"

白曼琳接受了她的好意，把衣服鞋子脱下，披上陈太太的一件大衣，然后洗了脸，走到梳妆台前坐下，对着镜子照了照，发现自己脸色苍白，颇有点病容，心想让表哥看到我这个样子不好吧，所以除了抹雪花膏之外，又仔细地描了眉，扑了粉，在脸颊上轻轻地扫了一点胭脂，抹上口红，又将一头乌油油的鬈发梳理好，抹上发油，完了细细地照了照镜子，觉得没有什么不妥之处了，这才回过头来。一会儿，陈太太回来了，看见她与先前的难民形象判若两人，大吃一惊，心想："好一个美人，难怪张军长对别的女人正眼都不瞧。"

那件海勃绒大衣用细毛刷子仔细刷过了，干净了许多，皮鞋也擦得铮亮，白曼琳穿上身，又恢复了大家闺秀的形象。陈子宽的原配夫人病故，这个陈太太是他新娶的续弦夫人，不仅出身名门，还是湖南大学的校花，一向以美貌和高雅的风度自负，此刻见了白曼琳的庐山真面目，虽不自惭形秽，但也产生了我见犹怜之感。

白曼琳当然不会去猜测陈太太的想法，她只是想张一鸣此刻是否已经接到了她马上要去祁阳的消息,她似乎看到了他翘首以盼的样子,想象得出他张着臂膀等候她的情景了。

第十八章　相聚

"故以奇为奇,以正为正者,胶柱调瑟之士也;以奇为正,以正为奇者,临书模画之徒也。我奇而敌不知其为奇,我正而敌不知其为正者,知胜之胜者也。凡兵之所交,阵之所向,胜负觉于斯须,存亡辨于顷刻者,无非奇正形之也。"

在军部的一间大会议室里,张一鸣边说边在黑板上写下这些字,底下坐着的军官们手里都拿着个小本子在那里抄。冬季攻势之后,117军奉命到永州一带休整,不久又增加了43师,张一鸣趁此机会,一面请求上峰对117军补充武器、兵员,一面着手对各部队进行整训,提高战斗力。另外,他把他酝酿已久的"军官培训班"也办了起来,分批对营级以下非军校毕业的军官进行培训。他知道这些军官大部分是在战场上提拔起来的老兵,不少是连自己名字都不会写的大老粗。所以培训之前,先让他们进扫盲班认字,然后再学图上作业和战略战术。他对这个培训班非常重视,尽管军务繁忙,还是坚持每周的周二、周四下午亲自来给他们上两小时的课。

孙富贵也坐在那里,认真地在本子上一笔一画地写着,他的字写得歪歪扭扭,"奇"字上下分家,变成了"大""可"两字,"胶柱调瑟"四个字和周围的字一比,颇有"一览众山小"的气势,不过对于不久前还大字不会写一个的他来说,能把这些字写完,已经难能可贵了。

张一鸣扫视了一下,见多数人都写完了,说道:"这里的两个词我先解释一下,胶柱调瑟,是形容不懂得灵活变化;临书模画,是指不善于变化。这一段话的意思是说:只会把奇兵当作奇兵使用,把正兵当作正兵使用的指挥官,是呆板不知灵活用兵的人;只会把奇兵变作正兵使用,把正兵变作奇兵使用的指挥官,是单纯模仿兵书不善于变化的人。我军运用奇兵而敌人不知道这是奇兵,我军运用正兵而敌人不知道这是正兵的指挥官,才是真正懂得克敌制胜的人。凡是两军相交,两阵相对,瞬间就决定了胜负,顷刻就辨明了存亡的,无非就是把奇正灵活运用迷惑敌人的结果。"

孙富贵问道:"军座,你能不能给我们讲讲怎么灵活运用?"

"如何灵活运用奇正,将二者巧妙转化,兵法中没有固定的模式。所谓兵无常势,水无常形,指挥官应根据实际情况,审时度势,随机应变,以变而制胜。如何相机而变,主要掌握三点:一是要充分了解自己,不管是强点还是弱点;二是要了解敌人,尤其是对对方指挥官的军事水平、智慧性格,知己知彼,才能百战不殆嘛;三是要在正常的用兵原则上变化,以麻痹敌人,让敌人对我军的奇兵、正兵产生错觉,否则难以奏效。我给大家举一个例子,三国的时候,魏国的邓艾领兵攻打蜀国,率领部队驻扎在白水北岸,蜀国的姜维派廖化率兵在白水南岸安营扎寨,并在水面架桥以迷惑邓艾,而自己领着大部队去偷袭洮城。可是姜维的这条暗度陈仓,出奇制胜的计策却被邓艾识破了,邓艾对他的左右说:'我军兵力不多,按照正常的作战方法,姜维应抢先渡水来攻,而不必造桥。但他至今毫无动静,我估计他是派廖化在此牵制我们,自己率大军前往洮城,以切断我军退路。'于是邓艾当晚就领着部队从小路赶回洮城,等姜维大军来袭击的时候,邓艾早就严阵以待了。这就是姜维没有正确运用奇正变化,让熟知用兵原则的邓艾识破了他的计谋,招致失败。"

孙富贵点了点头,他喜欢上军长的课。张一鸣知道这些下属肚里没有多少墨水,在讲授理论时,总是用古今中外的战例来加以说明,孙富贵等人实战经验丰富,即使不太明白那些文绉绉的东西,一听这些战例也就豁然开朗。

讲完了课,他刚回到办公室,赵义伟快步走了进来,说道:"军座,刚才陈师长来电话,白小姐他们已经到永州了,现在就在他那里,他特地打电话过来给你报个平安,并说等白小姐吃过晚饭后就派车子送他们过来。"

这十天来,白曼琳一直杳无音讯,那一带交通不便,鱼龙混杂,张一鸣忧心如焚,急得坐卧不安,此刻听见她安全到达永州,一直压在他胸口的一块石头顿时落了地,喜得眉开眼笑,他不愿意等,决定亲自去永州接她,他打电话到陈子宽办公室,接电话的人说陈师长已经回家了,他又打到陈子宽家里,接电话的是一个勤务兵,回答说师长和太太陪客人上馆子吃饭去了。张一鸣说道:"我是张一鸣,你去告诉陈师长,我马上就来永州,让他和客人在家里等我。"

放下电话,他立刻带了赵义伟和另外一名警卫,坐上一辆雪弗兰,一辆吉普车,风驰电掣地直奔永州。到达以后,两辆车直接停在了陈家大门口,门口有个士兵守候着,车子还没到门口时就认出了军长的车,早飞跑进去报信了,等他的车停稳时,陈子宽夫妇和白曼琳已经迎了出来,陈子宽上前替他打开车门,他弯腰出来,眼睛首先便落在了白曼琳身上,说什么也舍不得离开。她的脸上抹了脂粉,看起来气色还不错,但是人瘦了许多,脸上的颧骨都凸了出来,他想她路上一定吃了不少苦。

他不能像西方人那样拥抱她、亲吻她,虽然满腔激情,有千言万语想要和她说,说出来的却是最平常不过的一句问话:"这一路上还好吗?"

"还好。"

"从贵阳坐车到怀化转的车吗?"

"是的。"

"到了怀化为什么不给我发电报?我也可以去接你。"

"这个说起来话就长了,我以后再跟你说。"

陈子宽说道:"军座辛苦了,请进去休息,有什么话坐下来慢慢说。"

一行人走进客厅,雷霆和蒙谦也在那里坐着,看到张一鸣来了,忙从椅子上站起来,白曼琳给双方作了介绍,张一鸣分别和两人握了手,说道:"欢迎到我117军来,如今野战医院正缺你们这些正规院校出来的人才,曼琳给我写信,告诉你们要来,我可是翘首以盼啊。"

雷霆和蒙谦连说不敢当,白曼琳见他俩有点拘谨,为了活跃气氛,笑道:"我呢,你还没给我致欢迎词。"

陈太太此时和白曼琳已经熟悉了很多,抿嘴一笑道:"白小姐的欢迎词,军长当然是要单独说的。"

丁香一直站在旁边听他们说话,听到陈太太的话以后,明白来者是谁了,走到白曼琳身边,轻轻拉了拉她的袖子,问道:"琳姐姐,他就是姐夫吗?"

白曼琳回答道:"是未来的姐夫,你就叫他张大哥吧。"

张一鸣听丁香叫白曼琳姐姐,又叫自己姐夫,见她相貌举止是个乡下姑娘,口音也不对,不是江南口音,应该不会是白家的亲戚,心下奇怪,问白曼琳:"这小姑娘是谁?"

"她叫丁香,是贵州黄平人,父母双亡,无家可归,很可怜的,所以我收留了她,把她带到这里来了。"

"那你打算怎么安置她?你要是留她在家里,人家不知道,还以为是你的丫头。"

"我想送她去读书,就从高小开始读,读初小她的年龄大了点,人家会笑她。她虽然不会写字,多少还认得一点,我再给她补补课,应该跟得上。"

"那也好,这事我去办。"

丁香一直紧张地看着张一鸣,她是第一次见到这么英俊挺拔的男人,也是第一次见到这么威风凛凛的人物,见白曼琳望着他巧笑嫣然,而他的笑容却好像有点淡淡的,不如白曼琳那么兴高采烈,因而认为白曼琳一定很怕他,很听他的话,她担心这个张大哥不喜欢她,到时候就像在姐夫家里一样,琳姐姐也无法收留她。当她听到张一鸣说"那也好"时,紧张的心才一下放松了。

陈子宽问道:"军座还没有吃晚饭吧?"

"没有。"

陈子宽忙叫太太去准备,张一鸣说道:"不必弄什么好的,给我煮碗面就行了。"

陈太太说道:"一碗面怎么行,也太不恭了。"

"没关系,早点吃完,我还要赶回祁阳。"

陈子宽问道:"天晚了,请军座在这里住一晚,明天再回去吧。"

"我明天一早还有事。"

陈子宽知道军长的脾气,真的叫太太给他煮面,陈太太到底不愿马虎,虽然给他煮了阳春面,还是另加了几碟精致小菜。他吃过面,只略坐了一会儿,便起身告辞,陈子宽吩咐勤务兵把三人的行李送到车上去,夫妇俩把他们送到大门外。张一鸣带着白曼琳坐上了雪弗兰,赵义伟坐在了前面的副驾驶位置。丁香想跟着白曼琳,被雷霆拉住了,让她跟着剩下的人上了吉普车。

车子出了城,在漆黑的夜色中行驶,张一鸣这时才问起了白曼琳旅途中的情况,白曼琳这一路上受尽惊吓,也历尽了艰辛,比当年从南京逃难到安庆还要艰苦,虽然在外人面前是一副乐观、坚强的面孔,但毕竟是个年轻姑娘,在自己爱的男人面前,坚强的面孔落下了,柔弱的一面显露了出来,当然多少也带着一点撒娇的成分,刚看到他时眼泪就情不自禁地涌入了眼眶,因为人多,不好意思哭,强忍了回去,这时再也忍不住,"呜"地哭了起来,这一哭就哭个不住,越哭越厉害,把一路上所受的委屈、艰辛、苦楚在他面前尽情地发泄了出来。

张一鸣没有说话,车里很黑,他不用担心别人看见,便将她搂进怀里,一面温柔地抚摸着她的头发。他的爱抚给了她慰藉,她感觉心里好过了很多,慢慢地平静下来了。他看不清她的面容,但知道她一定是满脸泪痕,摸出自己的手帕递到她手里,她拿过去擦了擦湿漉漉的脸,把手帕还给他。他握住了她的手,一握之下,发现她的手心热热的,问道:"你的手怎么这样热,是不是病了?"

"这两天有点感冒,不过吃了药,已经好多了。"

他伸手摸了一下她的额头,滚烫的,吓了一跳:"好烫手,你是在发烧。"

白曼琳一直浑身发冷,头也发痛,知道自己在黄鱼车上风吹雨淋,已经加重了病情。"别担心,我已经吃了阿司匹林,药还得过一会儿才有效。"

她开始谈起了旅途上的事情,对于飞机上那惊魂的一夜,她至今仍历历在目,特别是飞机往下急坠时那魂飞天外的感觉让她回忆起来依然不寒而栗,从她的叙述中,他想象得出那惊心动魄的场面,尤其是飞机在贵阳机场降落时遇到日本战斗机的袭击,他清楚那个时候极为危险,飞机很难逃脱厄运,当他听到飞机爆炸,戴杰英被炸得尸骨无存时,不觉一阵后怕,伸手抱紧了她。想到她为了他吃了这么多苦,受了那么大的罪,他的心里非常感动,同时也下了一个决心,从此以后,他将把她置于自己的羽翼之下,好好保护她,不再让她独自去承受这种惊吓。

她偎在他怀里,靠着他坚硬的胸膛,感到他的臂膀是那样的强壮有力,她觉得安全,心想有他在身边多好,她什么都不怕了。

她继续往下谈,谈到如何收留丁香,又谈到在旅馆里劝丁香识字,丁香听她不会洗衣做饭,挑水喂猪,质疑她将来怎么嫁人时,张一鸣乐得哈哈大笑,说道:"琳儿,怎么样?我说过没有我不行吧?"

白曼琳含笑横了他一眼,可惜黑暗中他看不到,说道:"你放心,没有你,我照样嫁得出去。"

说着,她把邹仿儒临别时要她转告给他的话原封不动地说给他听,他听了并不吃醋,反而说道:"这人是个性情中人,他在机场舍命救你,倒很有英雄气概。"

到了祁阳,他叫赵义伟把雷霆和蒙谦带到军部的招待所去休息,自己领着白曼琳和丁香前往他精心准备好的房子。从一条幽静的林荫路过去,迎面就是一道竹枝短篱,推开篱笆门进去是一个小小的花园,顺着用卵石铺成的一条弯曲小径往里走,从他手电筒的亮光里,可以看到园子里种着各种花草树木,左侧还有一个小茅亭,亭子里有一副石桌凳,桌上摆着一个盆景。一股冬兰和水仙混合的花香随着晚风弥漫开来,园子里充满了沁人心脾的气息。

穿过花园,白曼琳一看清楚房子的外表就觉得喜欢,房子虽然是一幢小小的平房,也没有什么格局,但墙上爬满了四季常青的藤萝,而且房子三面都有石砌的走廊,栏干下的石壁长满了厚厚的青苔,绿幽幽的藤萝青苔把房子衬托得格外清幽雅致。

白曼琳惊讶地说道:"真好,这不像军营,简直就是度假山庄了。"

张一鸣见她喜欢自然高兴,自己的一番心思总算没有白费,笑道:"你喜欢就好。"

他走上台阶,推开屋门,原来大门没有上锁,估计也没有哪个小偷敢到戒备森严的军部大院里来偷东西。推开门进去,张一鸣拉开电灯,外面是一间窄小的长方形房间,像个厨房,从这间屋子穿过,进去就是客厅兼书房了,墙壁已经刷得雪白,上面挂着一些字画,地上铺着松木地板,屋里摆着硬木的书桌,小书柜,皮沙发,小茶几,茶几上还放着一个花瓶,瓶里插着一束水仙花。这些家具都是新的,散发着一股木头的气味,只是那沙发的模样有些古怪,看上去有点别扭。

张一鸣抱歉地说道:"这里的木匠没有做过沙发,我给他们画了图纸,还详细作了说明,做出来还是这个样子。"

白曼琳伸手握住他的手,微笑道:"没有关系,只要坐着舒服就行。"

里面的那一间自然是卧室了,掀开木珠的门帘进去,屋里的装饰一如她的风格,粉红色的印花落地窗帘,一张漂亮的雕花木床上挂着白色纱帐,用镀银的钩子钩着,床上的床单、枕头、被子全是用浅红色丝棉做的,上面有白色和玫瑰色的绣花,床边放着一个大衣橱,靠窗放着一张梳妆台,上面放着还未开封的各种化妆品。

张一鸣说道:"祁阳这种小城,没有现成的床上用品,这些都是武副军长的太太亲手做的,花了她好几月的时间,化妆品也是她托人在桂林买的。"

她打开衣橱,衣橱里挂着一套浅紫色的睡衣裤,一件藕白色的睡袍,下方还有一双棉拖鞋。她把手提箱打开,把里面的衣服放进衣橱。

张一鸣拿起她在贵阳买的仡佬服装看了看,问道:"这是什么?戏装吗?你什么时候开始玩票了?"

"这不是戏装,是仡佬族姑娘的嫁衣。"

"是丁香的?她是仡佬族?"

"不是,她是汉人,这衣服是我的。"

他看着她,笑道:"你来这里,就是打算穿这身衣服嫁给我吗?"

"你想呢,我千里迢迢来这里可不是来嫁人的。"

"是吗?"他故意叹了口气,"那我真是自作多情了,我还以为你是专程来找我的。"

丁香吃惊地说道:"张大哥,琳姐姐当然是来找你的。"

白曼琳说道:"谁说的,我是来实习的,等毕了业,我就读研究生,读博士,我还要出国去留学。"

张一鸣见她笑嘻嘻地看着自己,知道她是开玩笑,说道:"你的实习成绩我会给你打零分,你毕不了业,读研究生,读博士,出国留学就统统不要想了,还是老老实实跟我结婚吧。"

"你这是以权谋私。"

"就算是吧,这是我的地盘,你既然来了,那就没有办法了,我说什么就是什么,你得听我的。"

丁香的眼睛愈睁愈大,心想这位张大哥怎么比我们乡下的那些男人还要霸道。白曼琳见她这副模样,知道她认了真,笑道:"你别信张大哥的话,他开玩笑的。"

张一鸣对丁香说:"你去烧点开水,给你姐姐泡杯茶。"他想和白曼琳单独在一起,丁香不懂得回避,他只好打发她出去生炉子烧水。

丁香听话地出去了,白曼琳继续问道:"军长大人,到了你的地盘真的就什么都得听你的吗?"

"那当然。"

"我要是不听呢?"

"到了军队就得听长官的,抗命的话,重则枪毙,轻则挨一顿军棍。你要是不听,那就要看我的心情好不好了,我心情不好的话,嘿嘿,"他忍住笑,说道:"先打一顿屁股再说,而且我自己亲手打。"

"啊哟,"她轻呼一声,双手握成拳头在他胸口一阵乱捶,"你都说了些什么,坏死了。"

他呵呵地笑着说道:"轻一点,谋杀亲夫,罪名更大。"

"你又胡说,"她脸一红,一双眼睛似怒非怒、似笑非笑地盯着他,嗔道:"你占我便宜,我不依。"

见她娇痴的模样,他忍不住伸出有力的双臂,把她紧紧搂进怀里,低下头热烈地亲吻她。白曼琳闭上眼睛,任他亲吻。过了很久,他才把他放开,说道:"我好久没有这么开心了,琳儿,跟你在一起,我觉得自己变年轻了,好像又回到了学生时代,没有责任,没有压力,无忧无虑。"他握住了她的双手,深情地说道:"答应我,永远不离开我,我不能没有你。"

她点了点头,满心都是柔情:"我答应你,我永远不会离开你。"

他满意了,又陪着她说了一会话,想起她旅途劳累,也该让她休息了,才依依不舍地同她告别。她把他送到门外,他对着她咔嗒一声立了正,行了个军礼,然后转身离开,走了一段路,他回过身来,见她还站在门口,就向她挥了挥手,她也举起手笑着挥了挥,他倒退着走了几步,这才回身迈开大步走了。

她一直看他的身影完全消失,这才转身进屋。丁香给她烧了热水,她舒舒服服地洗了澡,然后上床睡觉。她几乎一躺上去就睡着了,在旅馆里睡了这么多天又冷又硬又臭的床,没有哪一天真正睡得安稳,现在躺在柔软的床上,盖着温暖的被子,这一觉睡得极为舒坦,连梦都不曾做一个。

第二天中午,张一鸣在祁阳最有名的酒楼订了两桌酒席,为四人接风洗尘,请了武天雄夫妇、江逸涵夫妇、孙翱麟夫妇和曾宏睿作陪。白曼琳穿了一件新买的红蓝格子呢大衣,宽宽的红色带子拦腰系成一个蝴蝶结,越发突出了她的细腰。而红蓝相交的格子不仅显出她特有的活泼与俏皮,而且使她的皮肤格外白嫩,眼睛看起来更黑更亮了,生气勃勃又不失妩媚。

几位太太和江逸涵是第一次见白曼琳，几位太太除了欢迎之外，对她的美貌也大加赞扬，武太太表示早听说她有倾国倾城之貌，今日一见，果然名不虚传。江太太则说没想到白小姐这么美丽，如果不是亲眼看到，真想不出世上还有这么美的人。两位太太的话相辅相成，形成了完美的称赞，张一鸣听了自然心花怒放。

这一顿饭宾主尽欢，江逸涵也明白了张一鸣为什么会那样思念他的未婚妻。她确实很美，娇俏玲珑、亭亭玉立，一双眼睛如两汪山泉，顾盼生辉，挺直的鼻梁下，那张红润丰满的小嘴挂着迷人的笑意，不能不令人为之心动，但他认为她令人心动之处并不仅仅是她的天生丽质，还有她高贵优雅的气质、落落大方的举止，都让她具有了一种似乎与生俱来的魅力，而且她待人亲切、热情、真诚，给人如沐春风的感觉，这又使她具有一种亲和力。总之，江逸涵认为她是一个男人，特别是那种事业有成的男人理想的妻子。

第三天，张一鸣很早就来叫醒白曼琳，等她梳洗完毕，带着她和丁香到军官食堂吃饭。军部的军官们已经听说未来的军长夫人来了，没见过的都偷偷地打量，张一鸣有这么漂亮的未婚妻给大家看，心里也觉得得意。

吃过早饭，他叫赵义伟带着丁香去建华学校找小学部主任，安排她进高小读书。然后，他带着白曼琳来到办公室，一会儿雷霆、蒙谦也来了，张一鸣把医务处长叫来，让他把三人安排到军部野战医院，按少尉待遇。

有白曼琳在，军医处长不敢怠慢，亲自带着他们去医院报到。曾宏睿领着他们去外科，把科室里的医护人员给他们做了介绍，当介绍到谭珮瑶时，白曼琳拉着她的手，笑道："我们虽然是第一次见面，可我已经很了解你了，在重庆的时候，常听赵副官谈起你，那时我就想这位谭小姐让赵副官如此倾心，一定漂亮、温柔，今日一见，和我的想法果然一模一样。"

谭珮瑶连说"过奖了"，又说："要说漂亮，白小姐才真是当之无愧。"

谭珮瑶初到部队时，曾对张一鸣产生过少女的痴梦，虽说梦早已破灭，也把感情挪到了赵义伟身上，但心里总有一点淡淡的惆怅，此时看到白曼琳不仅美得惊人，而且高贵大方，不觉自惭形秽，同时心里好像放下了什么，突然变得轻松了。

当白曼琳回到军部的时候，已经身着崭新的军服，佩着少尉军衔，手臂上带着红十字标志，腰间扎着牛皮带，佩着那把勃朗宁手枪，脚穿黑亮的长靴。她兴匆匆地来到张一鸣的办公室,走到门口,看他正坐在办公桌后面翻看文件,故意敲了一下门,喊了一声:"报告!"

听到她的声音,他抬起头,说道:"进来吧。"

她走到桌子前,双脚一并,举手行礼。"报告军长,少尉医官白曼琳前来报到。"她第一次穿军服,很兴奋,不等他开口说话,笑道:"怎么样,我看起来是不是很英武、很威风?"

他仔细打量着她,她长得过于娇美,笑时脸上又有一对迷人的酒窝,虽然穿上了军服,也实在谈不上英武、威风,唯一和她外表相配的是她胳臂上的红十字,但他不愿扫她的兴,点头道:"嗯,有一点。"

"才有一点吗?"她看到了他桌上的一封信,还没有拆封,好奇地拿起来看了一下,寄信人的地址是西南联大,问道:"你有朋友在西南联大?"

"没有。"

"这是谁来的信?"

"我不知道。"

"别人给你写信,你居然不知道人家是谁。"她又看了一下信封上的字,"这字好像是女子的。"

"你打开看吧。"

"我真的可以看吗?"

"看吧,我没有秘密。"

她撕开信封,抽出信纸,信纸里夹着一张照片,照片上是一个漂亮姑娘,轻颦浅笑,看起来气质还不错。她心里已有几分明白,展开信纸一看,果然是一封求爱信,信里表达了对他强烈的仰慕和崇拜之情,写得情意绵绵,委婉动人。

她把照片递给他,笑道:"你该得意了,有美女主动要嫁你。"

他看了一眼,说道:"美女吗?跟你比差远了。"

"你的意思是说,如果她比我美的话,你就要娶她了。"

"这种信我经常收到,我现在连拆都不拆了。这封信是你自己拆的,照片也是你给我看的,我不过随口说一句,她美不美跟我没关系,更谈不上娶她,你用不着跟她吃醋。"

"我才不吃醋呢,自古美女爱英雄,那么多的美女主动追求你,说明我的未婚夫已经威名远播,不知道有多少女人羡慕我,我只感到高兴。"

"你这么想就好。"

张一鸣酷爱骑马,他教会白曼琳做的第一件事就是骑马,并从一批战马中挑选了一匹雌马给她,这匹马和他的爱马疾风一样,也是白色的,毛色同样油光闪亮,虽然速度没有疾风那么快,性子也不像疾风那么桀骜不驯,但仍不失为一匹骏马。白曼琳非常喜欢它,不仅休息的时候要骑,连到医院上班也要骑着它去。到了周末,张一鸣如果有空,就和她一起骑马出城游玩,有时候是到风景优美的旷野,任由马儿自由自在地奔跑,有时候则找一条偏僻的马路,来一场跑马比赛,张一鸣精于马术,对这个活动自然是轻而易举,他的马又是千里马,向来驰骋惯了,参加比赛更是驾轻就熟,撒开四蹄飞奔,生怕落在了后面。白曼琳也不服输,不断发出清脆的吆喝声,催促那马往前疾驰。两匹马一会儿在公路上飞驰,扬起一路的尘土;一会儿在旷野上奔跑,带起泥土草叶;一会儿涉过清浅的小溪,马蹄踏处,水珠四溅……每当这个时候,她都会兴奋得像个孩子似的大声喊叫,一张脸激动得红红的,像春天里盛开的桃花。张一鸣则哈哈大笑,有时见她落得太远,便勒紧手中的缰绳,放慢速度,两人一起到达终点,在飞扬的尘土中放声大笑。

丁香则在张一鸣的安排下,进了建华小学读书,在最初的兴奋过后,她很快就不想读了。她的程度太差,语文还算勉强认得一些简单的字,算术就根本不懂了,老师讲课她认真听,可无论如何也听不懂讲的是什么。在班上,她的年纪最大,程度最差,小孩子往往带有非故意的残忍,她成了班里同学嘲笑的对象,比她小得多的孩子都拿她开玩笑,一个看过《黔之驴》的孩子听说她是从贵州来的,干脆给她起了个外号叫"黔驴"。对于同学的取笑,她默默地承受了,但她的逆来顺受只是让那些孩子更为变本加厉。学校的学生大多数是117军军官的孩子,还有少数烈士遗孤和难童,其特殊性决定了学生都得住校,这样一来,丁香白天黑夜都不得安宁,总有些喜欢恶作剧的孩子要捉弄她,这使她对上学失去了兴趣。终于,当春季开学的时候,她告诉白曼琳,她宁可在家里洗衣做饭,也不想去上学了。

白曼琳劝她继续读下去,表示会帮她补课,争取让她尽快跟上去。她说她愿意跟着姐姐学,就是不想上学。白曼琳见她实在不愿意去,只好同意了,但让她这么闲着也不是办法,白曼琳考虑了一下,问丁香愿不愿意到医院,学着护理伤病员,丁香答应了,第二天就穿起了军装,开始在医院上班。

自此,丁香便像一个影子似的跟着她。现在没有参加战斗,医院里病人不是很多,白曼琳空闲的时候便教她认字,教她医学知识。

随着对白曼琳了解越来越深,丁香对她越来越依恋,最初对她产生的敬畏心情消失了,代之而来的是强烈的崇拜之情,崇拜中还带着强烈的爱。她对白曼琳那种深厚的爱,已经超过了友情,甚至超过了一般的亲情,这个身世可怜的小姑娘,从小没有享受过多少爱,她的父母也没有给过她多少爱,农家多喜欢男孩,她的父母疼爱的也是她的哥哥,她至今还记得她母亲听到哥哥摔死的消息后,曾发狂地望着她说道:"为什么死的不是你?"到了婆家之后,她受尽虐待,后来到了姐夫家,挨打受骂也是家常便饭,即使是比较关心她的大姐,生气了也一样会打她骂她。直至跟着白曼琳,那种感觉不亚于从地狱一步迈到了天堂,不仅吃得饱、穿得暖,而且白曼琳从不骂她,更不会打她,即使她做错了事,也不过笑笑,说"没什么,人谁不会出错"。她爱这个姐姐超过了任何人,她的声音真好听,带着一点软绵绵的尾音,多么的轻柔,还有,她长得多么美,就连那些香烟广告上的美女也远远不如,她真像仙女,也许就是仙女下凡的。

白曼琳的美,她的家人当然不会挂在嘴上,张一鸣爱她虽然爱得痴心,但性格所致,也从来没有当面对她赞美过,在订婚前还有追求者在求爱信中用动听的语言来形容,但她和张一鸣订婚后,这样的溢美之词也很难听到了,似乎人们已经不再注意她的容貌,她依然美丽,可是美得寂寞了。现在丁香却像一个突然发现了她容貌的男人,惊艳之余,用几乎痴情的目光凝视着她,不厌其烦地反复说道:"琳姐姐,你真美,没有人比你更美。"

她不让白曼琳做任何事情,总是说:"我来,琳姐姐你的手细,不要弄粗了。"她似乎很高兴能帮白曼琳做事,这些事情对于一向勤劳惯了的她来说,实在也算不上什么,她很轻松地就做完了。她的心情明显比以前好了很多,脸上有了开朗的笑容,甚至开始学着哼一两句从收音机里听来的流行歌曲,短短几个月的时间,她就比以前胖了不少,脸颊红扑扑的,眼睛里也有了神采,不像以前那么呆呆的,脸腮上有了肉感,笑起来的时候竟显出了两个浅浅的酒窝,相比以前,她现在好看得多,也可爱得多了。她的变化,白曼琳最感高兴,毕竟是她把这姑娘带出来的,她的开心是给她最好的回报,她的心里已在给丁香规划未来,她要好好培养这个姑娘,并给她找一个可靠的丈夫,像嫁妹妹一样让她风光地嫁出去。她不仅教丁香读书认字,还教她基本的礼仪,待人接物,甚至还试着教她欣赏字画,丁香很喜欢看白曼琳画画,雪白的纸上,用毛笔东抹一笔,西涂一下,一幅山水,或者一幅花草就出来了,但她最喜欢的是仕女图,有一次她看到白曼琳画了一幅天女散花,说道:"姐姐,你画的比我们乡下卖的还要好,你要是画年画卖,一定能赚钱。"

张一鸣当时恰好也在那里,听了她的话直乐,说道:"琳儿,你可以去当一个街头艺术家了。"

丁香对白曼琳那如痴如狂的爱,以及那种强烈的依恋,简直不像一个女人对女人,倒像一个痴情男人。连张一鸣都看出来了,私下对白曼琳开玩笑说幸好丁香是个女人,若是个男人,说不定他一发怒,那后果就不好说了。白曼琳则笑话他,跟一个小姑娘也吃醋。

"这说明她以前过的生活有多凄惨,我不过对她好一点,她就这样依恋我。"她感慨说:"你放心好了,等她再大一两岁,碰到了她喜欢的男人,她就不会把感情全放在我身上了。"

其实,丁香依恋她并非偶然,到祁阳后不久,就像当年在新25师一样,她同样赢得了117军军部人员的赞赏与尊重。军队里等级森严,一些高官的太太往往因为自己的丈夫位高权重,对待丈夫的下属特别是低层官兵盛气凌人、傲慢无礼,白曼琳是在带着民主氛围的家庭中长大的,没有等级观念,又信奉天主教,讲的是仁爱慈悲的基督精神,她并没有刻意去获得别人的好感,她只是按照自己的天性和生活方式生活,开朗,乐观,大度,待人亲切,正因为一切出于自然,不是矫揉造作,这位脸上总带有迷人笑容的小姐,成了不少年轻官兵心目中择偶的标准,连那些最为羞怯的士兵,在路上碰到她,也会远远地笑着向她问好。除了男人,军官的眷属们也喜欢她,她们最初是礼节性地去拜访她,但不管是副军长太太、参谋长太太还是其他的官太太们,或者是医院里的医生太太和护士,她都同样热情地接待。小孩子更喜欢她,到她那里,她会和他们逗乐,而且有什么吃的都会拿出来,尽他们吃个痛快。慢慢地,大家觉得这位未来的军长太太热情随和,到她那里做客是非常愉快的,也越来越喜欢到她那里去,她的小屋里常常宾客满座,笑语声声,给这座充满杀气的军营带来了一丝盎然的气息。

白曼琳逐渐成了117军军部的另外一重要人物，她自己并不觉得，只觉得大家对她很好，就像在家里和学校一样，没有什么不同。但张一鸣心里是清楚的，暗地里骄傲和得意，可惜的是他不能马上和她结婚，如今连赵义伟都已经结婚了。白曼琳来祁阳后不久，谭珮瑶终于答应赵义伟在新年结婚。赵义伟没有亲人，谭珮瑶也只有一个哥哥，所以两人的婚礼比较简单，只在一家酒馆里摆了几桌酒席，请了军部和医院的一些同事参加，张一鸣是证婚人，他真诚地为新婚夫妇祝福。白曼琳也参加了婚礼，她当然不会想到，是她的到来，加快了这段姻缘的进程。